英国少女探偵の事件簿③

オリエント急行はお嬢さまの出番

ロビン・スティーヴンス　吉野山早苗 訳

First Class Murder

by Robin Stevens

コージーブックス

挿画／龍神貴之

人生で出会った、すてきな人たちへ
みんなのおかげで、自分はすごくラッキーだと思えます

謝辞

十五年まえにはじめて読んで以来、アガサ・クリスティの『オリエント急行の殺人』にはずっと魅了されつづけています。登場人物は誰もがすばらしく、鮮やかで驚くほどに独創的な結末も大好きです。一九七四年にアルバート・フィニーがエルキュール・ポワロを演じた映画〈オリエント急行殺人事件〉は、すくなくとも二十回は観ました。そんなわたしに、そつのない編集者のナタリー・ドハーティは「ヘイゼルとデイジーが列車で殺人事件を解決してもいいのでは」と、クリスティに捧げる作品をわたしなりに書くよう提案してくれました。アイディアの段階から作品を具体化するまでずっと力を貸してくれた彼女にまず、感謝の気持ちを伝えたいと思います。

本作を書くための調査の一環で、オリエント急行に関してできることは何でも（ただし、殺人抜きで）やってみようと、二〇一四年十月四日、ブリティッシュ・プルマンの列車に乗ってランチつきの日帰り旅行に出かけました。一九三〇年代のオリエント急行がいま走っていれば、きっとこんな感じだろう、そう思わせるような内装が食堂車には施されていました。その旅で出会った乗務員のみなさんに感謝します。とくに、どんなおかしな質問にも答えてくれたジェフ・モンクス（お話をした結果、残念ながら作中にアイスクリームを登場させることはやめました）と、すばらしい給仕をしてくれたアーサーに。殺人のあった夜にデイジーとヘイゼルが食べたメニューは、あの日のランチのメニューとおなじです――クレープ・シュゼット以外は。あれは、わたしの思いつきです。

本作ではヘイゼルの中国名がはじめて紹介されます。〝ウォン・ファン・イン〟、漢字で書くと〝皇鳳英〟です。〝皇鳳英〟の漢字の意味は、それぞれ〝気高い、不死鳥、勇敢〟、あるいは〝気高い、不死鳥、イギリス〟です。友人のスカーレット・フーが、一九二〇年代の香港での命名スタイルについて途方もない調査をして、この名前を考えてくれました。そんなにも時間を費やしてくれた彼女に、数え切れないほどのありがとうを言いたいと思います。彼女はほかにも縁起のいい名前をいくつか考えてくれましたが、わたしはこれを採用しないわけにはいきませんでした。イギリスが大好きで、真実が重要だと信じているウォン氏なら、自分の娘にはただかわいらしいだけではなく、どこまでも勇ましい名前をつけそうな気がします。

いつものように、多くのすばらしい人たちの力がなくては、本書の存在はありません。これまで出会ったなかで、とにかく最高にすばらしい人のひとり、エージェントのジェマ・クーパーに感謝します。彼女はどんな難局に出くわしても、かならず乗り越えてきました。彼女とベント・エージェンシーのもとで作品を書けることは、わたしの誇りです。早い段階から本作を読んでくれたキャシー・ブース・スティーヴンスとメリンダ・ソールズベリー（本作では、だいたんにも彼女の名前を拝借しています。でも、これだけは言わせて。性格までは拝借していないと）にも、ありがとうを。ハリエット・ロイター・ハプグッドはすてきなタイトルを考えてくれました。チーム・クーパーのみなさんは何かと支援し、気の利いたワインも提供してくれました。ペンギン・ランダム・ハウスの編集部、広報部、デザインチーム、営業チームのみなさんにも感謝します。とりわけナタリー・ドハーティ、ハリエット・ヴェン、アニー・イートン、フランチェスカ・ダウは、世に送りだした本作を宣伝することに尽力し、ローラ・バードとニーナ・タラは、またもや見事な表紙を描いてくれました。ほかにも、本作を執筆中に支えてくれた友人たち、家族のみんな、それにエグモント社のみなさん。作家というもうひとりのわたしをあんなにもしっかりと受け止めてくれたことに、ほんとうに感謝しています。

　そして最後に、みなさん——書店と書店員のみなさん、ブロガーや読者のみなさんへ。人に勧めたり、メールをくれたり、ツイートしてくれたり、レビューを書いてくれたり、イベントを開いてくれたり、書店のウィンドウをすてきにディスプレイしてくれたりして、この〈英国少女探偵の事件簿〉シリーズをすばらしい方法で支持してくれたこと、ほんとうにありがたく思っています。とくに、ウォーターストーンズ社のみなさんのことに触れないわけにはいきません。期待をはるかに超えるほどの情熱読者のみなさんの誰もがふたりのヒロインを支えてくれていることに、わたしはただただ驚かされっぱなしでいます。みなさんとじっさいに会ってお話しできることは、作家冥利に尽きます――ひとりひとりに〈ウェルズ&ウォン探偵倶楽部〉のバッジを差しあげられればいいのに。

デイジーとヘイゼルの物語が、長くつづきますように。

ロビン・スティーヴンス
二〇一五年三月

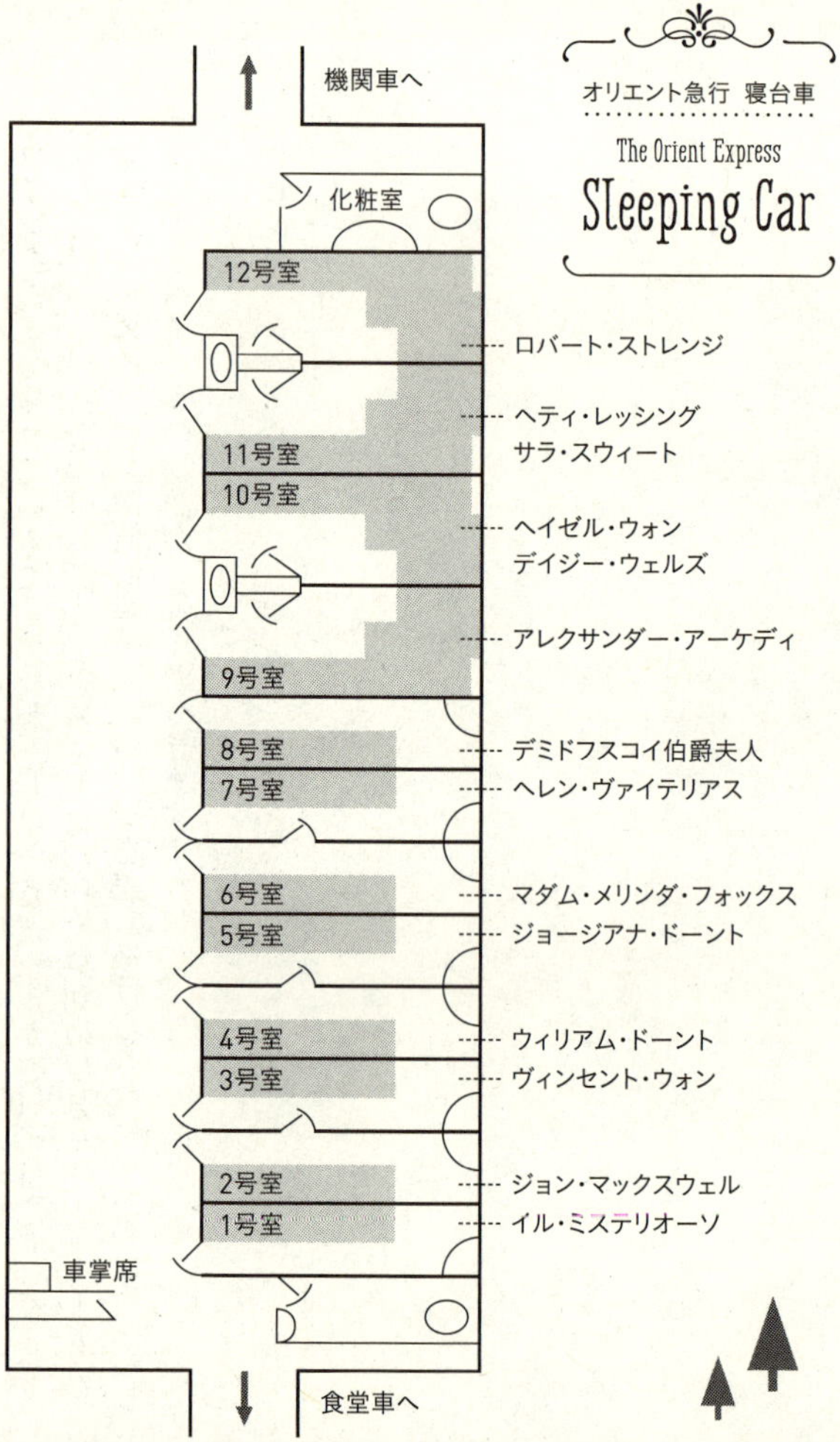
オリエント急行　寝台車
The Orient Express
Sleeping Car
機関車へ
化粧室
12号室
ロバート・ストレンジ
ヘティ・レッシング
サラ・スウィート
11号室
10号室
ヘイゼル・ウォン
デイジー・ウェルズ
アレクサンダー・アーケディ
9号室
8号室
デミドフスコイ伯爵夫人
7号室
ヘレン・ヴァイテリアス
6号室
マダム・メリンダ・フォックス
5号室
ジョージアナ・ドーント
4号室
ウィリアム・ドーント
3号室
ヴィンセント・ウォン
2号室
ジョン・マックスウェル
1号室
イル・ミステリオーソ
車掌席
食堂車へ

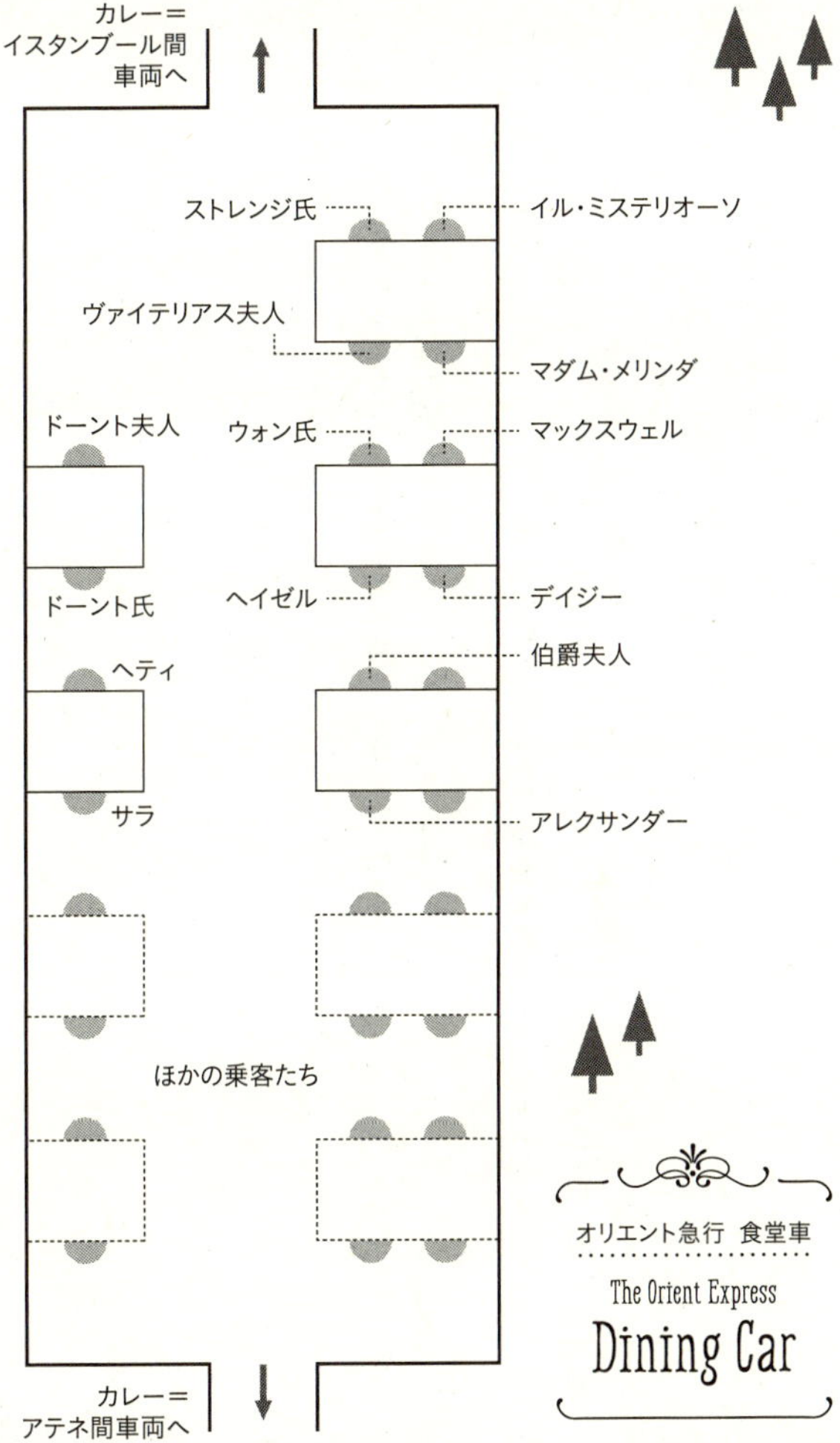

カレー＝イスタンブール間車両へ
ストレンジ氏
イル・ミステリオーソ
ヴァイテリアス夫人
マダム・メリンダ
ドーント夫人
ウォン氏
マックスウェル
ドーント氏
ヘイゼル
デイジー
伯爵夫人
ヘティ
サラ
アレクサンダー
ほかの乗客たち
カレー＝アテネ間車両へ
オリエント急行 食堂車
The Orient Express
Dining Car

これは〈ウェルズ&ウォン探偵倶楽部〉が捜査した

〝オリエント急行の殺人〟の全容を記録した事件簿である。

同倶楽部　副会長、秘書兼書記ヘイゼル・ウォン（十三歳）

一九三五年七月七日　日曜日

オリエント急行はお嬢さまの出番

主要登場人物

カレー＝シンプロン＝イスタンブール間

【一等車の乗客】

ウィリアム・ドーント……………………ドーント痩身薬会社の経営者
ジョージアナ（ジョージー）・ドーント………ウィリアム・ドーントの妻。ドーント夫人
サラ・スウィート……………………ドーント夫人付きのメイド
ロバート・ストレンジ……………………作家。ドーント夫人の弟
マダム・メリンダ・フォックス……………霊媒師
イル・ミステリオーソ……………………マジシャン
デミドフスコイ伯爵夫人…………………ロシア人貴族
アレクサンダー・アーケディ………………伯爵夫人の孫
ヘレン・ヴァイテリアス……………………大物銅商人の妻
ヘイゼル・ウォン…………………………〈ウェルズ&ウォン探偵倶楽部〉秘書兼書記、副会長
デイジー・ウェルズ………………………〈ウェルズ&ウォン探偵倶楽部〉会長
ヴィンセント・ウォン……………………ウォン銀行頭取。ヘイゼルの父
ジョン・マックスウェル…………………ヴィンセント・ウォンの助手
ヘティ・レッシング………………………デイジーとヘイゼル付きのメイド

カレー＝アテネ間

【一等車の乗客】

サンドウィッチ……………………新米医師

【乗務員】

ジョセリン・ブーリ……………………カレー＝シンプロン＝イスタンブール間一等車の車掌

第1部

殺人旅行へ出発

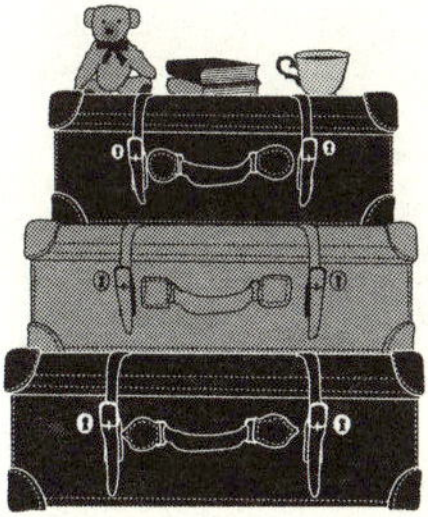

1

父が騒いでいるようすからすると、たったいま起きた殺人事件はあたしとデイジーのせいだと思われるかもしれない。どちらかといえば、デイジーのせいだと。

もちろん、それはまったくまちがっている。だいたい、列車に乗って休暇を楽しもうと言いだしたのは父なのだ。デイジーを誘おうと言ったのも。それに、あたしとデイジーが探偵なのは――まあ、それがあたしたちなのだから仕方ない。あたしとデイジーが捜査してもしなくても、この殺人はいずれ起きたはず。だから、あたしたちが捜査して何がいけないの？　捜査しないなら、〈ウェルズ&ウォン探偵倶楽部〉はいったい何だというの？

とうぜん、殺人事件というものはいつだってすごくおそろしいけど、それでも前回の事件（デイジーのお屋敷のフォーリンフォード邸で、イースターの休暇中に起こった）では容疑者全員が身近な人だったことを考えると、今回のはわりと距離を置いて見られそうで、その点ではほっとしている。この犯罪に関わっているらしい人たちとは、あたしもデイジーも二日まえまでは会ったこともなかった。だから、そのうちのひとりが殺されたのは気の毒に思うけど（すくなくともあたしは思うし、デイジーもそうでありますように）、それより大切なのは、あたしとデイジーがこの事件を捜査する探偵だということ。謎を解いて、犯人に法の裁きを受けさせるために、うまくやらなければならない。父があらゆる手段を使って、捜査をやめさせようとしても。

かわいそうなベル先生や不愉快なカーティス氏が被害者となったときとはちがい、今回の事件で動揺はしないけど、解決までにはいちばん手こずりそうだ。腹立たしいことに、探偵倶楽部に謎が解けるわけがないと決めてかかる大人たちが、捜査の行く手をいろいろとじゃまするから。あたしたちのためを思ってのことだろうけど――野菜を食べなさいと言ったり、一月にも散歩に行かせようとしたりするみたいに――それでも、やっぱりおかしい。デイジーはいかにもデイジーらしく、「わたしたちの知性に嫉妬しているだけよ」と言う。でも、あたしにはわかっている。大人はただ、危険な目に遭わせたくないだけなのだ。そんなふうに心配しなくてもいいのに。あたしは前回の事件があった四月よりは大人になったし、危険な目に遭いたいかどうかは自分で決められる。その危険が殺人犯を捕まえるということなら、すこしのあいだ不安になってもちっともかまわない。

とはいえ、ほんの数日まえまでは、この休暇のあいだは捜査なんてしないと決めていたのだから、自分でも笑ってしまう。

2

父との約束を破ったことは、たしかにすごく後ろめたく思っている。父はイースター休暇中の殺人事件のことを知ると電話をかけてきて、夏の休暇はイギリスに行くと言った。あたしがもう、トラブルに巻き込まれないようにするために。本気にしていなかったけど、それはまちがいだった。父は飛行機と列車と船を乗り継いで、ほんとうに香港からはるばるイギリスまでやって来たのだ。何かをすると言ったら、じっさいにする。父はそういう人だと、わかっていたはずなのに。

ディープディーン女子寄宿学校での夏学期最後の日、あたしはおなじ三年生でおなじ寮《ドーム》の部屋のキティやビーニー、それにラヴィニアといっしょに、寮の裏にある芝生の上でのんびりしていた。刈られたばかりの芝生が膝の裏側をちくちく刺し、太陽の光が髪の分け目に当たって暖かかった。あたしは目を閉じ、キティとデイジーがおしゃべりするのを聞いていた。

「バーナード校長が生徒会長に選んだのがエリザベスだなんて、信じられる？」キティが言った。バーナード校長は新しくやって来た校長だ。そういう重要な地位に就くにはとんでもなく若くて、たいていの人は彼女にはじめて会うと驚く。でもしばらくいっしょに過ごせば、誰もがちゃんと納得する。校長は冷たい波のような冷静さで、どんな問題も五分もあればたちまち押し流してしまうから。新しく学校にやって来た先生たちのなかでは、あたしは校長がいちばん好き。すこしだけ魅力的だとも思っている。

「それなら監督生だって！」デイジーが言った。「ふたりとも、すごくこわいのに。考えてみて。これから丸一年、あのふたりの言うことを聞かないといけないのよ！」

「ほんと、そのとおり！　あのふたりったら、つぎに何をするのかわかったものじゃ――」

車のエンジン音が聞こえてきてキティは途中で言葉を切り、立ち上がった。約束の時間になってパパが迎えに来たと思ったのだ。だからその車が車寄せを通って寮の大きな正面玄関の前で停まると、あたしの心臓は跳び出しそうになった。停まったのが大きな黒いセダンで、運転席にいたのが父の助手のマックスウェルで――その横にいたのが父だったから。

ものすごく不思議な光景だった。あたしがもっと幼かったころ、イギリスのことをぜんぶ教えてくれたのは父だ。だから、イギリスに来るまえからあたしの頭のなかはイギリスのことでいっぱいだったし、この学校に通うようになったのも父の考えだった。それなのに、これまで父がじっさいにイギリスにいるなんてことは、思い浮かべることができないでいた。あたしのなかの父は香港に存在している。でも、完璧なスーツとネクタイを身に着けた父が車から降りて、寮の正面玄関の横に立っていた。

父は背が高くないけど、決然とした外見をしている。がっしりした顎《あご》、小さな丸眼鏡でほとんど隠れている目。その目が、レディらしくない格好で芝生の上に座っているあたしを捉えると、すっと細められた。あたしはばつが悪くて、弾かれたように立ち上がった。

「わあ」ビーニーが声を上げた。目を大きく見開いている。「あの人、あなたのパパ？何だかおかしいわね――あなたにそっくりだもの！」

「お豆ちゃん《ビーニー》ってば！」キティは目をぐるりと回した。「ほかの誰に似てるっていうの？」

「そんなの、わからないけど！」ビーニーは答えた。「何が言いたかったかというと、ヘイゼル、香港の人はみんな、あなたみたいなの？」

はじめてイギリスに来たときでも、あたしには誰が誰だか見分けがついた。そう口先まで出かかったとき、キティが値踏みするみたいに言った。

「ものすごくすてきな車」

顔がかっと熱くなった。「そうかな？」とは言ったけど、すてきな車でとうぜんだ。父は何につけても、つねに最高のものを持つ。でも、キティにそう説明することはお金の話をするということで、あたしもイギリスでの生活が長くなり、お金の話をすることははしたないとわかっていた。自分がお金持ちの場合は、とくに。

膝を曲げてお辞儀をしても、父はまだあたしたちのことをまじまじと見ていた。すると正面玄関があいてメイドが現れ、父をなかへと急かした。父が寮母さんと話すあいだ（ひょっとしたら寮母さんは、あたしがものすごくだらしなくなってしまったと話すかもしれない。そう思ってひどく心配になった。香港では、あたしは文句のつけようがないくらい、きちんとしていたから。でも、この学校でみんなにうまく馴染むには、自分の持ち物に無頓着だったり、毎日、最低でも何かひとつは床に置きっぱなしにしたりしないとだめだと学んだ）、旅行鞄が外に運び出されていた。イギリスまでの船旅でへこみ、税関の封印がついているあたしの旅行鞄だ。そしてその横には、デイジーの旅行鞄。

それであたしは実感した。デイジーはほんとうに、あたしたちといっしょに休暇を過ごすのだと！　肩から大きな荷が下ろされた気がした。

イースター休暇のときにあったことのせいで、デイジーは今年の夏の休暇は、フォーリンフォードに帰れない。お屋敷は閉鎖されているし、家族はみんな、裁判のためにロンドンに行っているからだ。デイジーは自分も行きたいと強く訴えていたけど、あたしたちはふたりとも、プリーストリー警部にきっぱりと止められた。あたしはこっそりと喜んだ。行きたくなんかなかったから。考えるのだっていやだったけど、あったことに目をつむってやり過ごすこともできないでいた。

カーティス氏の件は、夏学期がはじまったその日のうちに学校じゅうに広まった。廊下のあちこちでこっそりと話題にのぼり、お祈りの時間にはみんなふり返って、あたしやデイジーのことをじろじろ見た。そんなことをされて、デイジーはいやがっていた。顎を上げ、唇をぎゅっと結んでいたからたしかだ。かわいそうと思われることが大嫌いなのだ。完璧なデイジー・ウェルズという、輝かしい伝説にはふさわしくないから。もちろん、彼女はすごくうまく対処した。だいじょうぶかと訊かれれば、その気遣いにかわいらしくお礼を言う。でもあたしの隣で、怒りをめらめら燃え上がらせていた。デイジーを熱狂的に崇拝するザ・マリーズの三人が、見たこともないくらい大きなチョコレート・クリームの箱を彼女のベッドに置いていったことがあった。デイジーはそれに気づくと（運よく、いっしょにいたのはあたしだけだった）、部屋の反対側の壁に思い切り投げつけた。それから中身を拾い、自分は食べずにあたしやキティたちにくれた。

みんなの気を逸らそうと、デイジーはいっそうデイジーらしくなった。何事にも熱心に取り組み、〝すてきなよき仲間《ジョリー・グッド・スポート》〟として振る舞い、自分はだいじょうぶだと示した。でもそんなことをしても、デイジーはだいじょうぶなんかじゃなかった。それに、あたしも。

父が建物のなかから現れ、こちらに手招きをしている。あたしは駆け寄り、デイジーもあとについてきた。

「おはよう。ヘイゼルにデイジー」腕を背中で組み、父は言った。学校教育のおかげで（イートン校に通っていた）、完璧な英語を話す。

父の英語にデイジーが驚いているのがわかった。でも彼女はそんな素振りは見せず、ただ軽く膝を曲げてお辞儀をした。

「おはようございます、ミスター・ウォン。ヘイゼルといっしょに連れて行ってくださることに、すごく感謝しています」

「夏の間じゅう、寮母さんのもとに残していくなんてできないからね」父は言った。道義については断固とした考えを持っているのだ。「とまれ、子どもは誰もが、人生でいちどはヨーロッパの国々を案内されてしかるべきだ。視野も広がるからね」

父が裁判のことには触れなかったので、あたしはほっとした。

「さて、お目付け役も連れてきたよ」父が話をつづける。

あたしは凍りついた。イースター休暇中に、デイジーのパパとママが雇っていた家庭教師のことかしら。まさか、ちがうわよね……。

「家庭教師ではない」あたしの頭のなかを見透かしたみたいに父は言った。「つねに学んでいてほしいと思っているのに、どうして自ら進んでできないのかね。それはそれとして、だ。ある人物に来てもらった。おまえも知っているだろう」

待ちきれないというように父が車に向かって手を振ると、ヘティが後部座席から顔を覗《のぞ》かせた。ちりちりの赤い髪に真新しいカンカン帽を乗せている。彼女は膝を曲げてお辞儀をするあいだ、にっこりと笑っていた。デイジーは自分がどこにいるかを思いだしたみたいに、堂々と笑みを返しただけだったけど、心のなかでは大喜びでダンスを踊っているにちがいなかった。あたしの心臓も、おなじように跳ねまわっていた。ヘティが世話を焼いてくれれば、あたしもデイジーも何も悪くなりようがない。ヘティはフォーリンフォード邸でデイジーの家族に仕える、とても頼りになるメイドだ。大人でなければ、探偵倶楽部《ブリック》の優秀なメンバーになれたはず。

「さて」デイジーのほうにすこしだけ険しい視線を向けてから父は言った。「ふたりとも、お行儀よくするように。この旅のあいだは勉強はしないで、好きに過ごすといい。ただし、わたしの信頼に応えるような行動をしてほしい。ミス・レッシングがおまえたちのメイドだ。礼儀正しくきちんと接するように。わかったかな？」

「はい、おとうさん」あたしは答えた。

「では、車に乗って」父はまた、にっこり笑った。「列車は待ってくれない。十二時五十五分発のドーヴァー行きに乗らないと。そんな顔をするんじゃない、ヘイゼル。海を渡るのなんて、あっという間だ」

顔が熱くなった。父には考えていることを何でも見透かされる。じっさいにあたしは、フランスへ渡るフェリーをすごくおそれていた。香港から乗ってきた大型船のことを考えると、それだけでいまも胃がねじれる思いをしている。

「気づいたときにはもうフランスだ」父はそう付け加えた。「そのあと、ほんとうにわくわくする冒険がはじまるぞ！」

そしてようやく、これからどんな休暇が待っているのかをきちんと話してくれた。デイジーはにっこりと笑い、あたしでさえ笑みを浮かべずにはいられなかった。ほんとうにほんとうなのだ。父は中途半端なことはしない。父にとってヨーロッパを旅する休暇とは、オリエント急行に乗る以外にはありえなかった。

3

ドーヴァー行きの列車に乗ったとたん、デイジーとヘティは本来の姿を現した。ヘティは両腕でデイジーを盛大に抱きしめ、けらけら笑いながら頬にキスをして言った。

「ああ、お会いしたかった！　なんだか不思議な感じだったんですよ、おふたりがお屋敷にいらっしゃらなくて。ドハーティ夫人が、自分は元気にしている、おふたりは旅行に備えてバンズをたくさん召し上がるように、とのことです。ファッジをいっぱいに詰めた缶も持たせてくれましたよ」ドハーティ夫人はウェルズ家のメイド頭で、最高においしいデザートをつくってくれる、ぽっちゃり体型の愛すべき女性だ。

「あたしはよくわからないんです、その……例のことは」ヘティがそう言って鼻に皺《しわ》を寄せると、そばかすもいっしょに動いた。「申し訳ありません、ずっと蚊帳《かや》の外に置かれていたもので。来月まで、話を訊かれることはないと言われました。ですから、こうしてお嬢さまたちといっしょにいられるんです。バーティお坊っちゃまは、二、三週間まえにお手紙をくださいました。でも……お坊ちゃまは参っていらっしゃいます。お気の毒に。そのことを隠そうとしていますが」

胃がぎゅっと締めつけられた。法廷や被告席、それに裁判で証言をするフォーリンフォード邸の人たちのことを考えると、いつもそうなるように。楽しげにファッジをもぐもぐ食べていたデイジーは、残りをひと口で食べ終えた。顔色がかなり悪い。

「その話はやめて。ね？」

「申し訳ありません、デイジーお嬢さま」ヘティがデイジーの手を取る。

「いいの」そうは言ったものの、デイジーの口調はかなりきつかった。「ただ、いま持ち出すことはないと思ったから。それだけ」

この会話のせいで、ドーヴァー海峡を渡るのは思っていたよりも、いっそうつらくなった。カモメの鳴き声が船の周りで響きわたり、息を吸うと口のなかに潮の味が広がった。父とマックスウェルは手紙を書くために客室に閉じこもり、あたしとデイジーとヘティは潮風に当たろうとデッキに上がった。ふたりは風に飛ばされないよう、片手で帽子を押さえながら手すりのそばに立ち、バンズを食べていた。あたしはその横に力なく立った。渦巻く海面を覗きこまないよう、ぐるぐる回る空を見上げないよう、気をつけながら。

カレーで船を降りるころにはからだのなかも外もすっかり洗われたように感じられ、世界のすべてが青白く、ゆらゆら揺れているみたいに思えた。税関を通過したことにどうして気づかないでいたのかはわからないけど、とにかく通過した。するといきなり、石と鉄でできた派手な駅が現れ、足早に行き交う人たちとぶつかりそうになった。列車からもうもうと立ちのぼる蒸気が、駅舎の電灯に照らされて金色に見える。その蒸気を切り裂くように、影になったハトが羽をはばたかせて飛んでいる。壁には大きな鉄製の時計がかかっていた。

「ヘイゼルさま、おかわいそうに」ヘティがそう言うのが聞こえ、デイジーがあとをつづけた。

「こんど吐きそうになったら、五回目ね。そうなったら賭けはわたしの勝ち」デイジーだってあたしとおなじだけ列車と船に乗り、それから税関を通ったのに、髪はほとんど乱れていない。着ているものも皺になっていないし、頰はほんのりピンク色だ。わざわざ気をつけなくてもそんなふうにいられるなんて、ほんとうにフェアじゃない。それに、あたしが吐きそうになったのはたった三回だ。デイジーがなんと言おうと。

「船より列車の旅のほうが楽しいからね、ヘイゼル」父があたしの肩に手を置いて言った。

何も楽しめる気がしない。煙に覆われた長くて大きなものに向かいながら、あたしは思った。ところが目をぱちぱちさせて煙を払うと、吐きそうになったことなんてすっかり忘れてしまった。色彩ぜんぶが視界にもどってきて、ぐるぐる回っていた世界が動きを止めた。

金《きん》の縁取りがされた、大きくてどっしりとした黒い機関車が目の前にそびえ、蒸気をシュッシュッと吐き出していた。機関車のうしろには、国際寝台車会社《ワゴン・リ》の紋章がついた、クリーム色と金色と青色の客車が連なっている。きらきら輝く果物のはいった木箱や、バターや肉がぎっしり詰まった包みがいくつも、そろいの制服を着たポーターの手で客車に積みこまれていく。どの客車からも金色の乗降段が下ろされ、華やかな旅行用のスーツに身を包んだ旅人たちがそれを上がって客車の扉を通りぬけようとしているけど、かぶっている帽子が大きすぎて苦労していた。それでもみんな、ぺちゃくちゃとおしゃべりをしたり、手を振り合ったりしている。一瞬、ヨーロッパじゅうの裕福な人たちが全員、ここに集まっているのかと思った。あたしたちもすぐに、その仲間になる。まさに、本で読むみたいな休暇だ。

列車はちょうど三十分後に出発する。そうなれば、夏学期のあいだにずっと抱いていた、サイズがふたつも小さいドレスにからだを押しこんでいるみたいな窮屈な思いも消えてしまうだろう。あたしたちは三日のうちに、大急ぎでヨーロッパ横断の旅をする。パリ、ローザンヌ、シンプロン、ミラノ、リュブリャナ、ザグレブ、ベオグラード、ソフィア——列車が予定どおりに目的地に着けば、そこはイスタンブールだ。あまりにも遠い世界に思えて想像もできない。うれしくてめまいがしそう。もしかしたら、いまだに船酔いをしているのかも。あたしたちはイギリスを出る。裁判から遠ざかる。そうしたら何もかも解決する。あたしはぜんぜんイギリス人らしくないけどごくふつうの女の子で、父親と、ごくふつうのイギリス人の友だちといっしょに休暇を楽しんでいる。心のなかでにっこり笑った。あたしは休暇を楽しめる。簡単なことだ。

乗車予定の贅沢《ぜいたく》な一等寝台車は、列車のいちばん前にあった。新しくクリーム色に塗られたばかりのようで、つやつやとした車体に真鍮《しんちゅう》の飾り板がつけられている。そこには〈カレー＝シンプロン＝イスタンブール〉と書いてあった。現実だなんて思えないけど、これは現実だ。

父に連れられてプラットフォームを進む。父はまだあたしの肩に手を置いていた。マックスウェルはブリーフケースを手に、父と並んで歩いている。その後ろにはいくつもの箱をバランスよく持ち、ポーターにあれこれ指示をするヘティがつづき――あたしが状況をよく飲みこめないうちに、ポーターをひとり、つかまえたらしい――列車のなかへと導いてくれる金色の乗降段に向かう。あたしたちはオリエント急行の乗客になる！

4

でも、乗降段に近づいていると誰かが父の前に割りこんできて、みんなその場で足を止めた。

「失礼じゃないか」父は言った。割りこんだ人はぱっとふり返り、あたしたちとぶつかりそうになった。すごくからだが大きな男の人だ。背も高いし横幅もある。口髭《くちひげ》を生やし、首は牛みたいに太い。顔を赤くして機嫌が悪そうだ。目をすがめ、あたしたち全員のことを見る。まるで、あたしたちがこの場にいるだけで迷惑をかけたとでもいうように。

「失礼なのはそっちだろう」彼はマックスウェルに向かって吠えるように言った。

「さあ！　使用人たちは下がらせておけ！」

頬が熱くなるのがわかった。あたしたちのことを言っているのだ。あたしと父のことを。父が着ているのはとびきり上等に仕立てられたピンストライプのスーツで、あたしは黒色のフロッグと真珠のボタンがついた、真新しい上品な旅行用のコートを羽織っているのに。

父は胸を張り、眼鏡を押し上げた。「自己紹介させてもらおう。わたしはヴィンセント・ウォン。ウォン銀行の頭取だ。そしてこちらは助手のマックスウェル。この子たちは娘のヘイゼル・ウォンに、その学友のデイジー・ウェルズ嬢だ。それで、あなたは……？」

「ウィリアム・ドーントだ」彼は答えた。謝罪はない。それどころか、悪いなんて思ってなさそう。「ドーント痩身薬会社を経営している。愛する妻と、この列車で旅に出るところだ」彼が手振りで隣を示すと、それまでいるなんて気づかなかった女性が両手をきつく握り合わせ、一歩、前に出てきた。

あたしは息を呑んだ。そうしないではいられなかった。その女の人のせいではない。薄い茶色の髪をした彼女は小柄でかわいらしく、内気そうなところがいかにもイギリス人っぽい。すごく温和そうだけど、どこかぼうっとした表情をしていた。パウダーブルー色の洗練された旅行用スーツを着て、おそろいの色の帽子をかぶっている。彼女自身はきわめてふつうの人だ。でもその首には、これまで見たこともないくらいに豪華な首飾りがかかっていた。本のなかでは宝石に強く魅力を感じる人たちがいるけど、あたしはそれがどうしても理解できなかった。きらきら輝いてすてきだとは思うけど、どれもたいしたことはない。宝石を読むことはできないし、食べることもできない(もし食べられたら、おいしいかもしれない。温室育ちの、すごく酸っぱい果物みたいに)。でも彼女の首飾りを見て、大人たちが宝石の何にあれほど夢中になるのか、あたしにもわかった気がする。彼女の首にかかる一連のダイアモンドは燃える炎のようで、さらに緑色と赤色と青色の宝石も連なっている。それに触れて、温かいのか冷たいのか知りたくなった。彼女ののどのへこんだ部分には、いちばん大きくて鮮やかなルビーが収まっている。あまりにその輝きが鋭いから、頭がくらくらした。あたしの後ろでヘティもやっぱり息を呑み、デイジーは口を開いた。「やだ、あれ……」でも、最後まで言う必要はなかった。

女の人は片手で首飾りをぱたぱたさせ、ぼんやりとした小さな声で言った。「はじめまして。ウィリアムはすてきな夫だと思いません？　わたくしたちの結婚一周年の記念に、これを買ってくれたんですよ。おかげで、今回の旅で身に着けることができますの。ただただ美しい、この首飾りを」それから夫を見上げ、目をぱちぱちさせた。もう片方の手で、彼のスーツの袖口をぎゅっとつかみながら。

「妻のためならなんでもするつもりだ」ドーント氏は愛おしそうに妻を見下ろし、その手をぽんぽんと叩いた。「かけがえのない存在だからね。では、これで失礼……」彼はドーント夫人の手を取り、また歩きはじめた。そのようすは、夫人を小さな子どもだとでも思っているようだ。ふたりはあっという間に乗降段を上がり、いっしょに列車に乗りこんだ。

「あの女の人のこと、知ってる?」デイジーがひそひそと訊いた。「ジョージアナ・ストレンジよ!」

あたしはきょとんとしていたにちがいない。デイジーはため息をついた。「まちがいなく、いま、いちばんお金持ちの相続人よ。去年、おかあさまが亡くなったから。それが、ちょっとしたスキャンダルでね。彼女の弟の名前は遺言書にまったく書かれていなくて、おかあさまは彼女にすべてを遺したの。それからは、イギリスの独身男性みんなに追いかけまわされてたわ。でも彼女が選んだのは、あのドーント氏。会社の経営者よ、ドーント痩身薬会社っていう。さっき、彼が言ってたでしょう? 経営はうまくいっていないと聞いたことがあるけど、いまはそうでもないみたいね。あんなすごい首飾りを買う余裕があるんだから! まあ、彼自身はすごく不愉快な人だけど!」

「あの方、それほどいやな人のはずがないですわ」ヘティはそう言い、あたしたちに片目をつむってみせた。「愛情の印に、あんなすごい宝石を買ったんですもの」

「ふむ」デイジーは言った。「そうかもね」

「ドーント痩身薬会社！」それまでポーターと話していた父が言った。「どんな薬をつくっているにしろ、おまえたちには用がないものだとはっきり言っておく。わたし自身は、やせ薬なんて信用していない。ヘイゼル、そういうものはけっして口にしないように。さて、わたしたちも乗車するとしよう」

父が片手を差し出した。あたしはその手を取って乗降段を上がり、どっしりとしたクリーム色の車体にはいる。平凡な世界を出て、偉大で壮麗なオリエント急行のなかへ。それと同時に、外の騒がしさが遠のいていく気がした。すてきな毛布に、それも、想像できるなかで最高に上質できらびやかな毛布にすっぽりと包まれたみたいで、気持ちがおちついた。

列車のなかはミニチュアの宮殿さながらだった。あるいは、最高級の豪華ホテル。滑らかな壁は金のように輝く贅沢な木製で、寄せ木で描かれた美しい花模様が浮かび上がっている。ランプや絵画の額縁やドアには、黄金が使われていた。目の前に延びる通路には沈んでしまいそうなくらいにふかふかの絨毯《じゅうたん》が敷かれ、シャンデリアの灯りに照らされている。ここではトラブルなんて起きないから、探偵にならずにすむ。

あたしにはわかった。外とはまったくの別世界で驚きに溢れているし、デイジーでさえ退屈を持て余すことなんてなさそう。

あたしは通路を見下ろし、甘くて濃厚な香りを吸いこんだ。左手には、きちんとドアが閉められた客室が並んでいる。どの客室に泊まるんだろう。

親切そうな金髪の男性が陽気に愛嬌を振りまきながらやって来て、お辞儀をした。金ボタンのついた、青いビロードのすてきなジャケットを着ている。

「ミスター・ウォンですね？」ころころ転がるように楽しげな口調で彼は訊いた。「そしてこちらがお嬢さまのミス・ウォンと、ヘイスティングス卿のお嬢さまのミス・ウェルズかと。ようこそ、シンプロン・オリエント急行にご乗車くださいました！　わたしはジョセリン・ブーリ、この寝台車両を担当する車掌です。ご旅行中は、みなさまのお世話もさせていただきます。何かありましたら、どんなことでもどうぞお申しつけください。お力になれるよう、精一杯、務めます。みなさまには楽しく快適な旅をしていただきたいですから。では、それぞれの客室にご案内しましょう」

「車掌さんはフランスの方？」彼に連れられて通路を歩きながら、デイジーが訊いた。

「いいえ、マドモワゼル。わたしはオーストリア人です」デイジーににっこりとほほ笑みかけながら、ジョセリンは答えた。「世界じゅうでいちばんすてきな国ですよ」

「へえ」イギリスがいちばんでないと聞かされて、デイジーは顔をしかめた。

最高についていた。というのも、あたしとデイジーは別べつの客室に泊まる予定だったけど、満員になったせいで、寝台が二台の客室にいっしょに入れられることになったから。機関車に近い先頭のほうにある十号室だ。乗客をカレーからイスタンブールまで運ぶ最前列の寝台車には客室が十二室ある。八室は上等なひとり用で、あとの四室には寝台が二台ずつ、二段ベッドのように備え付けられている。ヘティは隣の十一号室で、ドーント夫人付きのメイドと同室。反対に父は後方の三号室で、隣のマックスウェルの二号室とはコネクティング・ドアでつながっている。父はその点が気に入っていた。仕事のことでいい考えが浮かぶのが、決まって午前二時なのだ。それからマックスウェルの部屋へ急げば、彼は父の考えを書き留めることができる。あたしがいまよりも幼くて、夜、眠れなかったとき、こっそりふたりのところに行っては父の膝にのぼって丸くなっていた。あれこれ話す父の声を子守歌代わりに聴き、頬をくっつけた父の胸が上下するのを感じながら。うとうとしたり目を覚ましたりをくり返していると、あたしのからだは机がわりにされて書類がバランスよく載せられていることがあった。

「うわあ」デイジーが声を上げる。帽子箱や旅行鞄はすでに客室に運ばれ、細々したものはヘティが小ぶりで品のいい箪笥《たんす》にきちんとしまってくれていた。「すごくすてきじゃない？　想像できるなかではいちばんいい部屋だわ。その気になれば、毎晩、真夜中のお楽しみ会を開けそう！」

「いつもこの客室で開ければいいのにね」あたしも同意した。

「だめ！」デイジーが言った。「それじゃあ、何もかも台無しになっちゃう。規則違反じゃないお楽しみ会なんて意味ないもの。ところで、だいじな話をしてあげる。この列車はね、密輸人や宝石泥棒がいっぱい乗っていることで有名なの。知ってた？　新聞で読んだけど、あるご夫人は眠っているあいだに薬を飲まされて、朝になって気づいたら、宝石がぜんぶ消えていたんですって。ドーント夫人の首飾りもなくなると思う？」

「まさか！」あたしは思わず口走った。「そんなこと言わないで、デイジー。フォーリンフォード邸に泥棒がいたからって、どこにでもいるとはかぎらないんだから」

デイジーは凍りついた。あたしもすこし身がすくんだ。裁判のことは彼女に思いださせたくなかった。というか、あたし自身にも。でも、このところいろんなことを聞かされているから、つい、口を滑らせてしまったのだ。

「あたし――あたしはただ」言葉がつっかえる。「そんなことはありそうにないって――」

「そんなこと言ったって、ヘイゼル。世界じゅうに泥棒はひとりだけのはずないじゃない。大勢いるの。よくわかってると思うけど。それにね、例の件は宝石泥棒だけじゃなかったでしょう」

〝例の件〟という言葉が、あたしたちの間に境界線を引いたように思えた。

「ごめんなさい」あたしは謝り、それからふたりで客室のドアまで行った。どんな人が乗りこんでくるのか見ておこうと。

5

最初にやって来たのは、メイド姿の小柄な金髪の女の人だった。頬がピンクでかわいらしい。急ぎ足であたしたちのそばを通りすぎるときにこのうえなく不機嫌そうな顔で睨《にら》みつけてきたと思ったら、ドーント夫人のぼんやりした声が聞こえてきた。めそめそと泣いているようだ。「サラ！　サラ！　すぐに来てちょうだい！」

さっきの小柄な女の人を呼んでいるにちがいない。ヘティと同室の、ドーント夫人付きのメイドだ。感じがいい人には見えなかった。ドーント夫人の部屋のドアは閉まっているけど、ドア越しに、そのサラの大きな声が聞こえてくる。「それで？　今度は何のご用ですか？」

「ウィリアム、サラったらまたひどいの！」ドーント夫人は泣いている。サラとおなじように大きな声だ。

「サラ！　前にも言ったろう、こういうことはもう許さないと！」ドーント氏はぴしやりと言った。すっかり腹を立てているようだ。「またそんな態度をとったら、わたしは――」そこで彼は声を低くしたから、そのあとは何も聞こえなくなった。

デイジーは片方の眉を上げてあたしを見た。「すごいわね！　あのメイドったら、ずいぶんと無礼だわ」

「何も起きないわよ、きっと」そうは言ったけど心配だ。デイジーがあたしを見たときの顔。何か考えている。あたしにはわかる。そしてその考えはたいてい、探偵倶楽部を新しい事件へと導く。デイジーは裁判から気持ちを逸らしたがっていて、そうするには新しい事件に関わることがいちばん手っ取り早いと、彼女自身がわかっているのだ。

あたしは静けさが漂う長い通路を、じっと見下ろした。シャンデリアに照らされて青色と金色にきらめき、すごくきれいだ。そうしているうちに、足元で列車が動いた。いまにも駆けだそうとする獣みたいに唸《うな》るような音を立て、ゆらゆら揺れながら。よろめいてデイジーの腕をつかむと、彼女はにやりと笑った。

そのとき、寝台車の扉のあたりが騒がしくなった。外のプラットフォームできんきん声が響いている。「急いで！　急ぎなさい、アレクサンダー！　ほら、ドアをあけてちょうだい！」

ジョセリンは駆け寄ってドアをあけ、深々とお辞儀をした。「デミドフスコイ伯爵夫人！　アーケディの坊ちゃん！」

あたしとデイジーはとんでもなくわくわくしながら首を伸ばした。きんきん声を出していた人物が、後ろにもうひとりを従えて列車に乗りこんでくる。驚くほどたくさんのハンドバッグや旅行鞄がふたりの後ろに積み上がっていた。それから扉がまたぴたりと閉まり、ギロチン台の刃が落ちたみたいにプラットフォームの騒がしさは断ち切られた。

きんきん声の主は白髪の年配の女性だった——かわいらしい鳥みたいだけど、丸々とはいかずに萎《しぼ》んでいる。きちんと仕立てられたグレイの旅行用の服を着て、それとおそろいのグレイの手袋をした手に銀色の細い杖を持ち、むっつりとした目をきょろきょろさせていた。すごくきれいだけど、すごくおそろしい。

ポーターに荷物を運ばせようとジョセリンが人差し指を立てたけど、そのあいだに彼女は通路をすたすたと歩いてこちらに向かってきた。どうやら、待つことのできないタイプみたいだ。

「伯爵夫人！」ジョセリンが言った。「自己紹介をさせていただいてよろしいでしょうか——？」

「あなたの名前を聞く必要はありません」伯爵夫人はぴしゃりと言った。

それにしても、〝伯爵夫人〟とはいかにもヨーロッパ人っぽい。デイジーの読むスパイ小説に出てくる悪者みたいに、どこかぼんやりしているのにヨーロッパらしさが感じられて、なんだかずるい気がする（そういえばデイジーはこの夏、スパイ小説を何冊も読んでいる。お気に入りの作家はジョン・バカンで、いまは探偵倶楽部も独自の衣装部を持つべきだと考えているようだ。デイジーが髭を生やしてプラス・フォーをはいていたら、その案を推し進めそう。あたしはそう思った。でも彼女が言うには、そんなことをしたいわけではないし、そう考えるあたしは愚鈍らしい。愚鈍なんて、そんなむずかしい言葉は使わないでくれればいいのに。なんだかんだ言って、むずかしい言葉はあたしの専門なんだから）。でも、この伯爵夫人はヨーロッパのどの国の出身だろう？　彼女の発音はすごく妙だ。学校でロシアのスパイごっこをするとき、みんなあんなふうにしゃべる。ロシア人という可能性はありそう？　ロシア人がロマノフ家に、とくに皇帝《ツァーリ》とその家族に対して行ったひどい仕打ちのことはぜんぶ知っている（夏学期、幼い皇女たちの運命を調べたビーニーは、丸一日、泣きとおした）けど、実物のロシア人に会ったことはいちどもない。あたしはうっとりとして彼女を見つめた。

「あなたがわたくしたちの担当だと言うの?」伯爵夫人が話をつづける。

「さようでございます」そう言ってジョセリンは、また頭を下げた。頬のピンク色がかすかに濃くなっている。「お部屋は伯爵夫人が八号室、お孫さんは隣の九号室です。お孫さんの客室はふたり用ですが、寝台のひとつは空いています。おふたりとも、快適に過ごしていただけますよ」

お孫さん? そう思いながら伯爵夫人から視線を離し、そこでようやく、彼女の後ろにいる人物に目をやった。あたしやデイジーとおなじ歳くらいの男子だ。色白で細面だけど、頬骨はしっかりしている。たっぷりとした髪はすごくきれいな金色で、眉も立派だ。そして、いまでも背が伸びつづけているのがはっきりわかる。上着からもズボンからも、みっともないくらいに手首や足首がのぞいているから。いくらか成長した、『小公子』のセドリックみたい。見られていることに彼が気づくと、あたしはすぐに顔をそむけた。男子なんて!

「ふん」伯爵夫人はとげとげしく言った。「わたくしはそのようには頼んでいません。ひとり用の客室をふた部屋と言ったはずです。このことは覚えておきますからね。とにかく、案内してちょうだい。来なさい、アレクサンダー」

「はい、おばあさま」その男子は言い、あたしは驚いて目をぱちぱちさせた。言葉は英語だったものの、話し方はロシア人っぽくなかったし、イギリス人っぽくもなかった。早口で話すデイジーの真似をしているみたいだけど、母音を伸ばしているのがうっすらとわかった。聞いたことのあるどのアクセントとも、ちがう発音だ。

ふたりがあたしたちのそばを通りすぎる。伯爵夫人は知らんぷりだったけど、男子はふり返ってこちらを見た。その表情にあたしは不安になった。遠慮がなく好奇心いっぱいで、気に入ったものはじっと見ることにしているみたいだったから。

そんなふうに見られて楽しいはずがない。デイジーもおなじことを考えていればいいのに。そう思っていると、彼女は男子をじっと見つめ返していた。冷ややかに、視線をずっと外さず。あたしはうれしくなった。

ジョセリンが通りすぎるとき、彼はあたしたちを見てからつぎにアレクサンダーに目をやり、ウィンクしてきた。自分の顔が真っ赤になるのがわかった。ありもしないロマンスを勝手につくりあげる大人たちは大嫌い。

伯爵夫人と男子はそれぞれ客室にはいり、ドアがばたんと閉まった。デイジーに身振りでなかにもどろうと言われ、あたしたちも客室のドアを閉めた。彼女はものすごく上機嫌だった。

「オリエント急行にロシア人が！」そう言って目をぎらぎらさせている。「どうしてこの列車に乗っているの？　暗い過去から逃げているんだと思う？　それにあの男子、どうしてロシア人じゃなくアメリカ人っぽくしゃべるの？　そうね、伯爵夫人のほんとうの孫じゃないのかも……ひょっとしたら、彼女が誘拐したのかも！」

「そんなこと、するはずがないじゃない！」あたしは言った。あの男子がアメリカの発音で英語を話していることを、デイジーもちゃんとわかっている。「誘拐されたようには、ぜんぜん見えなかった」でも彼女は、あたしの言うことなんて聞いていなかった。

「ヘイゼル」ひそひそと話しているけど、声は興奮して生き生きしている。「この列車には、次つぎに謎が現れるわね！」

「やめて、デイジー！　言ったでしょう、どんな捜査もしないって。おとうさんが許してくれないわ」

「あなたのパパがどう関係するのかわからないんだけど。わたしたちが知らないだけで、すでに何かが進行している。それだけのことじゃない。わたしたちはその現場にいるの、だから調べないとだめでしょう」

「いいえ、そんなことしなくていい」あたしは断固として言った。「この休暇中は」父がそんな休暇旅行を受け入れるはずがないと説明したかった。あたしたちには探偵にならないといけないときがあるということを、父はわかろうとしないだろう。父にとっては何事も選択の結果だから、何かが起きてもその責任は自分で取らないといけないと思っているのだ。何かしでかした人を指さし、間違いを正させないことには気がすまない。前は考えたことがなかったけど、そういうところがあたしと父を似た者同士にしていると、いまならわかる。

デイジーは自分の寝台の端にどすんと腰を下ろし、旅行鞄からハードカバーの本を取り出した。そのタイトルが『オリエント急行の殺人』でも、驚いてはいけない。

「そんなのいま読んじゃだめよ、デイジー！」

「だめなんて言うのは、なし。わたしは読むわ、とうぜんでしょう。読みたいものは何だって読んでいいの。とにかく、これを読めばいつ捜査をはじめればいいのか、何か思いつくかもしれないし」

「捜査することなんて起きないから」あたしは言った。

「あなたはそう思っていればいいわ」デイジーは答えた。

6

そのあとすぐ、列車の外からどたどたと足音が聞こえてきた。デイジーは本を放り投げ（彼女はただあたしをいらいらさせるために、読んでいる振りをしていただけだった）、寝台の上で立ち上がると急いで窓際へと寄った。窓をあけようとして、すごく戸惑っている。オリエント急行の窓は、数センチしか引き下げられないとわかったから。それでも、わずかな隙間からなんとか鼻先だけを出した。あたしも彼女の横に立ち（いつものことだけど、デイジーのほうがよく見える位置にいる）、顔をガラスに押しつけて外を見つめた。すると、大きな声とがちゃがちゃいう音と煙のあいだから、ひとりの紳士が姿を見せた。

オオカミの鳴き声とともに夜霧のなかから現れても、ちっともおかしくない。そんなふうに思える人だった。黒いもじゃもじゃの顎鬚《ひげ》と尖った鼻——裏地の赤いマントまで羽織っている。そのマントをはためかせ、決然とした表情でどすどすと歩いている。どこに向かうか疑いようがない。この車両だ。

「ドラキュラ伯爵がいる」あたしは息を呑んだ。

「あら、うまいこと言うわね。でも、ちがうわ。あれはイル・ミステリオーソよ。やだ、彼もおなじ列車に乗るなんて、うれしい！」

あたしがよくわからないという顔をしていたのだろう、デイジーは話をつづけた。

「ヘイゼルったら、新聞はぜんぜん読まないの？　どれを見ても彼の話題が載ってるのに。脱出マジックの第一人者よ。大胆不敵な芸。驚くべき離れ業《わざ》。そういうマジックをしているの。アメリカで活躍していた、脱出王のフーディーニみたいな。イル・ミステリオーソはイタリア人だけど。三年まえ、木箱に閉じこめられたままドナウ川の底に沈められ、そこから見事に脱出したの。聞いたことない？」

あたしは頭を左右に振った。そういうニュースは香港まで届かないことが多い。

「まあ、知らないとは思った」デイジーが言う。「とにかく、彼はほんとうにすばらしいの。ただ、この何年かは大がかりなマジックはやっていないのよね。しばらくは新しいトリックを練っているると、そう思われているみたい。みんな、今度は何をしてくれるのか、はらはらしているわ。前回は熊と、それにテスラの発明した電動機を登場させたんだから」

そう聞いてもやっぱり、イル・ミステリオーソは吸血鬼そっくりに思えた。だから、大きな黒い旅行鞄を持つポーターを従えて金色の乗降段をのぼる彼を見て、興奮してわくわくもしたし、怖くもあった。この列車に乗っているあいだに、何かマジックを見せてもらえるかしら?

でもいまは、彼につづいてさらに多くの人が集まっていた。その人たちもどうやら、おなじ寝台車に乗ろうとしている。みんな、イル・ミステリオーソとはちがうタイプの人たちばかりだ。ううん、まったくちがうと言ってよかった。そのうちのひとりは女性で、背はすごく低いけどからだつきはがっしりしていて、顎もいかつい。髪は黒く、着ているドレスには黒色のシルクのドレープやひだやパネルがふんだんに施され、ビーズとフリンジで飾られている。肩にかけたタッセル付きのスカーフも黒色で、レースの手袋も黒色だ。つまり、どこもかしこも色味がなかった——べっとりと濃い赤色に塗られた唇以外は。

もうひとりは男の人だ。痩せこけ、ぼさぼさの金髪にくたびれた帽子をおかしな角度で乗せている。着ないほうがましだと思えるコートを着て、いかにも貴族っぽいほっそりとした鼻さえ、すこしだけ歪《ゆが》んでいる。その彼とさっきの女性は同時に足を踏み出し、それから立ち止まってお互いにじろじろ見つめ合った。彼のほうが不快そうにさっと片手を差し出して先に行くように促すと、女性は鼻を鳴らして滑るようにして前に進んだ。お礼を言うこともなく。

その女性はどたどたと乗降段を上がり、男の人もあとにつづいた。そうしてふたりとも、列車内の通路に立った。

ジョセリンが仰々しくふたりを迎える声が聞こえてきた。デイジーが寝台から飛び降り、このこぢんまりとした客室のなかで手招きをする（ここであたしはまた、何もかもがいかに小ぶりにできているかに驚いた。限界まで縮んだ豪華ホテルみたいだ）。あたしたちはすこしだけドアをあけ、また外を覗いた。

「……ということで、お部屋は六号室です、マダム・メリンダ！」ジョセリンがそう言っている。「すべてお好みに合っているといいのですが。それからミスター・ストレンジには、ふたり用の客室の十二号室をおひとりで使っていただきます。寝台車両の最前列です。ちなみに、お姉さまもこの列車にお乗りですよ。五号室で、ご主人は隣の四号室です。わたしは――」

「姉だと？」瘦せこけた男の人、ストレンジ氏は言った。ストレンジ！　そういえば、ドーント夫人の旧姓はストレンジだとデイジーは言ってなかった？「いや――わたしは――どういうことだ、姉？」

ジョセリンは咳ばらいをした。「お姉さまはドーント夫人ではありませんか？　ご夫妻で乗っていらっしゃいます。寝台車をご予約いただいたもので。思いますに、おなじ列車に乗るということは……ご存じなかったと？」

ストレンジ氏は見るからにかなり気分が悪そうで、小ぶりの旅行鞄をぎゅっとつかんだ。「ああ、知らなかったさ！　すまないが、もう客室に引きあげてもいいだろうか」

でもちょうどそのとき、暴れ牛のような大声を上げてドーント氏が客室から飛び出してきた。

あまりにも勢いよくドアをあけたものだから、シャンデリアのクリスタルがぶつかりあって、ちりんちりんと音を立てた。絨毯をどすどす踏む彼の足取りが、機関車が始動したときよりも大きく響いた。デイジーは興奮して口をO《オー》の形にしながら、ドアをもうすこし押しあけた。あたしは彼女の腕の下にもぐり込んでおなじように首を伸ばしたけど、大騒ぎをする人たちがひと塊になっているのが見えただけだった。

「いったい、どういうことだ？」ドーント氏が唸るように言った。「おまえは――おまえたちふたりとも！　わたしたちのことは放っておいてくれと言っただろう！」そう言ったところで彼は壁にぶつかり、呻《うめ》き声を上げた。「くそっ、この狭い通路め！」

「サー」ジョセリンが言った。声には神経質そうな色が滲《にじ》んでいる。

「ごきげんよう、ミスター・ドーント」マダム・メリンダが言った。ずいぶんと芝居がかっている。口ぶりからすると、彼のことを知っているようだ。「見てのとおりです。わたしはあなたたちといっしょに、この列車で旅に出ますの」

「よくも、よくもそんなことが言えるな？　わたしと妻は休暇中なんだ。二週間でいい、その爪を引っこめてわたしたちの人生に関わらないでくれないか？」

「メッセージを受け取ったんです、霊界から。あなたもこの列車に乗る、だからわたしがつき添うことが何よりも肝心だと訴えていました。ジョージアナはステージを上がるなかで、いま、重要な局面にいます。わたしの導きで、亡くなったおかあさまとの交信をいよいよはじめるところなんですから。わたしとともに行《おこな》ったセッションで、彼女は安らぎを得ました。あなたはそれを否定するのですか？」

「安らぎ？」ドーント氏はわめいた。「妻から安らぎを奪っているのはあんたじゃないか。何があったか、つねに思い出させて！」ドーント夫人の顔が客室のドアのところに現れた。「いったい何をしているの？　この列車に乗るなんて言ってなかったじゃない！　それに、ロバートまで！　でも、どうして……おなじ列車に？　何なの、これ！」

ミスター・ストレンジの顔が真っ青になり、両方の頬には真っ赤な斑点が現れた。

「わたしにわかるはずがない。何も！　わたしは今回の旅で、つぎの小説の取材をする。もし知っていたら——最後に会ったとき、姉さんの夫に言われたことを考えたら——わざわざ二百キロ以内に近づくわけがない」

「でも、あれはわたしのせいじゃないわ！」ドーント夫人がめそめそと言った。さっきよりもまた、駄々っ子みたいになっている。

「ジョージアナがおまえに金を渡すよう仕向けるのはやめてくれ」ドーント氏は言った。「品がなさすぎる。くだらない三文殺人小説で収入をじゅうぶんに得られないのは、わたしたちの落ち度じゃないんだから！」

「みなさん」ジョセリンが言った。おろおろして顔がピンク色になっている。「お願いです。ほかにもお客さまがいらっしゃいますので！」

「すぐに客室に案内してください」ミスター・ストレンジは声を震わせながら言った。

「あんな口を利かれるのは、もうたくさんだ」

ジョセリンが彼を連れて行った。ドーント氏も「いつまでこんな話をつづけるつもりなんだ」と唸るように言い捨て、荒い足音を立てながら自分の客室にもどった。彼がなかにはいってドアを勢いよく閉めたとたん、ドーント夫人のめそめそ泣く声がどんどん大きくなり、やがて苦しげな叫び声になった。

「あの方、このうえなく不愉快なオーラを放っているわね」マダム・メリンダが言った。「霊が彼を受け入れようとしないのも不思議じゃないわ」

ずっと無言でその場にいたイル・ミステリオーソは状況をすべて理解したようで、のどを小さく鳴らした。それから、ごろごろと鳴くみたいな低い声で言った。

「お互いに知らない仲ではないと思いますが。フォックス夫人ではありませんか？あなたの演技は覚えています、何年もまえ――」

「わたしはマダム・メリンダです、あいにくですけど。これでも、それなりに名の知られた霊媒師ですの。依頼を引き受けるのは、私的な顧客のみですけれど。どなたかと思いちがいなさっているのね」そう言う彼女の声はうろたえているみたいだし、おちつかなげにからだをもぞもぞさせている。イル・ミステリオーソは人ちがいをしていたのだろうか。演技と言っていたけど、何の話だろう？それに、あたしの耳は〝霊媒師〟という言葉をしっかりと捉えていた。霊媒師が、霊と接触する人だということは知っている。だからそう聞いて、あたしは何だか不安になってぞくぞくしていた。これまでに見てきた亡くなった人たちのことを、こっそり考えることがあるから。幽霊は現実にはいないとあたしは知っているけど、霊媒師という人たちはそのことを知っているのだろうか。

乗務員がふたり、マダム・メリンダとイル・ミステリオーソに近づいてきて、それぞれを客室に案内していく。通路はほんとうに狭く、それなのにイル・ミステリオーソとマダム・メリンダはふたりとも、ずいぶんと体格がいい。彼は上のほうに、彼女は横のほうに。しばらくぶつぶつ文句を言う声やがさごそという音が響いていたけど、通路はようやくしずかになった。

「あらあら！」ひとりごとみたいにデイジーが言った。「こうなったら、何かが進行しているはずがないなんて言えなくなったわね！」

あたしの頭のなかはぐるぐる回っていた。この寝台車にあらたに三人が乗りこんできたけど、そのうちのふたりはドーント夫妻のことを知っている。そして、ドーント氏はそのふたりともを嫌っているみたい。ストレンジ氏は犯罪小説家で、ドーント夫人の弟だ。あたしは自分が耳にしたことについて考え、デイジーが言っていたことを思いだした。亡くなったおかあさんの遺産をもらえなかったから、ストレンジ氏はずっとドーント夫人のことを許していない、ということだった。彼はほんとうに、ドーント夫人がこの列車に乗ることを知らなかったの？　偶然いっしょになったというのは事実なの？　そんなこと、まったくありそうにないように思える。

マダム・メリンダのこともおなじように気になる。霊媒師で、ドーント夫人が亡くなったおかあさんと交信するのを助けてきたなんて言っていた。彼女とドーント氏がお互いに嫌い合っているのはあきらかだ。彼が休暇でオリエント急行に乗ることにしたのは、妻をマダム・メリンダから遠ざけるためだと思われる。うまくいかなかったわけだけど。

つぎに何が起こるんだろう？　すれ違うときにはお互い、からだを押しつけるようにしないといけない狭い通路と、幅がほんの二メートルほどの小さな客室という、そんな車両に閉じこめられて。オリエント急行は豪華だけど、広さに関してはまったく話にならない。それに、暑い夏に乗るには不快だ。まるでお鍋のなかにいるみたい。中身がぎっしり詰まって、いまにも猛烈な勢いで噴きこぼれそうだ。

そのとき、はっと気づいた。あたしは探偵みたいに考えている。そして隣では、デイジーが楽しそうにぴょんぴょん跳びはねている。

「デイジー」おとなしくさせようとしてあたしは言った。

「もう、ヘイゼルったら。あなただって、さっき聞いたことにはすごく興味を惹かれるって否定できないはずよ。口げんか！　嘘！　財産！　死！」

「興味なんてない！」あたしは言った。

「自分を抑えようとして、そんなふうに言ってるだけでしょう。わたしとおなじくらい、この列車に乗っている人たちのことが気になっているくせに」

顔がかっと熱くなった。気まずかったけど、ほんとうのことだった。デイジーの言ったことの、ほぼぜんぶが。あたしがどう思おうと、新しい事件が探偵倶楽部の前ではじまった。そんなおそろしさを感じていた。

腕時計を見ると十時五十七分だった。あと三分でこのオリエント急行はカレー駅を出発し、旅に出る。

でもそのとき、外のプラットフォームが何やら騒がしくなった。この列車に向かって急いで駆けてくる人が、もうひとり。片手でつばの広い帽子を押さえ、その帽子の下では滑らかな短い髪が光っている。見たこともないほどにすてきな旅行用のスーツにおそろいのコート姿で、足を踏みだすたびに絹のストッキングがきらきらときらめく。顔には完璧なお化粧をしてハイヒールを履き、ほっそりとした腰には最先端のおしゃれなベルトを巻いていた。

最後に会ったときとはぜんぜんちがう。いま目の前で見ている、すばらしく魅力的な女性はまったくの別人だ。それなのに、あたしにはすぐにわかった。デイジーにも。

ミス・ライヴドンだ。

第2部

スパイとナイフと悲鳴

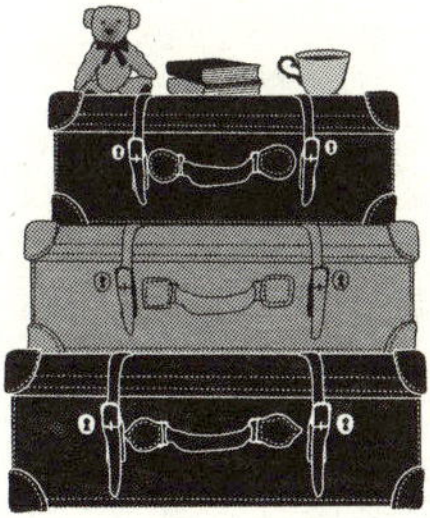

1

ここまで書いて、いったん読み返した。お芝居の冒頭で登場人物全員が紹介されるみたいに、重要な人物はみんな書き留めてある。この調子で行こう。でも、デイジーはどんどん書き進めるようにと言っている。はやく殺人事件までたどりついてほしいのだろう。悲鳴、鍵のかかったドア、そのドアがこじ開けられたときに目の前に広がった光景まで。

もちろんそうするつもりだけど、その途中で触れずにはいられない出来事がふたつある。ナイフとスパイだ。

まずはスパイから。

息を吹き返した生き物みたいに列車が足元でぶんぶん唸り、揺れが骨を伝わってくる。あたしはドアにもたれて歯を食いしばった。でも、とうぜんだけどデイジーは立ったまま、完璧にバランスを取っている。ミス・ライヴドンは急がないと、乗り遅れてしまう。ジョセリンが窓から彼女に向かって何かを叫び、がたがたという音がして車両の扉が勢いよく開いた。そこへ思い切り笑いながら、ミス・ライヴドンが乗りこんでくる。すごく不思議だった。ミス・ライヴドンが笑うところなんて見たことがなかったから。あたしが知っている彼女は、どこまでもまじめだった。でも、あたしが知っている彼女というのは……。

ふり返ってデイジーを見る。「ミス・ライヴドンのはずがないわよね！」

「彼女よ」デイジーは答えた。「あなただってすぐにわかったじゃない。でしょう？探偵はつねに、直感を信じないとだめよ」

「でも……平気なの？　だって、最後にミス・ライヴドンに会ったのはフォーリンフォード邸なのに」

「もちろん、平気」そう言ってデイジーは顔をしかめてみせた。あたしをまぬけだと思っているみたい。でも、手はぎゅっとスカートに押しつけている。「どうして平気じゃなくなるの？　わたしは興味があるだけ。ミス・ライヴドンはここで何をしているのか。わたしたちがこの列車に乗ることを知っていたと思う？　それに、何か関係があるのかしら……」

あたしたちは顔を見合わせた。デイジーはぜんぶを言う必要はない。ミス・ライヴドンがここにいるのは、フォーリンフォード邸の事件と関係があるから？　それに、どうやって裁判の途中でロンドンから抜け出せたの？

客室の外を足音が通りすぎていく。デイジーが人差し指を口元に当て、ふたりでまた耳をすました。

「間に合ってよかった」ジョセリンの声だ。「間に合ってよかったです、ヴァイテリアス夫人。あなたのお世話をきちんとするようにと、ご主人から手紙を受け取っています。どうぞ、オリエント急行での旅をお楽しみください。お部屋は七号室です。よろしいでしょうか？」

「もちろん」ミス・ライヴドンは言った。「何も問題ないわ。夫が忙しすぎていっしょに来られないのは残念ですけど。ほら、大物銅商人には自分の時間なんてありませんもの……」

列車のがたがたいう音と揺れで声がかき消され、ふたりの会話は聞こえなくなった。

「ミス・ライヴドンったら、どうしてヴァイテリアスだなんて名乗ってるの？」あたしはデイジーに訊いた。「また覆面捜査をしているとか？」

「まちがいなくね。それに、夫だとかいう人もでっち上げに決まってる。また、極秘任務に就いてるんだわ。ねえ、あの人ってすごくわくわくする人生を送っていると思わない？　こういうことなら、そうね、わたしたちにできることはひとつしかない」

あたしは期待してデイジーを見た。これから旅をする三日のあいだ、ミス・ライヴドンのことを無視するのはどこかへんだし、むずかしいだろう。彼女がヴァイテリアス夫人とかいう人の振りをしているなら、あたしたちのことを知っているとは、まず言えないはず。それに、ヘティにはどう説明しようか。そのことがとつぜん、頭に浮かんだ。ヘティだってとうぜん、ミス・ライヴドンに気づくはず。でも、彼女がほんとうは誰かということは知らないし、知られてもいけない。口を閉じている《キープ・マム》ことがすごく重要だと、ヘティはわかってくれるだろうか？　ああ、ここでもまた、とんでもなく危険な状況に追いこもうとするかのように陰謀があとを尾《つ》けてくる。

「すぐにミス・ライヴドンの客室に行って、直接、話さないと」デイジーは言った。「けっきょく、わたしたちは同志も同然なの。バッジも持ってるし、ね？」

たしかに持っている。フォーリンフォード邸の事件であたしたちが見せた活躍のお礼にと、プリーストリー警部が贈ってくれたのだ。デイジーはそのバッジを、小ぶりのおしゃれな鞄にしまっている。あたしはお菓子箱の奥底にしまいこんだまま、埃《ほこり》をかぶった学校の棚に置いている。これで、あたしとデイジーのちがいを手っ取り早くわかってもらえるだろう。

「デイジー、そんなことできない」あたしは呆れて言った。

「何を言ってるの、行くわよ。さあ、ワトソン。おちびちゃん《シュリンプ》じゃないんだから、ばかげた振る舞いはやめたまえ」デイジーは勇ましくドアから出て行った。

通路を歩いているとゆらゆら揺れるし、がたがたとうるさかった。列車はまさにいま、猛烈にスピードを上げているところだ。右手の窓から外を見ると、石造りの建物や石畳の通りに光が反射していた。

探偵はだめ。そう、自分に念を押した――すると足元で揺れる列車が、がたんごとんと前進するリズムに合わせてささやきかけてくるような気がした。〝探偵、だめ。探偵、だめ。探偵、だめ〟転がるように進む列車に合わせてバランスを取るのはむずかしく、周りに意識を向けるのはたいへんだった。寄せ木で花が描かれた壁にもたれて体勢を立て直さなければならなかったのも、いちどや二度ではない。そしてそのたびに、こんなにもすてきな模様に両手を押し付けたりして申し訳ない気持ちになった。頭の上ではクリスタルがきらきら輝き、ドアの閉まった客室が並ぶ通路を行った先の小さな車掌席には、ジョセリンがちょこんと座っていた。食堂車のすぐ手前、イル・ミステリオーソの客室の斜め向かいだ。彼の隣には夕食のパリ・ソワール（ジャガイモの冷製スープ）が置いてある。近づいていくとジョセリンは頷《うなず》き、あたしはたちまち、おちつかない気持ちになった。列車が体のなかで揺れているように感じているからだけではない。乗客たちの会話に耳をすますのは驚くほど簡単だけど、客室の外に出たら、その誰かしらとつねに顔を合わせることになるからだ。どうしてデイジーは、誰にも気づかれないで目当ての相手にこっそり近づけるなんて思えたの？

でもデイジーは、ピンチにもうまく対処した。いつものように。

「ボンジュール、ジョセリン」最高にかわいらしいアクセントで挨拶する。「ちょっといいですか《エクスキュゼ・モワ》、わたしたちの客室の蛇口から水が漏れてるみたいなんです」

「それはたいへんだ！」ジョセリンはぱっと立ち上がった。「すぐに確認しましょう」

ジョセリンがあたしたちの客室にはいると、デイジーはすぐ行動に移った。さっと駆けだし、七号室のドアに両手をついて勢いよく押す。ドアはぎいっと開き、ミス・ライヴドンの姿が現れた。寝台の上にある荷物棚に帽子箱を置こうとしたまま、固まっている。止める間もなくデイジーはすでに部屋にはいっていて、あたしも急いで彼女につづいた。ドアはあけたままだ。

しばらくは誰も動かず、客室のなかはすごく窮屈に感じられた。ミス・ライヴドンはすっかり驚いたようすで、あたしたちのことをじっと見つめている。

「何も言わないでください」デイジーがひそひそ声で言った。「通路で声が聞こえたから、ドアをあけてわたしたちをなかに入れた。そして、わたしたちはあなたの持ち物をほれぼれと眺めている。そういうことにしてください。いいですね？　わあ、すごくすてきな帽子ですね、ヴァイテリアス夫人！　ほんとうにおしゃれだわ！」後半は声が大きくなっていた。外に誰かいたら聞こえるように。

ミス・ライヴドンはためらうことさえなかった。ほんとうにたいした人だ。思っていたよりも、ずっとすばらしい役者なのかも。

「ええ、そうでしょう」彼女もおなじように大きな声で言う。「パリではこれが最新の流行なんですよ。わたしが最先端のファッションを身につけるのを、夫はよろこんでくれますから。〝ふたりとも、いったいここで何をしているの？〟」

「〝休暇です〟」デイジーは反抗するように言った。「〝ヘイゼルのパパが連れてきてくれました。知らなかったんですか？　あなたこそ、ここで何をしているんですか？　どうして……ロンドンにいないの？　それに、どうしてまた嘘の名前を使っているの？〟羨《うらや》ましい、わたしもこんなすてきな帽子がほしいわ。あら、すごくいい匂い！」

デイジーにはどうしても言えなかったのだろう。どうして、裁判に出廷していないの？　と。でももちろん、ミス・ライヴドンはわかってくれている。

「でしょう？　シャネルの五番よ。〝いいこと、あなたたちには関係ない。わたしの名前はヘレン・ヴァイテリアス。とても裕福な夫がイスタンブールでわたしを待っているから、ほかでもないこの列車に乗っていてとうぜんじゃない。これからの道中、そのことを覚えておいてくれたらうれしいわ。わたしはね、あなたたちのどちらにも会ったことはありません〟」

そう言われても、デイジーは何とも思わなかったようだ。「〝へえ、また新しい偽名を覚えなくちゃいけないんですか？　ちょっとそれは、できない相談ですね。ほんとうはここで何をしているか、説明してくれないことには。きちんと説明してください。それが筋よね、ヘイゼル？〟」

「えーっと」あたしは言った。「そのスカーフ、ほんとうにすてきですね」

デイジーはぐるりと目を回し、ミス・ライヴドン――ヴァイテリアス夫人――はため息をついた。まったく、とあたしは思った。どうやって彼女の最新の偽名を次つぎに覚えればいいというの？

「〝ひとことでも漏らしたら……ふたりとも、ちゃんと聞きなさい。事は深刻よ。ゲームじゃないの。誰かに何かを話したら、権力の座にある人たちをひどく怒らせることになる――誰のことを言っているか、よくわかっていると思うけど〟」

デイジーは唇をぎゅっと結んだ。ふたりともわかっている。それも、とてもよく。

それでもやっぱり、あたしにはわからないことがあった。何が〝M〟をそこまで重要人物にしているのか、その秘密については。デイジーはけっして教えてくれようとはしない。だから彼女もほんとうに知っているのか、不思議に思うことがある。

「〝約束してくれる？〟」

デイジーはため息をつき、それからあたしに頷きかけた。

「〝約束します〟」ふたりでいっしょに答えた。

「〝よかった〟」ミス・ライヴドンは言った。「〝じつは、スパイを追っているの〟」

「まさか！」デイジーが声を上げる。「エルメスじゃないなんて！」

「〝そう、その調子よ、デイジー。わたしは特別な許可をもらって、裁判には直接出廷しなくていいことになったの。それでどうしてここにいるかというと、イギリスの軍事力に関する秘密をつかんだ何者かがこの列車に乗って、それをベオグラードでドイツのスパイに渡すらしいという情報を連絡役から聞かされたからよ。いまのところイギリスとドイツは、表向きこそ友好関係にあるけど、政府は最近のヒトラー氏の動向をよく思っていないし、軍事作戦だってできるだけ明かしたくないでしょう。そのスパイには、もう何度も裏をかかされてきたわ。この何カ月は目の上のたんこぶだった。そこで、わたしの出番になったというわけ。そのスパイを目的地まで行かせないよう、確実を期したいの。スパイが誰にしろ、この車両に乗っているはずで、わたしはその正体をかならず突き止めてみせる。だから、どうするのがいちばんいいかわかったら、この件に関わらないようにしてちょうだい。いい？　まじめに聞いてね、デイジー〟」

「〝わたしに向かってまじめにって言うのはやめてください！　ヘイゼルにだって、おなじように言ったらどうです？〟」

「〝あら、ヘイゼルはいつもまじめだもの〟」そう言ってミス・ライヴドンは、あたしに向かってにっこりした。

「〝とにかく、ふたりが過去に探偵として活躍したことは知っているけど、今回は話がべつ。国際問題だから、関わらせるわけにはいかない。あなたたちのことは心から信用しているわ。だからこそ、この件にはぜったいに巻きこみたくないの。調べることもだめ、向こう見ずな行動も慎むこと、わかってもらえた？　偶然、おなじ列車に乗り合わせたなんて、とんでもなくやりづらいわ〟」

なんだかすごく申し訳ない気持ちになった。ミス・ライヴドンは厳しい目であたしたちを睨みつけている。デイジーはといえば、機嫌を悪くしているだけだ。

「〝でも、ミス・ライヴドン！　手を貸さなくていいなんて言えないはずですよ！

今回の任務で助けが必要になったらどうするんです？　わたしたちが優秀な探偵だということは知っているでしょう。イースターのときに何があったか、思いだしてください。殺人事件を解決したのはわたしたちですよ、あなたじゃない！〟」

「〝今回は殺人事件じゃないの、デイジー。好きなだけ言いたいことを言えばいいわ。でも、わたしの気持ちは変わりませんから。それに、どうにかして首を突っこもうとしてきたら、あらゆる手を尽くしてあなたを阻みます。わかってもらえた？〟」

デイジーのかわいらしい顔が、怒りで爆発しそうになっている。あたしでさえ、いまは腹を立てていた。父以外の大人から、この休暇中は探偵をしないようにと、また言われている。そう言われるたびにどんどんいやな気持ちになると、自分でもわかってきた。ほんとうにおもしろいことからは、あたしたち子どもは締めだされてしまうのだ。

ミス・ライヴドンのぎらぎらした目で見つめられ、あたしたちはようやくもごもごと返事をした。「〝はい、ミス・ライヴドン〟」

「〝よろしい。でも、それはもうわたしの名前ではないの、そうよね？〟」

「〝はい、ヴァイテリアス夫人〟」ふたりで素直に答えた。デイジーはその名前を、食いしばった歯のあいだから絞り出すように言っていた。それから、声を大きくして付け加える。「ほんと、すてきなお召しものばかりですね」

「〝百点満点よ、デイジー。この列車に乗っているかぎり、わたしの名前はヘレン・ヴァイテリアスだということを忘れないで。そして、つい五分まえに会ったばかりだということも。いいわね？　それからメイドにも――ヘティだったかしら――おなじことを伝えて〟」

ジョセリンが開いた客室のドアからひょいと顔を覗かせた。

「ミス・ウェルズ、ミス・ウォン？　蛇口を確認しましたが、すっかり直ったと思いますよ。ヴァイテリアス夫人とおしゃべりしていたんですね……」

「すてきな帽子ですねって言っていたところ」デイジーはにっこり笑った。二分まえには激しく言い争いをしていたなんて嘘みたい。「行こう、ヘイゼル。ヴァイテリアス夫人は荷解きをしたいんじゃないかしら」

自分たちの客室にもどると、気持ちがすっかり沈んでしまった。どちらを向いても謎だらけなのに、そのどれひとつ、捜査することを許されないなんて！　フェアじゃない！　必死にいい子になって、ドーント夫妻を取り巻くおもしろそうな話は気にしないようにしてきたけど、ここに来て本物のスパイ捕り物の話を差しだされた。それも目の前に。あたしはデイジーを見た。やっぱり、怒ってしゅんしゅん湯気を立てているみたいだ。大人たちが気に入ろうと気に入るまいと、〈ウェルズ＆ウォン探偵倶楽部〉はまた新たな謎を見つけたのに、ミス・ライヴドン——ではなく、ヴァイテリアス夫人——から捜査しないようにと言われたせいで、よけいに好奇心を刺激されている。

2

列車は蒸気をはき出し、がたがた車体を揺らして確実にスピードを上げながら、生き物みたいに唸っている。それにまだ慣れることができず、あたしは気分が悪くなる。頭のなかいっぱいに音があふれ、歩くたびに床が揺れたり弾んだりすると、足元はおぼつかなくなる。そこでデイジーの寝台（下の段）の端に腰を下ろし、窓から外をぼんやり眺めた。カレーの町の灯りの点《とも》った石造りの建物が、どんどん後ろへ流されていく。夜の町を写した写真が途切れることなく現れ、次つぎに新しい一枚を見せてくれているみたい。あたしだけのために。家並みが消え、景色は寒々とした銀色の大地に替わった。それから、ゆったりと流れる、青白く輝く川が現れた。そのあと列車はいきなり森へとはいり、電灯に照らされた客室のなかしか見えなくなった。デイジーが寝間着姿でうろうろしていた。

ヴァイテリアス夫人の話は、聞かなかったことにはできそうにない。ドーント夫妻の周りで起きている出来事は何だかおかしいけど、それ以上のことはなさそう。でも、本物のスパイというのは魅力的すぎて、調べるなと言うほうがむりだ。たしかにヴァイテリアス夫人から、近づかないようにと警告されたかもしれない。でも、これまでにふたつのちゃんとした事件から学んだことがあるとすれば、それは大人たちはいつも正しいとはかぎらない、ということだ。彼女が何を言おうと、ドイツに秘密を売ろうとしている人物の正体を突き止める手伝いをしないといけない。そうしなければ、あたしたち探偵倶楽部だけでなく、イギリスという国までがっかりさせることになる。悲しげにあたしを見る国王の姿が頭に浮かんだ。その後ろには、王妃とハンサムな王子たちもいる。あたしはジョージ五世のお世話をしなければならない——なんだかんだ言って、国王はとってもお年寄りだから。お年寄りを動揺させてはいけない。

デイジーが何か話しているけど、あたしは物思いにどっぷり浸っていたから放っておいた。この休暇中、父はあたしがいい子でいることを期待している。そのことはわかっている。でも、いい子でいることより、イギリスに反抗しているスパイの正体を突き止めるほうが重要じゃない？　正義をもたらすことに、父はほんとうに反対するだろうか？

心の奥底では、父はそうするとわかっている。でも、そんなこと認めたくなかった。

あたしが問題をややこしくすると、父は猛烈に腹を立てるだろう。でもそのとき突然、父がどう考えようと、そんなのたいしたことではないという気がしてきた。そう、父はあたしにできるかぎり最高のことをしてくれようとしている。でも、何が最高かを自分で決めはじめてもいいくらいに、あたしは大人なんじゃない？　なんだかんだ言ってもうすぐ十四歳になるし、十四歳といえばじっさいにもう大人だ。

「ヘイゼル！」デイジーが呼びかけながら脇をつついてきたから、あたしは飛び上がった。「ずっと話しかけてるのよ、ヘイゼル。ちゃんと聞いて！　夢でも見てるみたいじゃない。いま言ったように、わたしたちは謎を見つけた。ヴァイテリアス夫人の探偵としての直感はすばらしいけど、容疑者たちにいろいろ質問をするのは、わたしたちのほうが上手よ。だから、わたしたちも捜査しないとだめ。それで、あなたがこの休暇をこれからも休暇として過ごすつもりなら、探偵倶楽部の会長として命令します――」

「命令する必要なんてない！」あたしは言った。「あなたに負けないくらい捜査したいと思ってると、自分でもいま気付いたところだから」

デイジーはにっこり笑うと、大きな声で言った。「ヘイゼル、そうこなくちゃ！」

それから腕をぱっと広げてきつく抱きしめてきたから、あたしは息をするのもたいへんになった。

3

日曜日の朝、顔いっぱいに太陽の光を浴びながら、空を飛んでいる夢から覚めた。ふわふわと空中を滑る感覚は列車の揺れるリズムにとって代わり、目をあけると、下ろした房飾りつきのブラインドの向こうに太陽が昇っていた。白い枕の上で体を伸ばす。糊《のり》づけされた清潔なシーツの匂いを吸いこむと、思わず笑みがこぼれた。

そのとき思いだした。もう、ただの休暇を過ごしているのではない。また捜査をはじめたのだ。寝台から身を乗りだし、ハミングしながら顔を洗うデイジーを見た。

「ヘイゼル！」目を覚ましたあたしに気づき、彼女は大きな声で言った。「急いで！探偵にはもってこいの日よ！」

着替えて通路に出た。ジョセリンが車掌席で軽くあくびをしてから、笑いかけてきた。デイジーもにっこりと笑みを返し、それから朝食に向かった。

「同盟は」デイジーは言った。「いつもすごく役に立つわ。それは覚えておいて、へイゼル」

　捜査は朝食のときからはじめようと決めていた。スパイの容疑者全員が、おなじ場所に集まるから。食堂車はすばらしかった。ぴしっとした白いテーブルクロス、きらきら光るグラス類、フリンジのついた奥行きのあるアームチェア。でも寝台車とおなじように、ホテルの食堂のミニチュアみたいだった。何もかもがくっつきあっていて、これなら誰がどんな話をしていても、ひと言も漏らさずに聞けそうだ。

　テーブルはふたり用と四人用が用意されていた。すでに席についていたのは伯爵夫人とアレクサンダーだけだったけど、あたしたちとおなじ車両の乗客はみんな、カレー＝イスタンブール間車両に近いほうのテーブルに座ることははっきりしている。食堂車の奥のほうには、べつの目的地に向かう車両の乗客たちがいた。でも、その人たちのことは気にしなかった。まったく関係ない国の人たちのようだったし、ちっとも重要ではない気がしたから。

　父とマックスウェルとあたしとデイジーはとうぜん、おなじテーブルについた。伯爵夫人とアレクサンダー（彼と視線が合うと、満面の笑みを見せてくれた。あたしは目を逸らした）のテーブルはすぐ後ろの四人掛けだから、ほかに誰が来るのだろうと思った。反対側に並ぶふたり掛けのテーブルには、まだ誰もいない。

やがて白い制服を着た給仕係がやって来て、父のお皿の上に電報を置いた。父はかさかさと小さな音を立ててそれを広げ、内容を読んで顔をしかめた。期待であたしの心臓が跳ね上がる。その表情なら知っている。終わらせなければいけない仕事がある、ということだ。あたしやデイジーとおなじように、父も休暇を楽しめなくなったらしい。

「バートレットとエヴァンスからだ」父はマックスウェルに言った。「カーファックスにある土地の売却話が進んでいるらしい。書類の準備をしないと。ヘイゼル、いい子だね。きょうはどこかの駅で――ローザンヌかミラノで――いっしょに下車したいと思っていたが、どうやら無理なようだ。この件にはほぼ一日、かかり切りになるかもしれん。デイジーもおまえも、自分の面倒は自分で見なさい。明日になればベオグラードを案内しよう。これで許してくれるかな?」

すっかり怖くなってしまった。あたしとデイジーにとって、これ以上、完璧な展開になることはないはず。でももちろん、がっかりしているように見せる必要はある。父に嘘をつかなくてはならないのは、ほんとうにいやだった。

あたしは朝食を食べて気を紛らわそうとしたけど、ラッキーなことにそれは簡単だった。見ているだけで楽しかったから。ソーセージや卵を載せた湯気の上がる大皿を手に、給仕係たちが各テーブルを回る。イギリスのレストランとおなじだ。でもそれだけでなく、バターの塗られたトーストや、ジャムやチョコレートが溢れる甘いペストリーもいっしょで、ケーキを食べているみたいだった。

そこへ、ヴァイテリアス夫人とドーント夫妻がやって来た。ドーント夫人はきのうの夜に見たときとおなじ、豪華な首飾りをしている。後ろでフォークが落ちる音がしてふり返ると、伯爵夫人がドーント夫人をじっと見つめていた。驚き腹を立てているのか、眉をつり上げている。まるで、彼女に何かひどいことをされて気分を害したとでもいうように。何があったのだろう。ドーント氏のほうは、きのうの夜よりはずっと機嫌がよさそうだった。給仕係が来ないうちから夫人のために椅子を引き、やさしくナプキンを渡している。

おしゃれな青いドレスを着て首飾りをつけているのに、ドーント夫人はなんだかやつれて見え、気分がすぐれないようだった。

「体調がよくないの」彼女は言った。「こんなにもひどい頭痛がするんですもの。よろしければ――」

「ほら、ジョージアナ。コーヒーはどうだい？　紅茶にしようか？」ドーント氏が話しかける。頭痛がするとドーント夫人が言っても、あたしはべつに驚かなかった。あんなに声が大きくて押しつけがましい夫がいたら、疲れてしまうのもとうぜんだ。

「コーヒーを」ドーント夫人は答えた。「ブラックで」

ドーント氏は叫ぶようにして、給仕係にコーヒーと卵料理とフルーツを注文した。

夫人は肘をついた両手に頭を乗せ、顔をしかめた。「ママに会いたい」とつぜん、そう呟《つぶや》く。「ママと話したい。やっぱり、そうするわ。ママと話をさせてもらえるよう、マダム・メリンダにお願いする」

「そんなことはさせない」ドーント氏は大声を上げた。それから心をおちつけるみたいに、深く息を吐いた。「ジョージアナ、わたしが言ったことを覚えているかい？ あの女は要注意人物だ。どこから見てもいかさま師なんだよ。彼女の望みはただひとつ。きみの財産だ」

「わたしはそうは思わない」声に哀れっぽさが滲みはじめた。「あなたがそう言ってるだけじゃない。ママに会いたい！ ママと話したい！」

学校の一年生のおちびちゃんといっしょね。あたしは思った。あんなふうに拗《す》ねて、みっともない。でも、ぜんぶお芝居かもしれない。これまでに遭遇した事件から、人はものすごく上手にひと芝居を打てるとわかっていた。ヴァイテリアス夫人が追っているスパイは、まったくそれらしく見えないこのドーント夫人という可能性はある？

顔を上げると、デイジーもおなじように聞き耳を立てているのがわかった。ドーント夫人の後ろの壁に取り付けられた、フルート形のランプに見入っているふりをしながら。何かを考えているのだろう。

すると、アレクサンダーのひそめた声が聞こえた。「おばあさま！」

ふり向くと、伯爵夫人は椅子から立ち上がっていた。アレクサンダーの声は耳にはいっていないらしい。優雅にからだを預けた杖で床を突きながらドーント夫妻のほうへ歩いて行くと、しゃれた緑色のドレスとおそろいの、緑色のレースの手袋に包まれた細い指を伸ばし、ドーント夫人の喉元を突いた。首飾りのルビーが心臓が鼓動するみたいに跳ね、彼女は椅子のなかで身を縮めた。表情が急に不安げになっている。

「おはようございます」伯爵夫人に向かって眉をひそめながら、ドーント氏が言った。「何かご用ですか？」

伯爵夫人の手はドーント夫人の喉元を離れない。

「この首飾り」鋭い声で言う。「わたくしのものよ」

ドーント氏は伯爵夫人をまじまじと見つめた。彼女のことを、完全に頭がおかしくなったと思っているみたいだ。でも伯爵夫人は、はっきりとした声でゆっくりと話している。「あなたの持っているルビーは、わたくしのものだと言ったのです。ただちに返しなさい」

「いったい何の話をしているんです？」ドーント氏がしどろもどろで訊く。

「そのルビーは五百年にわたり、わたくしの一族が所有してきました。あなたがどうやって手に入れたにしろ、それはわたくしのものです。そしていずれは、孫のものになるのです」

「頭がおかしいのか？」ドーント氏は言った。「わたしは何の不正もなく、ジョージアナのためにこの首飾りを買った。二カ月まえのことだ。購入証書も保険契約証書も、旅行鞄にはいっている。見たいならお見せしますよ。いくらしたのかだって教えられる」その言葉に、デイジーが顔をしかめたような気がした。

「わかっていないようね」伯爵夫人は言った。金属みたいに尖った声だ。「ロシアを離れるとき、意に反して売らなければならなかったのです。いままた、わたくしはそれを見つけました。返してもらうときが来たのでしょう。値段が問題なのではありません。わたくしたち一族にとって、どんな意味があるかが重要なのです。返しなさい。正当な持ち主の元へ」

「何をばかなことを」ドーント氏は言った。「失せろ。わたしはこのルビーを買った。持ち主はわたしだ。そして妻のジョージアナがそれを着ける」

「よくもそんなことを！」伯爵夫人は叫んだ。顔は真っ赤で、鳥みたいな胸は苦しげに波打っている。「話はこれで終わりではありませんよ。見ていなさい！」

そう言って彼女は指を前に突き出した。あまりに素早い動きで、ドーント夫人は金切り声を上げて顔を両手で覆った。でも伯爵夫人はただくるりと踵《きびす》を返し、食堂車から出て行った。杖は柔らかい絨毯の裏まで突き抜けて、そこらじゅう穴だらけにしそうな勢いだった。

アレクサンダーも弾かれたように立ち上がり、急いであとを追う。いちどだけ、こちらをちらりと振り返った。

ドーント夫人はショックで息を切らしている。

「朝食をすませよう」ドーント氏は妻の手をやさしく叩きながら言った。「彼女のことは心配しなくていい。どう考えても頭のおかしい人物だからね」

ドーント夫人はむっつりとして、片手を喉元のあたりで不安げにさまよわせた。「こわかったわ、ウィリアム……。彼女にこの首飾りを取り上げさせないと約束してくれる？」

「もちろん、そんなことはさせない」ドーント氏はそう言い、周りにいるあたしたちのことを見渡した。いま目にしたことはぜんぶ、忘れてほしいと思っているみたい。

でも、ずっと消えることのない悪臭のように、厄介事の火種は食堂車に漂ったままだった。

4

デイジーに靴の先ですねをつつかれ、はやく食べ終わるようにと急かされた。父とマックスウェルはいつものように、人材や土地や数字についてひどく真剣に大人の話し合いをはじめていたから、その場を離れるのは簡単だった。あたしたちは食堂車を出て（ペストリーをひとつ、ナプキンに包んでスカートのポケットに押しこんでおいた。何かあったときのために）、また通路にもどった。

ジョセリンはあいかわらず車掌席にいた。「ミス・ウォン！　ミス・ウェルズ！　何かご用ですか？」

「いえ、べつに」デイジーは答えた。これ以上ないくらいの〝大人の前ではいい子でいます〟という表情を、顔に貼り付けている。「ちょっとお話がしたかっただけです。オリエント急行って、とにかくすばらしいわ。ほんと、あなたのお仕事はこの世でいちばん刺激的ね。それに、とっても重要だわ！」

「ええ、ありがとうございます」ジョセリンはにっこりと笑った。「やりがいがありますよ」

「お迎えする乗客だってすごいわよね！　この車両だけでも……あの伯爵夫人はほんとうにロシアの貴族なの？」

ジョセリンが必死で考えているのがわかる。ほかの乗客のことをしゃべるのはひどく失礼なことだから、とうぜんだ。でもデイジーは、見開いた目を上目遣いにして彼をじっと見つめている。無邪気な輝きを放ちながら。

「ええ、そうですよ」ジョセリンが答えると、あたしは笑ってしまわないよう唇をぎゅっと嚙んだ。彼はデイジーの呪文にかかった。「たしかロシア革命のときに、一族のみなさんは国を出なければならなかったはずです。伯爵夫人はいま、イギリスにお住まいですが、ほかのみなさんはアメリカへ渡られました」

それから五分のあいだに、あたしたちは乗客名簿を書くための情報をたっぷりと仕入れた。マダム・メリンダはほんとうに霊媒師で、ドーント氏の痩せ薬の会社はいま、とても業績がいいらしい。ひと財産を相続した女性と結婚し、彼女のお金を事業に投資したおかげだ。

ストレンジ氏はドーント夫人の弟というだけでなく、小説家だとわかった。血みどろでぞっとするような犯罪小説を書いていて、おかあさんはそんな小説を毛嫌いしていた。それが理由で、遺言書から名前を外されたという。彼がこの列車に乗ったのは、つぎの作品に向けて取材をするためらしい。「その小説はおもしろいのかしら？」デイジーはジョセリンに訊いた。「そうですね、ご両親は読ませたくないとお思いになるでしょうね」彼はそう答え、片目をつむってみせた。

アレクサンダーは、住まいはアメリカにあるものの、これぞイギリスという全寮制の学校に通っているらしい。「ひょっとしたら、彼とはお知り合いですか？」ジョセリンが訊いた。

あたしは顔をしかめた。友だちになればいいとジョセリンに思われているのはいやだけど、それでもアレクサンダーはいい子みたいだ。ただ、今回の休暇はあたしとデイジーのふたりだけのものにしたかった。むかしみたいに。

ヴァイテリアス夫人とイル・ミステリオーソのことも訊いた（とくに新しい情報はなかった）けど、こんなふうにジョセリンに探りを入れて、ほんとうにほんとうに申し訳なく思った。彼はどこまでもいい人だった。でも、捜査は時として、いやなこともしなくてはいけない。

ちょうどそのとき、ヴァイテリアス夫人が客室から出てきた。すてきな深紅のデイドレスが、からだの線に沿って優雅に揺れている。

「おはよう、ジョセリン」彼女はそう言ってから、こちらに厳しい視線を向けてきた。あたしは唾をごくりと呑んだ。さっそく言いつけに反して、情報を集めていると思われた？　ヴァイテリアス夫人がとつぜん敵になったと思うと、すごく不思議な気がする。

「じゃあ、ジョセリン」デイジーはすぐさま言った。「ありがとう。行くわよ、ヘイゼル。客室にもどって着替えましょう」彼女に腕をぎゅっとつかまれ、ふたりでどすどすと歩き去った。

「着替えるって？」客室のドアを閉めるとすぐ、あたしは訊いた。

「何か口実を言わないといけなかったの、でしょう？　とにかく、有意義な話が聞けたと思わない？　すごく興味深い情報が手にはいったんだから。ここから先に進むまえに、乗客名簿を書いてちょうだい。そうすれば、今回の件で誰がいちばん怪しいか調べられるから」

こうして、あたしは書いた。書いているあいだ、不思議に思っていた。ヴァイテリアス夫人が新しい身元を用意しているなら、ほかの誰かも身元を偽っている可能性があるんじゃない？　あと、イギリスを裏切る動機を持っていそうなのは誰？

乗客名簿

【一号室】イル・ミステリオーソ
マジシャン。イギリス人ではないが、ショーのために何度もイギリスを訪れている。この列車に乗っているのはどうして？
新しいトリックの練習をしていることは、何か意味がある？

【二号室】ジョン・マックスウェル
ウォン氏の助手。去年の夏以来イギリスに来ていないので、考慮に入れなくてもいいと思われる。

【三号室】ヴィンセント・ウォン
〈ウェルズ&ウォン探偵俱楽部〉の副会長の父。この一年ずっとイギリスに来ていないので、スパイになるのは不可能だと思われる。

【四号室】ウィリアム・ドーント

ドーント痩身薬会社の経営者。経営は順調でとても裕福――にちがいない。例の首飾りを買えるくらいだから――なので、お金のためにスパイになるとは考えにくい。でも、べつの理由がある可能性は？　なんだかんだ言って、いい人にはまったく見えないし、仕事であちこち飛びまわっているはずだから。

【五号室】ジョージアナ・ドーント

ドーント氏の妻。裕福な相続人。まったく害のない人に見えるけど、そう演技しているだけ？　スパイである可能性は？

【六号室】マダム・メリンダ・フォックス

霊媒師。ドーント氏は反対しているが、夫人が亡くなったおかあさんと交信するのを助けるため、この列車に乗っているらしい。でも、それが偽装だという可能性は？

【七号室】ヘレン・ヴァイテリアス
大物銅商人、ヴァイテリアス氏の妻。もちろん、偽名。スパイを追っているらしいけど、探偵倶楽部は彼女がイギリスの警察官だと知っているから、信じてもいいと考えることには筋が通っている。

【八号室】デミドフスコイ伯爵夫人
ドーント夫人の首飾りのことですごく腹を立てていると思われる――でも、それは目くらまし？　イギリスに住んでいるけど、イギリス人ではない。イギリスの秘密をよその国に売ろうとしているかも？

【九号室（ふたり部屋）】アレクサンダー・アーケディ
伯爵夫人の孫。アメリカ人だけどイギリスの学校に通っている。大人の付き添いなしに旅はできなさそう――考慮に入れなくてもまったく問題なし。

【十号室（ふたり部屋）】
ヘイゼル・ウォン：〈ウェルズ&ウォン探偵倶楽部〉の秘書兼書記。
デイジー・ウェルズ：〈ウェルズ&ウォン探偵倶楽部〉の会長。

【十一号室（ふたり部屋）】
ヘティ・レッシング：メイド。信頼できる人物《グッド・エッグ》。
サラ・スウィート：ドーント夫人付きのメイド。ドーント夫人に失礼な態度をとっているところを、探偵倶楽部が目撃！

【十二号室（ふたり部屋）】ロバート・ストレンジ
犯罪小説家。ドーント夫人の弟。母親の遺言書から名前を消された。この列車に姉が乗ることは知らなかった。彼自身はつぎの作品の取材のために乗車しているという——ほんとうに？

「あなたの考え、当たってるかも」あたしがいったん書き終えると、デイジーは言った。「ヴァイテリアス夫人が言っていたように、そのスパイがしょっちゅう旅に出ているなら、誰よりも容疑者らしい人物がいるわ。たとえば、イル・ミステリオーソとドーント氏。もちろん、伯爵夫人やドーント夫人やマダム・メリンダだってどれくらいの頻度で旅をしているかはわからないから、その点は突き止めないといけないけど。サラは、旅に出るならドーント夫人といっしょのはずだから、彼女の答えを当てはめればいい」

「それに、あたしのおとうさんとヘティとマックスウェルも消していいと思う。それと、アレクサンダーも」

「ふむ」デイジーは考えこむように言った。「伯爵夫人の情報を集めるのに、あの子を利用できないかな」

「だって、彼は信用できないかもしれないじゃない！」

「わかってる」デイジーはそう言い、あたしに向かって片方の眉を上げた。「誰のこ、い、とも信じてはだめよ」

ばかなことを考えていると、自分でもわかった。ついさっき、アレクサンダーはスパイだとはいえないと推理したばかりなのに。たぶん彼は、なんの問題もないだろう。あたしたちにはわからないだけで。ただ、よくわからないところがある人と友だちになるという考えは気に入らなかった。

「さて、と」デイジーは言った。「行動開始！　いまするべきなのは、怪しいと思われる人たちを尾行すること。わたしとあなたで容疑者の半分ずつね。あなたはストレンジ氏、伯爵夫人、マダム・メリンダ。わたしはドーント夫妻、イル・ミステリオーソ——それに、サラも。彼らが何をしていても、ぜんぶ見張ってね。駅で列車が停まるときは毎回、とくに注意深くならないとだめよ。スパイはそういうところで連絡係と接触するものだから。ちゃんと監視していないと、決定的瞬間を見逃して捜査が台無しになってしまう」

「あたしたちが見張っていることを、ヴァイテリアス夫人に気づかれたらどうするの？　かんかんになって怒るわよ！」この点は、ちゃんとはっきりさせておかないといけない。

「とっくにお見通しで何か対策をしているかもしれないわね」デイジーは言った。「でも、これまでの事件からちゃんと学んだでしょう。大人はかならずしも、物事に敏感じゃないって。大人についてわかっていることをあれこれ考えてみて、わたしたちが何かを見張ってるなんて思いもしないわよ」

5

こうしてあたしたちは、ヴァイテリアス夫人の追うスパイの正体を突き止める任務にとりかかった。

このあとどうなるか、いまならわかっているから、ずいぶんとおかしく思える。スパイに夢中になるあまり、間もなく起こる殺人事件に関するとても重要な手掛かりをあやうく見逃すところだったのだから。

あたしたちは通路で位置につくと、車窓の景色を眺めながら、スパイが何を見ているかを当てる〝アイ・スパイ〟というゲームをはじめた。つまらなくはなかった。パリでいったん停車した列車は夜のあいだにフランスの田園地方を進み、このときは高地の草原地帯を走っていた。夏の花々が咲き乱れているのに、周りのどの山にも雪が光り、目に眩《まぶ》しかった。鮮やかな色に塗られたおもちゃみたいなシャレー（アルプス山岳地帯で見られる、大きな屋根がつき出た住居）が、そこから生えているとでもいうように山々のあちこちに見えた。

窓を限界までこじ開けると、通路にカウベルの音が響きわたった。

でも、あたしたちは背後に細心の注意を払っていた。かなり長い間そうしていても、目撃したのはサラひとりだったけど。彼女は用意した薬や温めたタオル、それに厨房からもらってきたぶどうを手に忙《せわ》しなく行ったり来たりして、ずっと動きまわっていた。表情はどんどん不機嫌そうになっていき、このときあらためて、彼女は自分の主人も仕事も好きじゃないんだと、はっきりわかった。

いちど、サラがなかなかもどって来ないときがあって、ドーント氏は夫人の客室（夫人の客室とは隣同士で、コネクティング・ドアでつながっている）から顔を出して大声で怒鳴った。「何をしている、サラ！　妻を待たせるんじゃない！」

「ああ、ウィリアム。ここまで頭が痛むのははじめてよ」ドーント氏のうしろで、夫人がめそめそと泣いている。

「かわいそうなジョージアナ」彼はいたわるように言った。サラが足取りも荒くあたしたちのそばを通りすぎてドーント夫人の客室のドアをあけると、がみがみと叱りつけるドーント氏の声が聞こえた。「このばか者が！　急げと言ったろう！」

「あの人、ひどいと思わない？」あたしはデイジーに言った。

そのとき、ストレンジ氏が客室から現れた。彼の客室は通路の端っこにあり、食堂車からいちばん遠い。そちらに顔を向けていたデイジーが、先に彼に気づいた。足音が聞こえてあたしもふり返ると、ストレンジ氏は長い足を滑らせるようにして、こちらに向かって歩いてきた。指を曲げたり伸ばしたりして、ぶつぶつひとり言を言っている。何かにすっかり心を奪われているようだ。でも、あたしたちがじっと見ているのに気づくと、急に足を止めた。作家という人たちはこんなにも身なりに気を遣わないものなのかしら。彼を見ていると、しばらく餌をもらっていない猫を思いだす。右手（青いインクの染みだらけで、爪もかなり汚れている）には、ひびのはいった万年筆が握られている。そして左手には、銀色の小さなナイフ。それが朝の光のなかで邪悪そうに光り、あたしは思わず息を呑んだ。

そんなことをして、すこしだけばかみたいに感じた。それでも、ふかふかの絨毯が敷かれ、壁はしっかりと磨かれてぴかぴか光っている列車のなかで、思いがけずナイフなんてものを見てしまったのだから仕方ない。

「何かあったのかい？」目をぱちぱちさせながらストレンジ氏は訊いた。デイジーが片手を伸ばしてあたしの手を握る。

「ナイフを持っているから」あたしは言った。かなり間の抜けた物言いだけど、ほかにどう言えばいいのか、何も思い浮かばなかった。スパイが武器を持ち歩いていることは知っている。デイジーの本のなかでスパイはいつも、手袋や帽子や傘のなかに隠したナイフでお互いに突き刺しあっているから。とはいえ、ふつうはこんなふうにからさまに指摘したりしない。

でも、ストレンジ氏はあたしがじろじろ見ていることを、とくに気にしていないようだった。「ああ、これ?」そう言って指でくるくると回したから、ナイフはきらきらときらめいた。「ただのペーパーナイフだよ。手紙の封をあけるのに使ってる。あとは、何かトリックが浮かばないかと思って。友人がおもしろがってプレゼントしてくれたんだ。ほら、わたしは犯罪小説家だから、ナイフは必需品だろう?」

「ええ、そうですね」あたしは礼儀正しく答えたけど、そのナイフは手紙の封をあけるためだけのものには見えなかった。薄くて、みょうに鋭い。光を反射しているのではなく、それ自体が光っているみたいだったから、あたしの目はすっかり惹きつけられた。このナイフでどんなトリックを思いつくのだろう。「あなたの本はぜんぶ、犯罪の話ですか?」

簡潔に質問したのはそれ以上のことを訊きたいと思ったからで、ストレンジ氏は小鳥に跳びかかる猫みたいにあたしの言葉に喰いつき、早口でまくしたてはじめた。

「ぜんぶの本が」大きな声で言う。「犯罪の話だ。だって、人生には犯罪がつきものだから。そこらじゅうで起きているじゃないか。避けるのはまず無理だね。隠れた欲望！　邪悪な秘密！　いいかい、人は心のなかに多くの罪を隠している。わたしはそういったものをぜんぶ、作品のなかで表現してきた。『死の砂』や『破滅する石』など、どれも内容は良質で、読み応えがある。血がたくさん流れてね。世間にそういった真実を受け入れる準備ができていないのは、わたしの落ち度ではない」

「へえ」デイジーが言った。「すごく興味をそそられますね」

「大衆はわたしの作品を買おうとしない！　近ごろは女性の犯罪小説家の作品が好まれているようだからね。男では太刀打ちできない。まったく！」

彼の言っていることはほんとうだろうか。

「だが、いまに思い知らせてやるさ」ストレンジ氏は話をつづけた。「つぎの作品では、列車を舞台にするつもりなんだ。ちょうど、この列車のような」

「へえ」デイジーはまた言った。「でも、その話はもう、クリスティが書いていませんでしたっけ？」

「真似をするというのは、最大の賛辞なんだよ。とにかく、ご婦人方に書けることなら、わたしのほうがずっとうまく書ける。いや、どうしてこんな話をしているのかな……殺人事件の何を知りたいんだね？　きみたちはまだ、妖精の出てくる物語を読んでいそうなものなのに」

あたしは頬の内側を嚙み、彼のことを睨みつけてしまわないよう必死でこらえた。ストレンジ氏は作家として成功する資格はまったくない。デイジーに指をぎゅっと握られ、その痛さにあたしは顔をしかめたけど、あんなことを言われて彼女もおなじように憤っているのがわかる。

「それはそうと、ここで何をしている？」ストレンジ氏は急に、ひどくおそろしげな口調で訊いた。隣でデイジーが支えてくれなかったら、あたしは後ずさりするところだった。デイジーは怖がってなんかいない。あたしも彼女みたいにならないと。

そのときとつぜん、マダム・メリンダが丈の長いドレスの裾についた黒いタッセルを揺らしながら客室から出てきた。でも、ストレンジ氏が手にしているナイフを見て、ひるんだように壁に背中を押しつけた。

「なんてこと！」彼女は息を吞みながら言い、その声は周りによく響いた。「ナイフを持ってる！」

車掌席に座っていたジョセリンが顔を上げる。

「手紙を開封するものだ」ストレンジ氏は軽蔑したように言った。

「ナイフだわ！」小さくぽっちゃりとした手を空中でひらひらさせながら、マダム・

メリンダはくり返した。列車が揺れ、ドレスに縫いつけられたビーズがぶつかり合い、歯がかちかち鳴るみたいな音を立てる。

ジョセリンはすぐさま、通路を歩いてこちらにやって来た。

「サー。そのナイフはしまっていただけませんか」

「ナイフではない！」ストレンジ氏はぴしゃりと言った。「どうしてしまわないといけない！」

「サー」ジョセリンはもういちど言った。ものすごく冷静に。そこでようやくストレンジ氏はため息をつき、ナイフを上着の胸ポケットにしまった。

そのときになって、伯爵夫人の客室のドアがあいていることに気づいた。彼女とアレクサンダーが外のようすを窺《うかが》っている。伯爵夫人の皺だらけの顔は、何か考えこんでいるみたいだ。ドーント氏もドアをあけた。そのうしろには夫人もいる。水のはいった瓶とグラスを手に厨房からもどってきたサラまで、わくわくした顔でじっと見つめている。通路は人でいっぱいで、列車がいっそう小さく狭くなってしまったように感じられた。

というわけでこのとき、カレー＝イスタンブール間車両の乗客のほとんどが、ストレンジ氏がナイフを持っていると知ることになった。

6

　列車はほぼイタリアに到着していた。国境まで来るとスピードを落として停まり、車体が沈んだと思ったら、黒い制服を着た体格のいい男の人たちがどかどかと乗りこんできた。どの国境を越えるときも警察がいるのはごくふつうのことだと父に教えられていたけど、この人たちはフランスの警察官よりも、あるいはイギリスのプリーストリー警部やその部下の人たちよりも、ずっと意地悪な感じだった。お互いにこそこそ何かをささやくと、そのうちのひとりが銃であたしのことを示して、よくわからない言葉で何か言った。ジョセリンが「彼女は中国人です《レイ・エ・チネーゼ》」と答えると、その警察官は顔をしかめた。「書類を見せろ。あの子の書類だ。ヨーロッパ人じゃないのに、こんなところで何をしている？」

　はらわたが煮えくりかえった。あたしにはオリエント急行に乗る権利がある。ほかの誰ともおなじように。

でも、ただ腹を立てていたあたしとちがい、デイジーはいつものようにいろんなことに気づいて、小声で訊いてきた。「あの人たちの態度、見た？」警察官はジョセリンに何か言いながら、乗客たちのパスポートをぱらぱらとめくっている。「何か気になることがあるのね。表情がこわばっているもの。ほら、この先を指さしてる。これから列車が向かうほうよ。頭を振ってる。ねえ、あの人たちはスパイのことを知ってると思う？」

デイジーが小声で話していてよかった。というのもちょうどそのとき、イル・ミステリオーソが客室から勢いよく現れたから（彼はいつも芝居がかったようすで、せかせかと移動する。まるで、何か楽しいイベントに遅れまいとしているみたいに）。彼は警察官と銃を見てぎょっとした。銃は天井のシャンデリアに反射して、きらりと光っていた。驚くのも当たりまえだ。銃なんて物騒だし、この列車には似合わない。あたしは大嫌いだ。だからイル・ミステリオーソは自分の客室にもどるとばかり思っていたけど、警察官たちのほうが彼に気づいた。ひとりが興奮したみたいににっこりと笑いかけ、大声を上げる。「イル・ミステリオーソじゃないですか！　マジシャンの！　新しいマジック《ファイ・ウン・トルッコ・ディ・マジーア》をやってくださいよ！」

イル・ミステリオーソは照れたふうを装った笑顔を見せてから、驚いたとでもいうように両手で口元を押さえた。それから手を離すと、赤色と青色と黄色のシルクの布が引っぱられるようにして現れた。口のなかから虹が飛び出したみたいだった。警察官たちは大喜びだ。

伯爵夫人の客室のドアがあき、何事かといった表情でアレクサンダーが顔を覗かせた。つづいてイル・ミステリオーソは、自分の客室のドアの把手《とって》を軽く叩いて言った。

「アパラ・ラ・パルタ！　このドアをあけてください！」

警察官のひとりが、やる気満々で前に進み出てあけようとした。把手はびくともしない。鍵がかけられているようだ。

イル・ミステリオーソは警察官に脇にどくようにと手振りで示し、把手をもういちど軽く叩いてから、彼に頷きかけた。警察官がまた試してみると、こんどはあいた。それもあまりにも軽々とだったから、彼は真っ暗な客室のなかへと転がりそうになっていた。

ほかの警察官たちは大声でげらげら笑い、イル・ミステリオーソの背中をばんばん叩いた。アレクサンダーも笑っている。あたしはすっかり感心した。でも、イル・ミステリオーソをじっと見ていると混乱もしてくる。にこにこしているけど、目が笑っていない。彼は警察官の手から逃れた。ほんのすこし。ほとんど怖がっているみたい。

あたしが勝手にそう思っているだけだろうか。でもデイジーのほうを見ると、彼女もおなじことを考えているのがわかった。これは証拠じゃない？　スパイは彼だと言っているようなものじゃない？　よくわからなかったけど、いま見たことはしっかり頭に刻んだから、あとでまた考えようと思った。

警察官たちはつぎの車両に向かい、イル・ミステリオーソも急いで客室にもどった。でも、アレクサンダーはこちらにやって来ておしゃべりをはじめた。

「彼、すごいと思わない？」そう言って、イル・ミステリオーソの客室のドアのほうに頷きかける。「ぼく、〈ピンカートン探偵社〉の探偵にならなかったら、マジシャンになるのもいいな」

デイジーは目をぱちぱちさせた。「〈ピンカートン探偵社〉？」

「ああ、そうか。ごめん。アメリカにある探偵事務所のことだよ。ものすごく優秀なんだ。両親もおばあさまも、大人になったら父の事業を手伝ってほしいと思っているけど、ぼくは探偵になりたい。もう、訓練もはじめてるしね」

どう考えればいいのかわからなかった。まず、こんなふうに自分のことを人に話すなんて、言うまでもなくアレクサンダーはイギリス人とはぜんぜんちがう。アメリカ人はみんな、こんなにもあけすけなの？　それに、探偵になりたいなんてすごくおかしい！　これはいい徴《しるし》なの？　それとも悪い徴？　ただ、デイジーがその情報に感心していないのはわかった。探偵のことになると、彼女はすごく身構える。頭のなかで探偵業は自分たちのものだと思っていて、ほかの人にとって代わられるのがいやなのだ。

「ふーん」デイジーは言った。「それは楽しそう。もちろん、わたしとヘイゼルは探偵にもマジックにも、まったく興味はないけど。女子ってそういうものでしょう、知ってると思うけど」

「いや」アレクサンダーは一瞬、悲しげな表情になった。「ぼくが言おうとしたのは、読みたければ探偵小説を貸してあげてもいいよってことだ」

「けっこうよ」デイジーは冷たく言った。「わたしたち、本は読まないの。とくに、探偵小説は」

あたしは思わず笑って、すべてをぶち壊してしまいそうになった。余分に用意した旅行鞄に本をぎっしりと詰めこんできた子の口から、そんな言葉が出てくるなんて。

「読まないって、ほんとうに？」アレクサンダーは驚いたようだ。「どうして？　読むべきだよ。ベントリーの『トレント最後の事件』を読んでごらん。すばらしいから」

デイジーは口を開いたけど、今度ばかりは何の言葉も出てこなかった。

「行こう、ヘイゼル」ようやく、きつい口調で言う。「部屋にもどってドレスの話をしましょう」そうしてあたしのことを引きずりながら、毅然とした足取りで客室に向かった。あたしは申し訳ない気持ちでアレクサンダーをふり返った。彼が探偵をするのが好きなら、なんだかんだ言って友だちになる意味はあるかもしれないのだから。

でも、残念ながらデイジーはアレクサンダーに敵対心を持ってしまった。

「むかつく子ね！」ドアを閉めたとたん、そう言った。「あの……あの……愚かな男子は、わたしたちの最有力容疑者とうっかり顔を合わせてしまったんだから」

「ほんとうにイル・ミステリオーソがスパイの最有力容疑者だと思う？」あたしは訊いた。

「決まってるでしょう」デイジーは答えた。「これまで会ったなかで、いかにもスパイらしいもの。あの顎鬚だって――正体を隠すために生やしたのだということはない？　彼はイギリス人じゃないし、外見もおそろしげよ。わたしが読んでいる本のなかでは、スパイってだいたいそういうものなの。それに、あなただって警察を相手にしていたときの彼のようすを見たでしょう」

「でも、スパイだったら周りに馴染んだほうが都合がいいんじゃない？」あたしはためらいがちに訊いた。デイジーも見た目が大切だと信じているのかと思うと、すこしだけ傷ついた。あたしの見た目は、本のなかのヒーローとはちがう。「本のなかでは、スパイはみんな捕まるじゃない。だから、正体を隠すのはそんなに上手じゃないのよ」

デイジーがあたしに向かって目を細めた。からかわれているかどうか、わからずにいるのだ。じつは、あたしはそのつもりだった。ほんのすこし。何しろ、あたしがデイジー・ウェルズという伝説的な女の子に夢中になってから、ずいぶんたつ。たしかに彼女は探偵倶楽部の会長だけど、あたしだって副会長だ。ときどきはあたしがその鼻をへし折って、彼女に教えることがあてもいい。でなければ、誰がするの？

「とにかく、彼がいちばんスパイらしいの。わたしたちは見張りをつづけ、彼が自ら正体を明かしてくれることに期待しましょう。それと、わたしたちのしていることにアレクサンダーを関わらせないようにしないと。まじめな話よ！　あの子が探偵になれるはずないんだから！」

「でも、どうして彼はなれないの？　あたしたちがなれるのに！」止める間もなく、その言葉はあたしの口からすっと出てきた。

「ばかなことは言わないで、ヘイゼル！」デイジーは息を切らしながら言った。

「ごめんなさい」あたしは謝った。「悪かったわ」

客室の壁越しに怒鳴り声が聞こえてきた。ドーント氏の声だ。

「また、やってる！」片方の眉を上げながらデイジーが言った。「今度は何に腹を立てているのかしら？」

「サラがまた、何かやらかしたんじゃないのかな？」そう答えたとき、ひときわ大きな怒鳴り声がした。「……許すわけにはいかない！　霊的なことに意味などない！」

「何、これ！」デイジーは言った。「なんというか……ドーント氏はほんとうに、マダム・メリンダがこの列車に乗っていることが気に入らないのね」

あたしはすこしのあいだ考えた。ドーント氏はすでにいろんなことで頭がいっぱいで、スパイをする時間はないように思える。でも、それも策略にすぎないの？

「彼がスパイだったら楽しいと思わない？」デイジーはあたしが考えていることを正確に読み取っていた。「でなければ、彼の奥さんが。あんなふうに頼りなく見せているけど、それもじつは偽装かも。もちろん、そんなことはありそうにない。でも、優秀な探偵は何事も排除しないで考えるのよ。まあ、先のことはわからないけど。でしょう？　成り行きを見守りましょう」

7

そのあと列車はずっと、色と音に包まれながらヨーロッパを駆け抜けた。いくつもの湖やどこまでも広大な平原、それに赤レンガでできた建物が不規則に広がるイタリアの町は、いまでも覚えている。列車はミラノでしばらく停車した。ほとんどの乗客が、脚を伸ばそうと列車を降りた。ストレンジ氏は駅舎の鉄製の透かし彫り装飾のあいだを忙しなく行き来し、ぶつぶつとひとり言を言いながら紙に何かを書きつけ、ドーント氏は売店に向かい、ロンドンの最新版の新聞を買っていた。

父は電報を何通か送るようマックスウェルに言いつけると、あたしとデイジーのほうをふり返った。「さて、これでしばらくは仕事と離れていられる。町に出ていろいろ見て回ろうか？」

頷く間もなくあたしたちはタクシーに乗せられ、排気ガスと鼻につんとくる古い革の匂い、それに奇妙で明るくて芳《かぐわ》しい香りを吸いこんだ。この香りがミラノそのもののにちがいない。タクシーは敷石の上でがたがた跳ねながら、赤レンガ敷きのせまい通りを走った。そのあいだ父はあたしたちに、あらゆる史跡や有名な建物に注意を向けさせた。美しいドームに尖塔、それから馬の背に乗った人たちの石像のそばを通りすぎると、これ以上ないくらいにわくわくした。大聖堂の石でできた外壁は繊細なレースみたいだし、市場には甘くていい匂いが立ちこめていて、空腹を感じてお腹がぐうと鳴った。それから角を曲がり、父がスカラ座を指さしたとき（それほどすばらしいとは思えなかったけど、文化についてはもっと学ぶべきことがまだまだたくさんあるのだろう）、黒い顎鬚を生やしてマントを羽織った背の高い人影が、べつの男性のほうに歩み寄るのが目に留まった。そのまま見ているとマントの下から包みが現れ、もうひとりの男性のポケットのなかへと消えた。マジックみたいに、あっという間だった。それからふたりはお互いにくるりと背を向け、それぞれに歩き去った。何事もなかったように。

「見た？」あたしは息を詰めながら言った。

「見たって、何をだね？」父が訊く。

「あの豪華なファサードです」デイジーがすらすらと答えたから、彼女もあたしとおなじ場面をぜんぶ見ていたとわかった。「たしかバロック様式ですよね？」

ということは、捜査はこれで終わったと思える。スパイを見つけたのだから。

そのあとはただもう、列車にもどりたくて仕方なかった。オリエント急行があたしたちを置いて出発してしまうんじゃないかと、タクシーで駅に向かうあいだも、びくびくしていた。何時間も過ぎたような気がしてから、ようやく駅に着いた。蒸気圧を高めている列車の停まるプラットフォームを駆け足で行き、また車内に乗りこんだ。保守係が旗を振って笛をけたたましく鳴らし、列車はがたがたと揺れはじめる。そのせいでまた、あたしは大きくよろめいた。列車の動きにはぜったいに慣れることはなさそう。息の荒い、獰猛《どうもう》な生き物のなかにいるみたい。

外で叫び声がしたと思ったらイル・ミステリオーソが現れ、マントを翻《ひるがえ》しながら列車に飛び乗った。あたしは思わず後ずさりし、細工の施された壁に背中をぶつけた。でも、彼のことはじっと見ていた。イル・ミステリオーソの目が、興奮しているみたいにぎらぎらしている。スカラ座の前であたしたちが見ていたことに気づいているような気がして、ものすごく怖くなった。でも、彼はあたしたち三人に頷きかけると(父も頷き返した。デイジーはなんとか、弱々しい笑顔を見せた)、自分の客室へと歩き去った。どうやら、見られていたとはまったく思っていないようだ。

「彼がとっくに機密をぜんぶ渡していたらどうしよう？」あたしは声をひそめてデイジーに訊いた。「もう手遅れかな？」

「そんなはず、ないわ」デイジーが答える。「ヴァイテリアス夫人が言ってたじゃない。スパイがドイツ側と接触する確率が高いのは、ベオグラードだろうって。列車が駅に着く瞬間には、ちゃんと対応できるようにしておかないとね。心配ないさ、ワトソン。まだ止められる。スパイがイル・ミステリオーソだとわかったいまなら」

「でも、止められるかな？」

「かならず」デイジーはきっぱりと言った。

列車は出発した。やがて森がどんどん近付いてきて、おとぎ話の世界に紛れこんだみたいになった。たくさんの木々に囲まれて薄暗いのに、遠くのほうは青く見える。熊を見たような気がしたけど、デイジーは信じてくれなかった。「へえ」と言っただけで、うれしそうに鼻を窓に押しつけている。「謎解きをこの景色のなかでできるなんて最高ね、そう思わない？」

大きな町の駅でも、端が芝地とつながったプラットフォームが一本あるだけの郊外の小さな駅でも、停車するたびにあたしかデイジーのどちらかが外に出て、列車の先頭から最後尾までをぶらついた。イル・ミステリオーソが、スパイ行為以外にも何か違法なことをするかもしれないから。でも、何かの包みが誰かに手渡されることは、もうなかった。それどころか、彼は客室に閉じこもったままだった。

「ベオグラードで渡す機密の確認をしているにちがいないわ」デイジーは言った。

ヴァイテリアス夫人の姿はそこらじゅうで見かけた。通路を行ったり来たりしてはほかの乗客たちに話しかけ、楽しそうだ。

「なんてすてきなブローチでしょう」伯爵夫人にはそう声をかけていた。

「以前はブローチもたくさん持っていました」伯爵夫人は杖に寄りかかりながら、暗い声で答える。「いまは、すべてなくなりましたけど。それに腕輪や首飾りも――ああ、耳飾りもたくさん持っていましたよ。奪われたり、盗まれたりして。この世に正義が存在するなら、ロシアにもどってわたくしの首飾りを奪った者たちの首をちょん切ることもできるでしょうに。わたくしの首飾りが、この列車のなかにあることはご存じ？　まさに、この列車に！　ええ、取り返そうと思いますの。ロシアにいたら、いますぐにそうするところですわ」

「まあ！」ヴァイテリアス夫人は言った。「ほんとうに？」

「あとでそうするつもりです」伯爵夫人は拳をぎゅっと握った。「今夜、夕食を終えたら。わたくしにはその権利がありますから」
あたしたちはヴァイテリアス夫人と顔を合わせないようにしていたけど、そうすることはすごくたいへんだった。おまけに、彼女はあたしたちを見かけるたび、鋭い視線をすばやく向けてきた。ヴァイテリアス夫人はぜったい敵に回してはいけない。彼女はイル・ミステリオーソのことを知っているだろうか？　あたしたちとおなじように彼を見張っているみたいだけど、ほかの乗客のことも見張っている。あたしたちが知っていることを伝えたほうがいい？　あなたが探しているスパイはイル・ミステリオーソだと。そうするべきだという気がした。でも、それだと言いつけを守らなかったことがばれてしまう。どんなお仕置きをされるか、考えるだけでもおそろしい。きのうそんな話をしたときも、死ぬほどおそろしかったのだから。

午後はずっと見張りつづけたけど、そのうちに耐えられなくなってきた。クリスマスの前の日に、わくわくして息ができなくなるみたいに。夕食のために着替えていると、ドレスのボタンを留める指が震えて、もうすこしで襟を破るところだった。デイジーはドレスを頭からすっぽりとかぶり、おちついた黒色とオレンジ色のフリルに包まれた。そのかわいらしいドレスと並ぶと、あたしのなんかはすごくみっともなくて子どもっぽく見えてしまう。丈の短さや染みが気になって、あたしは顔が赤くなった。デイジーは洗面台の上の、金で縁どられた鏡に自分の姿を映した。

「ふむ。悪くはないわね」

「すごくすてき」つま先立ちになってデイジーの肩越しに鏡を見ようとしながら、あたしは素っ気なく言った。みつ編みをほどいている顔は、とんでもなく具合が悪そうだ。

「わたしの髪もそんな色だったらよかったのに」デイジーがそう言ったところで、列車の轟音《ごうおん》にかぶさるようにベルの音が心地よく響き、つづいて大きな声が聞こえてきた。「夕食の支度が整いました！」

「わーい、夕食よ」

ノックの音が聞こえた。ドアをあけると父がいて、にっこり笑いかけてきた。

「夕食にエスコートしましょう、マドモワゼル」そう言いながら、からだの横で肘を軽く曲げる。あたしが立派なレディだというみたいに。ほんと、ばかみたい。そう思いながらも、あたしも笑みを返さずにはいられなかった。片手で父の腕を取ると、デイジーはもう片方の手に腕をからませてきた。三人で横一列になり（通路は狭くてがたがた揺れるから、お互いにすこしだけ押し合いっこをすることになった）、食堂車に向かった。

ぴしっとした白いクロスのかかったテーブルには、きらきら輝く銀器やクリスタルのグラスや明るく点るランプがセットされ、そのぜんぶが列車の動きに合わせてかたかたと小刻みに揺れていた。

「ヘイゼル、お友だちのよいお手本になっているね」父がささやく。デイジーが椅子に腰を下ろすと、制服を着た給仕係が白くて滑らかなナプキンをさっと広げて彼女の膝に置いた。「すばらしい休暇だろう？」

「ええ、おとうさん」あたしは答え、どすんと腰を下ろした。

給仕係が（あたしとデイジーに）水と（父に）ワインを注いでくれたけど、一滴もこぼさなかった。まるでマジックみたいだ。外を見ようと窓に目をやると、テーブルの上のランプが映っていた。その柔らかい光は、穏やかに暮れていく空を隠してしまいそうなほどに背の高い木々に遮られたかと思うとまた現れては、どんどん流れていく。窓の向こう側にあるものは何もかも、すごく遠くて現実のものには思えなかった。

べつの給仕係が湯気の立つスープ・チューリーンを持って現れ、鼻先で仰々しくお皿にスープを入れてくれた。あたしはスプーンをしっかりと握り、すばやく、でも緊張しながらスープを口に運んだ。それでも一滴が襟のところに飛んでしまい、ため息をついた。

食事はどちらかといえば大人向きだったけど、すばらしかった。スープのあとのチキン料理はしゃれた塔の形に積まれ、それからこってりとしたソースのかかった白身魚料理がつづいた。給仕係はそのぜんぶを、大きな銀製のトレイから給仕した。何かを崩したりこぼしたりすることなくお皿に盛りつけるようすは、もはや魔法と言ってよかった。デザートのクレープ・シュゼットは仕上げのフランベをテーブルでしたから、鮮やかな青い炎が食堂車のあちこちで上がっていた。

でもあたしは、料理よりも周りにすっかり気を取られてしまった。

観察していたのはもちろん、イル・ミステリオーソだ。彼は心ここにあらずという感じで、機械的につぎからつぎへと食べものを口に入れ、おなじテーブルの人たち（ストレンジ氏、ヴァイテリアス夫人、マダム・メリンダ）のことはまったく目に入っていない。メインの料理を半分ほど食べたところでシャープペンシルを取り出し、顎鬚をぐいと引っぱったり小声でぶつぶつ言ったりしながら、ナプキンに何やら書きはじめた。デイジーに肘でつつかれ、あたしたちはふたりともさっと背筋を伸ばした。あれは、イギリスの軍事計画の要点をまとめているの？

「サー！」給仕係が声をかける。「メモ帳をお持ちしましょうか？」

「いや、けっこう」イル・ミステリオーソは手を振って断った。「これで足りる」

そのすこしまえに、ドーント夫妻が連れだって食堂車に来ていた。ドーント氏はあいかわらず妻に気を遣っているようだけど、夫人のほうはいっそうむっつりして、椅子を引く夫から身を離すようにしている。うっとりするほどの輝きを放つ首飾りは、まだ着けていた。すると伯爵夫人が、舞台でひとり芝居をしているみたいな口調で言った。「わたくしの一族の首飾り！」

「おばあさま！」その声に首を巡らせると、アレクサンダーが顔を赤くしていた。あたしはすぐに視線を逸らしたけど、あの子とは友だちにならなくちゃと、知らず知らずのうちにまた考えていた。

ジョセリンが笑みを浮かべて乗客たちに頷きかけながら、隣のカレー＝アテネ間の客車に向かって食堂車を通り抜けていく。

「だから言っただろう。おかあさまのことは頭から追い払いなさい！」ドーント氏の声が聞こえた。

自分で思ったよりも、大きな声が出てしまったのだろう。そしてこれが、マダム・メリンダの出番の合図になった。彼女は立ち上がり、ドーント夫妻のテーブルに滑るように向かった。脚を動かすたび、ドレスに付けられたタッセルやビーズがしゅるしゆると音を立てる。彼女はほんとうに滑っていた。きちんと油を差されているみたいに、どの動きも堂々として流れるようだ。

「ジョージー、だいじょうぶ?」マダム・メリンダが訊く。

「いいから、放っておいてくれ」ドーント氏が言った。「あんたは関係ない」

ドーント夫人はふくれっ面になった。「もう、ウィリアムったら! マダム・メリンダとお話しさせてくれてもいいでしょう?」

「まったくだわ!」マダム・メリンダも大きな声で言うと胸を張り、(それほど高くない背を)精一杯、高く見せようとする。「ジョージー、絶望することはないわ。いいニュースがあるの。わたし、メッセージを受け取ったのよ」

ドーント夫人の顔が期待にぱあっと明るくなった。「ママからの?」

「そうよ。話を聞いてもらいたがっているわ——それも、今夜」

「いいから、向こうに行ってくれ!」ドーント氏が口を挟む。「わたしの言うことを聞いていなかったのか? この列車で、あんたの怪しい儀式に妻が巻きこまれるのはごめんだ!」

「でも、ウィリアム! わたしはママと話したいの!」

「だめだ!」ドーント氏が叫ぶように言う。顔が真っ赤だ。「わたしは、きみ自身のことを思って言っているんだ！　こんなこと、もうたくさんだ。交霊会なんてものはやめてくれ、頼むから！　あんたに」そこでドーント氏はマダム・メリンダに向かって、太い指を突き立てた。「これ以上、わたしの財産を巻き上げさせはしない！」

傷ついてむせび泣きながら、ドーント夫人は弾かれたように椅子から立ち上がった。灯りの下で首飾りがやたらと輝く。彼女は食堂車を飛び出した。

「あんたのせいだ」マダム・メリンダをぎらぎらした目で睨みながら、ドーント氏は唸るように言った。「わたしはただ、妻に幸せでいてほしいだけなのに！」

「幸せ？　彼女はあなたのところから逃げ出したじゃない！　驚くことではないわね。あなたったら、誰よりも気が滅入るようなオーラを纏《まと》っているんですもの。ほとんど真っ黒いオーラよ。いいこと、わたしはジョージーとのセッションをつづけます。彼女のほうからやめると言わないかぎり」

「よくもそんなことを！」ドーント氏が吠えるように言う。「あんたは……あんたは……そこをどけ。妻のようすを見に行く」

ドーント氏は何やらひとり言を言いながら、どすどすと歩いていった。食堂車全体がしずかになり、銀器がお皿に当たる音と列車の振動音しか聞こえなくなった。誰も何も言えないうちに数分がたち、ドーント氏がもどってきた。

「わたしとは話したくないそうだ!」そう言って、マダム・メリンダが腰を下ろしているほうを睨みつける。夫人が話したがらないのを、あきらかに彼女のせいにしている。「サラ!　何かしてほしいことはないか、訊いてきてくれ」

ヘティとおなじテーブルについて座っていたサラは、顔をしかめて彼を見上げた。「食事が終わったら行きます」そうきびきびと言うと、クレープ・シュゼットのつづきを食べはじめた。彼女の失礼な態度に、あたしはまた呆れた。それに驚いたことに、ドーント氏は彼女を叱らなかった。それどころか、彼もクレープを何枚か注文した。テーブルでフランベがはじまると、その不愉快な赤ら顔ともじゃもじゃの髭が炎に照らされ、くっきりと浮かび上がった。

ストレンジ氏もまた、ドーント氏のことをじっと見ていた。人目を避けようとでもするみたいに、椅子に深く腰掛けている。姉がずっと苦しんでいても、それほど気遣っているようすはない。それどころか、よろこんでいるとさえ言えそう。この出来事も、作品の材料になるとしか思っていないのだろうか。それとも、姉がつらい目にあうのを見て楽しんでいるのだろうか。そうにちがいない。彼は椅子から立ち上がると、逃げるようにして食堂車を出て行った。イル・ミステリオーソも立ち上がった。あまりにもぼうっとしているから、たったいまここで言い争いがあったことにも気づいていないかもしれない。ベオグラードに到着したとき、機密情報をどうやって手渡そうかと考えるのに忙しいの？　彼も食堂車から出て行くと、デイジーに肘でつつかれた。

あたしたちもここから出たほうがいいことはわかっている。でもちょうどそのとき、伯爵夫人が立ち上がって言った。「いまこそ、彼女と話し合わないと。黙っててちょうだいね、アレクサンダー！　わたくしはどこまでも正気ですよ。一族の問題ですから、わたくしひとりで対処できるわ！」

伯爵夫人はあたしたちのテーブルの横を威厳たっぷりに歩いていった。杖をしっかりと握りしめ、唇をぎゅっと引き結んで。彼女が通路にいては、イル・ミステリオーソをこっそり観察することはできない。だって伯爵夫人は首飾りのことでドーント夫人と話をつけるため、通路に向かおうとしているのだから。

デイジーは親指を折って片手を上げた。あたしは頷いて待った。そうして四分がたつと、小さく呻くような声を出しながらサラが立ち上がり、かわいらしい目をぐるりと回した。「さて、それでは奥さまのようすを見に行きましょうか。だんなさまの御用も、ちゃんと聞かないといけませんものね」そう言いながら、ドーント氏のそばを通りすぎざま、ひどく慣れた仕草で指を一本、彼に向かって立ててみせた。ドーント氏は彼女を睨みつけていた。

だからまた待つはめになり――すると今度は、あたしたちの秘密の計画を阻止しようとでもいうようにマダム・メリンダとヴァイテリアス夫人が立ち上がった。ふたりはいっしょに食堂車を出て行った。マダム・メリンダはふり返り、不愉快そうにドーント氏を睨みつける。ヴァイテリアス夫人はあくびをして、煙草入れを指で弄《もてあそ》んでいた。

そわそわしないように、あたしはお皿の横のスプーンをさっと手に取った。これを舐めるのが正しい礼儀作法ならいいのに。そのスプーンには、シロップがすこし残っていた。でもとうぜんだけど、父はそういうことはまったく品のない振る舞いだと思うだろう。デイジーにつつかれた。あと二分。指でそう示している。

そのとき、悲鳴が響いた。

8

あまりにも大きくて甲高い声だったから、列車の汽笛が急に鳴ったと思った人もいたようだ。

「トンネルにはいったのでしょうか？」マックスウェルも驚いたように言った。

でも、あたしには悲鳴だとわかった。女性のものだということも。背骨を勢いよく伝うように響いて、あたしは姿勢を正した。おちつきはらっているデイジーとおなじように。誰の悲鳴なの？　ヴァイテリアス夫人？　伯爵夫人？　マダム・メリンダ？でなければ……ドーント夫人？

デイジーは誰も身動きできないでいるうちに席を離れ、声がしたほうに向かって駆けだしていた。状況が悪くなったと思えば思うほど、その近くにいないと気がすまないのだ。

ドーント氏がそんなデイジーを押しのけ、先に食堂車から出た。あたしたちも通路に出ると、すでにたくさんの人が集まっていた。マダム・メリンダがドーント夫人の客室のドアをどんどんと叩いて――ということは、悲鳴を上げたのはドーント夫人だ――大声で呼びかけている。「ジョージアナ！　ジョージアナ！」その後ろではヴァイテリアス夫人がヒステリーを起こしている。迫真の演技だ。伯爵夫人は厳しい顔つきをしている。ストレンジ氏は恐怖の表情を浮かべ、自分の客室の前で凍りついている。ジョセリンが食堂車のほうから走ってきた。国際寝台車会社の制帽がずり落ちている。そのとき、イル・ミステリオーソがいないのに気づいた。彼の客室のドアは閉まっている。どこに行ったの？　この騒動が耳にはいらないなんてことがある？

「どいてくれ！」ドーント氏が大声で言ってマダム・メリンダを押しやり（というか、すくなくとも押しやろうとした。でも、彼女はマトリョーシカみたいに中身が詰まっているから、わずかにぐらついただけだった）、妻の客室のドアをどんどんと叩いて叫んだ。「ジョージー！」それから自分の客室に駆けこみ、コネクティング・ドアをがたがた揺すった。「鍵がかかってる！　ジョージー！　どうして返事をしない？」

彼はうろたえながら通路にもどってくると、サラを怒鳴りつけた。彼女はふくれっ面をして壁にぴたりと貼りついている。

「さっきもお返事はありませんでしたよ。まだ拗ねていらっしゃるんでしょう。鍵はご自分でお持ちです」そう言うサラは、機嫌が悪いというより怯えているように見える。

「ドアを破る」ドーント氏が宣言した。「ジョージー！」

「待ってください、サー！　鍵があります！」ジョセリンが言った。あいかわらず息を切らしている。

「鍵など、どうでもいい」ドーント氏は言い、一歩、下がった。頬は真っ赤で、シャツの胸当てが通路のシャンデリアの光を受けてきらきら輝いている。彼が体当たりするとドアはあき、その勢いのまま倒れこむようにして客室のなかにはいった。マダム・メリンダがすばやくそのあとにつづく。といっても、彼女の体型なりに。それから、ヴァイテリアス夫人もなかにはいろうとしていた。伯爵夫人も。一瞬、ドア口はすっかり塞がれた。だからよく見えなかったけど、すぐに伯爵夫人が悲鳴を上げ、まっすぐこちらに向かって後ずさりをはじめた。まったくおなじタイミングで、ドーント氏が大声を上げた。「ジョージー！」

伯爵夫人はおそろしさのあまり顔をくしゃくしゃにしていた。マダム・メリンダは金切り声を上げ、ジョセリンはあたしを押しのけ（すごく失礼だと思った。あたしはただ、何が起こっているのかを知りたかっただけなのに）、やっぱり大声を上げた。

「お医者さまを！」そう叫ぶ。「お医者さまを呼んでください！　早く！」そして非常ブレーキに手を伸ばして引いた。ブレーキが軋《きし》み音を上げて車体が振動し、みんなはよろめいてぶつかり合った。オリエント急行がスピードを落としはじめる。がたがたと揺られながら永遠にも思えるほど時間がたったころ、ようやく列車は停まった。不気味な静けさが漂ったけど、耳のなかではあいかわらず、騒音のお化けが騒いでいるみたいだった。からだが震えていた。すこし時間がたって、それは列車のせいでなく自分が驚いているからだとわかった。

デイジーはつま先立ちになり、人混み越しに客室のなかを覗こうとしていた。アレクサンダーも、それに負けない熱心さで首を伸ばしている。前にも言ったけど、デイジーはどんなことでも人と競い合うことを、心底いやがる。だからか「気に入らない」と言った。あたしは彼女に手をつかまれ、そのまま引きずられながら、ふたりでドーント夫人の客室のドア口の混雑を縫って前に進み出た。

そして、室内を見た。

客室の灯りは消えていて、通路の光が射しこんでいるだけだ。そのなかで膝をつくドーント氏の腕に、人影がずっしりとうなだれかかっている。あの髪、あのきれいなドレス。ドーント夫人だ。でも髪もドレスも、それにドーント氏の白い胸飾りも、いまは血にまみれている。すさまじい量の鮮やかな血は、そこらじゅうに飛び散っていた。そして薄暗闇のなかに、客室のドアの鍵とストレンジ氏のペーパーナイフが見えた。どちらにもやっぱり、血がべったりと付いていた。

ドーント夫人は死んでいる。膝から力が抜けていく。探偵としてはどうかと思うけど、これが現実だ。デイジーに腕をぎゅっとつかまれ、支えてもらわなければならなかった。そういう彼女も口をあけ、顔を青くしたり赤くしたりしていた。ドレスの柔らかい生地を通して、彼女の心臓が早鐘を打っているのがわかる。ひと言も口を利いていない。

マダム・メリンダもすっかり面喰らったみたいで、よろめいて、ドーント夫妻の客室のあいだのコネクティング・ドアにどすんとぶつかった。スカーフを丸めて片手に握りしめ、睫毛《まつげ》をしきりにぱちぱちさせている。「ジョージー！　ああ、ジョージー！」

「気を失うつもりなら、わたしの客室に行ってくれないか」ドーント氏が唸るように言った。「さあ、ドアをあけて」

マダム・メリンダはコネクティング・ドアをがたがたと鳴らし、手でぱたぱたと顔を仰ぎながら言った。「鍵がかかってる」それからまた、おなじ言葉を繰り返した。

「鍵がかかってる」震える指で差し錠を示す。彼女が錠を滑らすと、コネクティング・ドアはあいた。「コネクティング・ドアも客室のドアも、両方とも鍵がかかっていた。しかも内側から。なんてこと！　霊がここにいたのよ、ぜったい！　霊が！それ以外、誰もこの部屋にはいれたわけがないもの！」

その場にいた全員が息を呑んだ。あたしの脳みそはふらふらしていた。彼女の言っていることはほんとうだ。ドーント氏はドアを破って客室にはいったし、コネクティング・ドアの鍵はマダム・メリンダがあけた。でも、どちらも内側から施錠されていたのなら、夫人を殺した人物はどうやってここから出たの？　それに、どうやってまた内側から鍵をかけられたの？　あたしはデイジーと顔を見合わせた。おなじことを考えている。これって本物の密室の謎じゃない？　デイジーの持っている本で読んだみたいな。

「いったい、どうなっているんだ？」ドーント氏がジョセリンに向かって声を上げた。

「サー」ジョセリンは喘《あえ》ぐように言った。「わかりません。こんなことは、ありえませんから。マスターキーが見当たらないという報告はありませんでしたし。もちろん、乗務員に確かめなくてはいけませんが、わたしが思うに――」そこで彼は駆けだし、まずは食堂車の、それからほかの車両の乗務員に向かって叫んだ。「鍵だ！　鍵を見せろ！」

ヴァイテリアス夫人はめそめそと泣き、いかにも芝居がかったようすでドア枠にもたれかかるようにして気を失った。そうしながら片手を突き出したから、あたしはその手に押され、見物するのにちょうどいい位置から追い払われた。彼女があたしたちに捜査させまいとしても、驚くことではない。きっと、これはスパイの仕業だと思っているのだろう。

でも……ほうとうにそうなの？　あたしは訝《いぶか》しく思った。というより、これはまったくべつの出来事なんじゃない？

「ちょっと！」デイジーの声が聞こえた。彼女もおなじように、ヴァイテリアス夫人に追い払われたようだ。顔を上げると、ふたりは睨みあっていた。ほんの一瞬だけ。それからまたヴァイテリアス夫人はヒステリーを起こし、デイジーは忙しなく両手を握り合わせ、どこから見ても悲惨な場面に居合わせた無邪気な女の子を装った。

父がぴしゃりと言った。「ヘイゼル！　デイジー！　ここを離れなさい！」

あたしは父に手首をつかまれ、後ろ向きに引きずられていった。証拠を集めないといけないことはわかっていたけど、このおそろしい現場から引き離されるのはありがたかった。デイジーは連れて行かれまいと踏ん張ったけど、やがておとなしくなり、あたしとおなじようにドアのそばから引き離された。

ストレンジ氏があたしたちのいたところにやって来て客室のなかを覗きこみ、よろよろと後ずさった。おそろしさに顔はすっかり青ざめている。

「わたしのナイフが！」「しかし、どうして……？　夕食のまえまでは手元にあったのに。誓って言う、ほんとうだ！」

伯爵夫人は彼に向かって鼻を鳴らした。はじめこそ驚いても、人が殺されたくらいで動揺するようなタイプではないのだ。彼女は血痕を、つぎに死体を見て目をぱちぱちさせた。

「いったい、どういうことかしら。首飾りはどこ？　わたくしのルビーはどこ？」

9

じゃらじゃらと連なった国際寝台車会社のマスターキーの束を手に、ジョセリンがもどってきた。

「なくなっているものはありません！」不思議そうに言う。「ひとつも！」

彼は鍵を持ってきただけでなく、医師も連れていた。食堂車のうしろのカレー＝アテネ間車両にたまたま乗り合わせていた人物らしく、自信に満ちたようすで胸を張って歩いてくる。「残念ながら、手の施しようがありませんね」彼はドーント夫人に覆いかぶさるようにしてそう言い、彼女の頬から髪を払った。

「おまえに何がわかる？」ドーント氏がかみつくように言った。「出身はどこだ？」

「エディンバラです」医師は咳ばらいをし、得意げに答える。「昨年、医学の学位を取りました。いまは世界のことを知ろうと旅をしています」

「スコットランド人か！」尊大な口調でドーント氏が言う。

「のどを切られています」医師は先をつづけた。「この状態だと、わたしにできることはほとんどありません。傷はかなり新しいということだけは言えます。三十分以内のことでしょう」

「ジョージーは行ってしまった！」マダム・メリンダが泣きながら叫んだ。気分がよくなったらしく、また、みんなのいる通路にもどっていた。「彼女はこの世を去った。でも、かならず蘇《よみがえ》るわ！　いま、彼女の魂を感じるの。わたしたちを見ている！」

ストレンジ氏はあいかわらず顔色が悪い。両手で自分を抱えるようにして、低い声で唸っている。「ありえない……」ひとりで何やらぶつぶつと呟いている。「ありえない……思うに……あのナイフは――盗まれたにちがいない」動揺しているけど、それは姉のことではなくナイフのことでみたい。

父は黙っていた。やはりショックを受けているのだろう。だって、父は自分の世界は秩序正しくあってほしいと強く思っていて、殺人はその秩序を乱すものだから。壁に寄りかかっている姿は、なんだかいつもより小さく見えた。それに自分でも驚いたけど、このときのあたしは、自分は殺人事件の専門家で父は見物人にすぎないと実感していた。ものすごく不思議な感覚だ。

ドーント氏がまた、うわずるほどの大声で言った。「すぐに警察を呼べ！　妻は何者かに殺された！　車掌は何をしていた？　おまえ！　どうして車掌席にいなかった？」

「わ、わたしは……」ジョセリンが息を呑む。「たいへん申し訳ありません。わたしは隣の車両の車掌といっしょに、重要事項を話し合っていました」

「恥を知れ！」ドーント氏は叫んだ。「おまえが職務を怠ったから、わたしの妻が死んだ！　ちゃんと車掌席にいたら、犯人が気づかれずに妻の客室から逃げられたはずない！　この件はおまえの上司にも伝えておく。それと、乗客のひとりひとりに事情聴取をするんだ。あそこの女いかさま師には、こんなことになるまえにどこにいたのか、教えてもらおうか！」彼はそう言って、マダム・メリンダを咎めるように指さした。

「よくもそんなことが言えますね！」マダム・メリンダも声を上げた。「わたしは自分の客室にいました！　ヴァイテリアス夫人が証明してくれますわ。あの悲鳴騒ぎの直前に、わたしの客室のドアの前で彼女と別れたんですから」

みんな一斉にヴァイテリアス夫人を見た。彼女は手をひらひらさせて言った。

「ええ、そのとおりだと思いますよ。悲鳴が聞こえるまで物音がしていましたから」

ドーント氏は顔を真っ赤にしている。「なら、妻の弟だ！　おまえはどこにいた？」

ストレンジ氏は口を開き、それから閉じた。無声映画を観ているみたいだ。

「わたしは――わたしも……自分の客室にいた」

「よくも、そんなばかげたことを！　どうやって信じろと？」

「事実を言ったまでだ」ストレンジ氏は息を呑んだ。「ほんとうに……」

そのときいきなり、青と金の制服を着て髭を生やした乗務員が何人か、戸惑った表情で通路を駆けて行った。

「警察はいないのか？」ドーント氏が大声で訊いた。

「サー」このときばかりはジョセリンにも、いつものおちついた雰囲気はすこしもなかった。「サー、たいへん申し訳ないのですが、現在、警察は乗り合わせていません。いま列車は、ユーゴスラヴィアを走っています。警察はいないのですよ……」

あたしの隣で鋭く息を呑む音がして、手首を指でぎゅっとつかまれた。「客室に行こう」デイジーがひそひそと言う。「急いで！」

ふたりで通路からすこしずつ離れはじめた。「もう寝ようかと思うの」そう言うと、父は頷いた。

「そうしなさい」父はもごもごと言った。あたしの胃はまた沈んだ。

デイジーは何に気づいたのだろう。犯罪現場から進んで離れるくらいだから、重要なことにちがいない。そわそわしているし、何かを嗅ぎつけたはず。でも、その何かがあたしにはわからない。とはいえ、何も思いつけないでいる自分を責められないことも、もうわかっている。これまで二件の本物の殺人事件を捜査して、あたしは学んでいた。デイジーはあたしとはちがうものの見方をすることがある、と。それと、デイジーにはけっして理解できないことも、あたしならできることもある、と。あたしたちはお互いより優れてもいないし、劣ってもいない。ただ、ちがうだけなのだ。

「何に気づいたの？」客室に引き入れられながら、声をひそめて訊いた。デイジーがドアを閉めると、通路の物音はドア越しにくぐもって聞こえるだけになった。彼女はあたしの質問には答えず、ヘティがきちんと片づけてくれた荷物を引っ掻き回しはじめる。

「いちばん重要なことよ、ヘイゼル！　これが証明してくれるわ……今回の殺人は……計画的だったと」デイジーはそこで息をつき、ひとりで何やらぶつぶつ言いはじめた。漫画本やパズル問題集や秘密の非常食用チョコレートのはいった缶を脇にぼんぼんと放り投げながら。

「客室に鍵がかかっていたことに、何か意味があると思ってるの？」あたしは声を落として言った。誰かが聞いているといけないから、大きな声を出したくなかった。

「誰がやったにしろ、ドーント夫人を殺してからどうやってあの客室を出ることができたのかな？　デイジー、これってイル・ミステリオーソのトリックのひとつかも！」

「たしかに、その可能性はすごく高いわね。でも、まず話を聞いて。わたしたち、すごく重要な手がかりを手にしているの。つまり、殺人はユーゴスラヴィアで起こった。そう、まさにここ！　ヴュー・ハルー、ワトソン、見てごらん！」

　ときどき思うけど、デイジーの脳みそは半分こんがらがったジャンパー線みたいになっていて、ぜんぶがきちんと繋がることはめったにないけど、それぞれどこかには繋がっているのだろう。彼女は一冊の本を掲げていた。きょうは、ずっとそれを読んでいた。表紙にタイトルが輝いている。『オリエント急行の殺人』

「デイジー」あたしは言った。「もう百回も言ってるけど、あたしたちは本の登場人物じゃないの」

「ヘイゼル、古典なんか読むのをやめて、しかるべき小説を受け入れないとだめよ。わたしは何カ月もずっと、この本を勧めてきた。あなたが渋々でも読んでいたら、この本のなかで被害者は、夜中に自分の客室で刺されたと知っていたはずなのに。で、それはどこでしょう？」

「心臓？」あたしはあてずっぽうで答えた。

「ユーゴスラヴィアよ。警察が列車に乗っていないところ。国境を過ぎるとき、イタリアの警察がどんなふうに乗りこんできたか覚えてる？　まあ、どの国の警察もおなじなんでしょうね——ユーゴスラヴィア以外では。だからといって、この国の警察がいい人たちということもなさそうだけど。とにかく、警察が乗り合わせていないというのはほんとう。『オリエント急行の殺人』を読んだ人なら知っていることよ。だから、路線のどこかで犯罪行為をしようと思ったら、ぴったりな場所はユーゴスラヴィアなの。そしてじっさい、オリエント急行のなかで刺殺事件が起こった。ユーゴスラヴィアで。クリスティが作品を発表した一年後に。たんに偶然だなんて言えないわ。そう、偶然なんかじゃない。ドーント夫人を殺した人物はこの本を読んでいたのよ。わたしみたいに。彼女を殺すなら、ここがいちばんだということを知っていたの。それはつまり、計画的だということ。衝動的な殺人なんかじゃない。しかも客室には鍵がかけられていたし、凶器のナイフも盗まれたものでしょう。まあ、じっさいに盗まれていたら、だけど……」デイジーの目はぎらぎらしている。「ああ、ヘイゼル。わたしたち、とんでもなく悪賢い殺人犯と対決するのね。三番目の事件にふさわしい相手だわ！　探偵倶楽部はこれまででいちばん、わくわくする事件に遭遇したっていう気がする！」

10

意気揚々としゃべるうちに、デイジーの声は大きくなっていた。それに、ドアもちゃんと閉まっていなかった。だからすこししてから、あたしたちはそのどちらも悔むことになった。

客室のドアがすっかりあいて、ドア口のところに現れたのはヴァイテリアス夫人だった。表情は硬く、不機嫌そうだ。あたしたちの話をひと言も漏らさずに聞いていたにちがいない。探偵をつづけるつもりなのを知られてしまった。やめるように言われていたのに。恐怖が襲ってきて、あたしは凍りついた。デイジーさえも。

「あら。こんばんは、ヴァイテリアス夫人。ご機嫌はいかが？」彼女の声はいつもよりも弱々しく、震えていた。

ヴァイテリアス夫人はあたしたちに向かって目を細めた。それから後ろによろめき、手で顔をぱたぱたとあおぎながら叫び声を上げた。「ああ！」

とうぜんだけど、その声に気づいた父がすぐ彼女の横にやってきた。父の目はあいかわらず、途方にくれたみたいにぼんやりしている。これではヴァイテリアス夫人に何を言われても、すぐに信じてしまうだろう。

「だいじょうぶですか、ヴァイテリアス夫人？」父は訊いた。

「あら」彼女は弱々しい声で答えた。「いいえ、ちょうどこの子たちの客室の前を通りかかったら、気の毒なドーント夫人のことでとんでもない話をしているのが聞こえて。なんと言いますか、まるで……彼女を殺した犯人を突き止めようとしているみたいでしたの！」

父の顔を見ることなんてできなかった。でも、なんとか視線を上げると、唇が見えた。とても、とても薄くなっていた。あたしにはわかる。これはとても、とても悪い予兆だ。

「ヴァイテリアス夫人、この子たちのせいでご気分が悪くなったのなら、たいへんに申し訳ない。あとはわたしが引き受けます。ヘイゼル・ウォン」父は冷ややかな声で言った。「立ちなさい。ミス・ウェルズ、ここから出てもらえるかな。さあ」

「あら、わたしだって――」デイジーは反論をはじめたけど、父はただこう答えた。

「ここから出て行ってください、ミス・ウェルズ。どうか」

見たこともないほどしょんぼりとして怯えたように、デイジーはこそこそと客室を出てドアを閉めた。あたしは密かに、燃える紙きれみたいにどんどん縮んでいた。

あたしは父を見上げ、父は小さな丸眼鏡越しにあたしをじっと見つめる。つぎに何を言われようと、ものすごく深刻なことだろう。そして、じっさいにそうだった。

「ヘイゼル・ウォン。この件については、以前に話したと思う。この休暇のあいだ、おまえはいい子でいると約束した。ふつうの学校の生徒がすべきように振る舞うと。それはつまり、重大な犯罪には関わらないということだ」

「でも――」自分でも止められないうちに、口答えをはじめていた。

「黙りなさい。ヘイゼル、今年、おまえの身に起こったことがわたしには気に入らない。ミス・ウェルズがおまえを危険に引きずりこむことが、どうしても気に入らない。だからわたしは、おまえをそこへ近づけないようにする」

その逆で、あたしがデイジーを危険に引きずりこんでいるの。そう言いたかった。でも、口を閉じているべきときを、あたしはちゃんとわかっていた。

「ヘイゼル、おまえは若いが、たいへん賢い。ただ、犯罪というものは――とくに殺人は――大人が対処すべき危険な問題だ。おまえには関係ないし、気を揉んでほしいとも思わない。ドーント夫人の身に起こったことにはしっかりした対応がされるべきだが、そうするのはおまえやミス・ウェルズの役目ではない。いいかね、この件が解決するまで、わたしはあくまでもしずかに平穏でいたい。おまえたちふたりにはいっそう目を光らせておくよう、ヘティに言っておく。もちろん、わたしもそうするつもりだ。おまえたちを自ら危険に飛びこませるわけにはいかない。わかったね？　ヘイゼル、おまえが賢いのはたいへんにすばらしい。だが、死んでしまったら賢くもいられなくなるんだよ。いいね？」

「はい、おとうさん」あたしは言った。心臓がばくばくしている。意地と恥ずかしさと恐れがあたしのなかでいっしょくたになって、そのどれをほんとうに感じているのか、自分でも混乱していた。でも、急にわかった。今回ばかりは父がまちがっていると。あたしたちは探偵ごっこをしているのではない。探偵なのだ。犯罪を捜査し、物事を正せるかどうかはあたしたちにかかっている。いままた、あたしたちが法の裁きを受けさせないといけない殺人事件が起きたのだから。

そんなことを考えて、すごくへんな気分になった。いままでは父の言うことに完全に従ってきた。あたしが知るなかで、父は誰よりも分別があると思っていたのだ。

「では、いい子になって、ミス・ウェルズにわたしが言ったことを伝えてくれるね？」

「はい、おとうさん」もういちど言った。でも心のなかでは、はい、なんて思っていない。

父がドアをあけると、好奇心を剝《む》きだしにしたデイジーの顔が現れた。父は彼女に、なかにもどるように言った。

「なんだか面倒くさいことになったわね」父が客室を出てドアが閉まると、デイジーは言った。「あなたのパパ、すごく怒ってた?」

「ええ、すごくね。殺人とはいっさい関わらないようにと言われた」

「そう簡単には諦めたりしないのよね、あなたのパパって? あたしのパパもときどき——」

「そうよ」あたしはむっつりとして答えた。「おとうさんは何も忘れない。おかあさんの誕生日以外は。まあ、それはわざと忘れてるんだろうけど」

「ふうん。それなら、いっそう慎重にならないとね」

「いっそう慎重に、ね」あたしも賛成だ。「デイジー、知ってると思うけど、あたしのおとうさんは言いつけに背かれることが大嫌いなの。それに……何かあると、ちゃんとそれに気づけるタイプなの」

「へえ。それって、ヴァイテリアス夫人といっしょね。でも、わたしたちは彼女のほんの鼻の先で、スパイが誰かを突き止めたのよ。おなじことができるんじゃないかな。とりわけ油断のならない敵に監視されながらその敵の陣地にいると思っていないとだめだけど、諦めるわけにはいかない」

「わかってる」あたしは言った。ほんとうに、わかっている。事件を捜査するのはおそろしいこともあるけど、フォーリンフォード邸での出来事のおかげで、望もうと望むまいと、ひどいことは起こるものだと理解できるようになっていた。決断しないといけない。そのひどいことにちゃんと目を向け、ありのままに受け止めるか、あるいは、こそこそと隠れてそんなものは存在しないと自分を偽るか。もし後者の決断をしたなら、自分を偽りつづけないといけなくなる。夏学期、あたしは自分を偽る人にはならないと決心していた。胸を張って、ヒーローとまではいかなくても(前にも言ったけど、あたしはヒーローになれるタイプではない)最後には勇敢になろうと。

「わたしたちは殺人犯を見つける」デイジーが宣言した。「どうやって見つけるか、そこはとても慎重にならないとだめだけど。それだけよ」

11

ドアがノックされた。威勢のいいその音は、いかにもヘティらしい。それから本人の顔が現れた。メイド帽がわずかに傾き、感情が高ぶっているのか頰はピンク色になっている。不安そうだし、くたびれているように見える。でも密かに、わくわくしているみたい——あたしとおなじように。

「おとうさまがあたしを探しにいらっしゃいました」ヘティは言った。「おふたりのことを見張っているように、ですって。まったくデイジーお嬢さまったら、首を突っこむことはやめられないんですか？」

あたしはまた不思議に思った。いろんなトラブルを引き起こすのはあたしではなくデイジーだと、どうして誰もがそう決めつけるんだろう。

「通路で何かあってもおふたりの耳に入れないようにして、ちゃんとお寝《やす》みになったかを確かめないといけませんの。ヘイゼルさま、おとうさまは頭から湯気が出ていましたよ」

「こんなの、何もかもぜんぜんフェアじゃない！」デイジーは純粋な心を傷つけられたと、全身で訴えている。

「いいえ、そんなことはありません」ヘティはにやりと笑い、言うことを聞かない赤毛をメイド帽に押しこんだ。「あたしは、お嬢さまのことはよくわかっていますから。自業自得ですよ」

「ヘティ、ほんとうはわたしたちが捜査するのを止めるつもりはないんでしょう？」デイジーは訊いた。「すごくつまらないじゃない、いつも決まりを守っていたら」

ヘティは気まずそうにした。「また厄介なことに手を出すおつもりでしたら、聞かなかったことにします。だからといって、おやりなさいと勧めることもできません。この休暇中、あたしはヘイゼルさまのおとうさまにお仕えしているんです。申し訳ありません、デイジーお嬢さま。でも、事情が事情ですから」

フェアじゃない！　そう考えているあいだにもヘティは乗務員を呼んで寝台を下ろしてもらい、客室のなかの細々したものを片づけ、あたしたちはあたしたちで寝間着に着替えた。

二段式寝台の上段にのぼると（デイジーは、自分は下段でないとだめだと言った。

何かあったら、すぐ捜査にかかれるように）、ヘティがからだの周りにシーツをたくしこんでくれた。彼女のほっそりした手は荒れていて、香港の家にいるムイツァイ（中国の家庭で家事労働を担っていた小さな女の子）を思いだした。あたしはヘティににっこりと笑いかけた。

「ヘティ」下からデイジーの声が聞こえる。からだを起こしたようだ。「サラはドーント夫人の身に起こったことで動揺してるはずよね」

「それは質問ですか？」ヘティが訊いた。

「やだ、ちがうわよ！　でも、動揺してるでしょう？」

「うーん」ヘティはそう言って最後にもういちど笑顔を見せてから、はしごをおりた。彼女の姿が視界から消える。客室の下のほうを見るには、からだをすこしだけもぞもぞ動かさなくてはならなかった。「感情を表に出さない人もいます、おわかりでしょうが」

「ということは、動揺していないの？」

「彼女は忙しいですからね、デイジーお嬢さま！　ドーント氏のお世話をしないといけませんし、ドーント夫人は……まあ、お仕えするのに最高の方ではなかったとは聞きました。どんな心付けも、けっしてもらえなかったみたいですよ。だからといって、サラがドーント夫人から何でも盗っていいわけではなく——」

「何でもって何？」

「ええ、ちょっとした宝石とか。いえ、こんなお話、するべきではありませんでした。捜査のお役には立ちませんよね！」

「ヘティ、彼女を見張ってくれない？」

「デイジーお嬢さま！　できません！　ミス・ライヴドンがいやがります。あの方がおふたりをじっと見ていること、あたしはちゃんと知っていますからね」

　ということは、ヘティはヴァイテリアス夫人の正体に気づいていたのね。

「ヘティ！」デイジーは肘をついてからだを起こしながら言った。「これって、何よりも重要なことなの。サラのちょっとした盗みのことは、ぜったいに口を閉じておく《キープ・マム》。でも、あなたもミス・ライヴドンに——ヴァイテリアス夫人に——以前、会ったことがあると、誰にも話しちゃだめよ！　彼女、最高機密の任務に就いてるんだから」

「けっして話しませんよ」ヘティは言った。「でもそれは、彼女のためにではありません」

　ヘティはやっぱり口が堅い。

「さて、灯りを消しましょう。朝になったらまた来ます。今夜、あたしはしっかりと耳をすましていますからね。おしゃべりはだめですよ！」

「わかってる、ヘティ」デイジーは言った。「とうぜんでしょう」

でもヘティが客室を出て行った瞬間、寝台の板が下からこつこつと叩かれた。すぐにモールス信号だとわかった。〝そ・う・さ・は・あ・す・か・ら・は・じ・め・る〟〝り・ょ・う・か・い〟あたしも叩き返した。ささやき声みたいにそっと。〝た・ん・て・い・く・ら・ぶ・は・え・い・え・ん・に〟デイジーはそう信号を送ってきた。それからうれしそうなため息と寝返りを打つ音が聞こえ、どうやら眠りについたようだ。デイジーにとって、捜査をしているときほど人生が楽しいときはない。

でもあたしは寝つけず、だからすべてを事件簿に書き留めた。そうしているうちに、寝台の横に掛けておいた腕時計が十二時二十分を指し、停まっていた列車が動きはじめた。最初はゆっくりと、それからだんだんと勢いをつけ、息を吹き返したみたいにぶるぶると車体を揺らし、全速力で夜を進む。デイジーは寝台のなかで寝返りを打ち、何やらもごもごと言った。「手を放しなさい、この犯罪者が。わたしは真実を知っているのよ！」

あたしは思わずぎくりとした。それからくすくす笑った。デイジーは夢を見ているだけだ。列車の振動を感じながら、あたしはしばらくしずかに横になっていた。でもそのうち、閉じたままの目がきょろきょろ動きはじめる。しっかり閉じてもまぶたの向こうに夜の闇が見えたけど、やがてそれも消えた。

第3部

列車も捜査も立ち往生

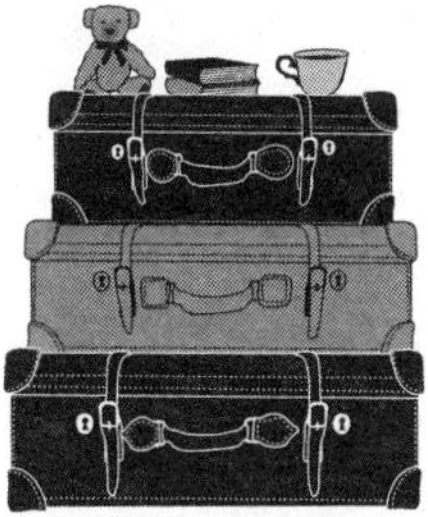

1

からだが跳ねあがってとび起きた。前の晩のことで怖い夢を見ていたせいだと思ったけど、すっかり目が覚めたあとも跳ねるような衝撃はつづいた。おそろしげな唸り音が大きく響き、車両はがたがたと揺れ、まるでオリエント急行そのものが拷問されているみたい。

「ちょっと！」寝台の下でデイジーが声を上げる。「どうして停まるの？」

「わからない！」あたしは言った。歯ががちがちと鳴っている。「まだ夜が明けてないわよね！」

そのとおりだった。腕時計を見ると、時間は午前五時十四分。ブラインドを通って射しこむ光は、真珠のように淡い。

あたしは寝台からおりた。はしごの横木が裸足の足の裏にひんやりと感じられる。

それから洗面台で顔と首を洗った（耳の後ろは忘れたけど、こんな状況だから、かまわないと思うことにした）。デイジーは忙しなくうろうろと歩き回っている。すぐにでもここから出たいのだ。髪はきちんと梳《と》かされているみたいだし、ナイトガウンの紐もきちんと結ばれている。でも、デイジー・ウェルズは身だしなみを整える不思議な力を持っているわけじゃない。そう、自分に言い聞かせた。これで百回目だ。

「準備できた！」あたしは薄い水色のナイトガウンを羽織った。

「わたしも。行こう！」デイジーが答え、ふたりでドアをあけて外を覗いた。

ほかの客室のドアもあいていて、乗客たちが通路に出ている。みんな、ナイトガウンとスリッパ姿だ。伯爵夫人は杖に寄りかかっていたけど、絹でできたくすんだ緑色《オー・ド・ニル》のガウンを着て、堂々として見える。ヴァイテリアス夫人は緑がかった青色の美しいキモノを羽織っていた。驚いたことに、アレクサンダーは子どもっぽい縦縞《たてじま》のパジャマ姿だった。背が伸びたからか、窮屈そうだ。彼はあたしたちを見て笑顔を見せたけど、伯爵夫人にきつく叱られた。

「アレクサンダー！　レディをじろじろ見るんじゃありません。呆れるわ、まったく！」

アレクサンダーの顔が赤くなり、ついには耳まで真っ赤になった。デイジーが伯爵夫人に向かって感謝の印に軽く膝を曲げると、ふたりは満足げに見つめ合った。

「いったい何事だ？」皇帝みたいな紫色のビロードのナイトガウンを着たドーント氏が、怒鳴るように言った。「車掌は——ジョセリンはどこだ！　どうして列車は停まった？」

名前を呼ばれ、ジョセリンが急いでやってきた。こんなに朝早くても、彼はきちんと制服を着ていた。不安げに顔に皺を寄せている。

「みなさん、申し訳ありません。緊急停車をしましたが、そうせざるを得なかったのです。安全のために、とても申しましょうか」

「安全のため？」伯爵夫人が言った。ちょうどそのとき、マダム・メリンダも現れた。昼間のドレスとおなじような、フリンジのついた風変わりな黒のナイトガウンを着ている。「何か危ないことでもあるの？」

「みなさん、じつはですね……」ジョセリンは言いあぐねている。

「はっきり言え！」ドーント氏が声を上げた。

ジョセリンは大きく深呼吸をした。「みなさん。心配なさらないでください」

またドアのあく音がして、ストレンジ氏が顔を出した。その顔はやつれて青白い。ほっそりとした指でドアの端をしっかりとつかんでいる。どうして彼はいつも不安そうなの？　頭のなかで何を考えているの？　彼が現れ、この場に誰がいないのかがわかった。またしても、イル・ミステリオーソの客室のドアはきつく閉じられたままだ。何をしているんだろう？　この通路の騒ぎが聞こえないなんてことはありえないのに。

「まだユーゴスラヴィアにいます、じつは。ヴィンコヴツィの近くで、国境はすぐそこです。いつまた列車が出発するか、いまのところわかりません。と言いますのも……列車の向かう先で、ある装置が爆発したんです」

あたしの聞きまちがいだ。そうに決まっている。なんだかんだ言って、そんな劇的なことが現実に起こるはずがない。デイジーの読んでいるスパイ小説じゃあるまいし。でも伯爵夫人は息を呑み、ヴァイテリアス夫人はからだをひきつらせたから、ふたりもあたしとおなじことを聞いたとわかる。ある装置——爆弾のことだ。

「もう、たくさん！」サラが叫び、人だかりをかき分けてドーント氏のところまで行った。「最初は殺人、こんどは爆発だなんて！　わたし、お暇《ひま》をいただきます！」

「おちつきなさい、サラ」ドーント氏は彼女の腕を取り、ぴしゃりと言った。ふたりはお互いに睨み合っている。彼はサラをこのまま行かせるつもりはないようだ。

「ソヴィエトの仕業よ！」伯爵夫人が喉元をきつく押さえながら、甲高い声で言った。

「アレクサンダー、急ぎなさい！」

「伯爵夫人！」ジョセリンは声を上げて腕を振った。国際寝台車会社の制服のボタンがきらきら光る。「ソヴィエトは関係ありません！　抵抗運動です。ユーゴスラヴィア人が自国で騒ぎを起こそうとしているだけです！　夫人に危険は及びませんから。わたしの言うことを信じてください！」

「しずかに！」父がとつぜん低い声でそう言うと、みんなはおどろいてぴたりと動きを止め、口をつぐんだ。

「ありがとうございます、サー」ジョセリンが言った。「みなさん、お願いです。どうか怖がらないでください。みなさんは完璧に安全です。じつは、こういうことがあるかもしれないと警告されていました。きのうの夜、えー、ひじょうに不幸な出来事が起こったときに、べつの車両で話し合っていたのはこの件についてだったのです。爆発は回避できるだろうと期待していたのですが。しかしですね、爆弾が仕掛けられた目的が線路の破壊だったにしても、偵察チームの活躍のおかげで被害は最小限に抑えられました。いまは復旧作業をしています。明日かあさってには、運行を再開できると思います」

「明日かあさってですって？」マダム・メリンダが大声を上げた。「そんな――」

大人たちはみんな慌てはじめた。サラはまた、お暇をいただくとかなんとかと脅すようなことを言い、ドーント氏は彼女に向かってとんでもなく失礼な言葉を投げ返している。取っ組み合いのけんかでもはじめそうな勢いだ。

「ほんとうに爆弾が線路の上に仕掛けてあったなら」デイジーが声をひそめて言った。「復旧作業が終わるまで、ここで足止めされるのよね。それってつまり、警察には行けないということじゃない。また、わたしたちだけなのね。捜査するのがずっと楽になるわ。たとえ、ヴァイテリアス夫人やあなたのパパが止めようとしても、ね。ヘイゼル、今回の事件は最高の出だしだったとは言えないけど、ここにきて状況は上向いてきたわ！」

2

残念ながら、それはデイジーのはやとちりだった。

寝間着姿のまま、乗客はみんな食堂車に集まるように言われ、前の晩とおなじテーブルについて座った（ドーント夫人が座っていた席が空いているのがものすごく不気味で、誰もがそこに目を向けないようにしていた）。ジョセリンは車両の端に立った。その横には、カレー＝アテネ間車両に乗車している医師。きのうとおなじく、自信満々のようすだ。どうしてあんなに偉そうにしていられるのかしら。キティがここにいたら、きっとそう言っただろう（そのとき急に、彼女のことが恋しくなった）。彼は瘦せているわりには頭が大きく、耳が突き出している。スーツはからだに合っていない。

イル・ミステリオーソもようやく客室から出てきた。どうしていままで通路に姿を見せなかったのか、その理由は言わなかった。それどころか、まったく口を利かない。

マントのなかで肩を丸めて腰を下ろし、指に挟んだコインをくるくると回している。顔色は悪く顎鬚はぼさぼさで、何かに心を奪われているようだ。ベオグラードに行けなくて動揺しているのかもしれない。機密書類を渡せないから。あたしとデイジーが秘密を知っていることを彼が知っているはずはないけど、それでもやっぱり、顔を上げた拍子に視線を向けられると、からだが震えた。

「みなさん」制服のジャケットをなでつけながらジョセリンが言った。「ご存じのように、この列車は現在、動いていません。みなさんの安全を考慮してのことです。昨夜、いろいろあったことを考えますと、わたしたちはむずかしい状況に置かれています。えー、例の亡骸《なきがら》は列車最後尾の車掌車に運ばれました。そこに安置しておけば、ベオグラードに到着するまで安心です。ですが、犯罪があったという事実は依然として残りますし、とうぜん捜査されなくてはなりません。さいわいなことにこの列車には偶然にも、えー、そういった経験をお持ちの方が乗車していることがわかりました」

ヴァイテリアス夫人がハンカチで口元を覆いながら上品に咳をしたから、あたしはおどろいて彼女をじっと見た。彼女、ジョセリンに身元を明かしたの？

デイジーは背筋をぴんと伸ばして座ったまま、腕をつねってきた。頬が上気している。考えていることが丸分かりだ。探偵倶楽部に正式な捜査依頼があると思って、心の準備をしているに決まっている。「わたしたちがその、経験をお持ちの方よ」彼女は声をひそめて言った。「前向きに行こう《バック・アップ》！」

「ちゃんと向いてる。ただ、はやく朝食を食べたいな、と思って。それで、ほんとうにそのつもり――」

「もちろん、そのつもり」デイジーはひそひそと言った。でも、すぐにあんぐりと口をあけることになった。ジョセリンが顔を向けた先はヴァイテリアス夫人のテーブルでもあたしたちのテーブルでもなく、隣の医師だったから。

「この方は」ジョセリンが話をつづける。「サンドウィッチ医師です。医学部を卒業していらっしゃいますが、それだけでなく、なかなか評判のアマチュア探偵だと判明しました。去年、サタスウェイト氏殺人事件を解決したのです。みなさんも覚えていらっしゃるでしょう？」

みんな、ぼんやりした表情をしている。

「いや、すこしお手伝いをしただけで」スーツのなかでほっそりしたからだをもぞもぞさせながら、サンドウィッチ医師は言った。鼻の穴が膨らんでいる。それに、すこしだけ生やした口髭と短い睫毛が、話すたびにひくひく動く。「わたしは……警察に

「あの事件を解決したとおっしゃったじゃないですか！」ジョセリンが大声を上げた。

「それはですね。そう言えなくもない、という意味で。凶器と思われていたのは火かき棒でしたが、傷口の大きさと位置から、それが使われたはずがないと推測したのは事実です。サタスウェイト氏は一家が所有していた年代物の文鎮で殺されたにちがいなく、つまりそのことが、たったひとりの人物を指し示していたというだけで」そこで彼は言葉を切った。「ほんとうに、たいしたことはしていません」謙虚なことを言ってみせる。

デイジーにつかまれていた腕が、急にものすごく痛くなってきた。「痛い！」あたしは口の動きだけで伝えた。彼女が気づいたとは思わないけど。

「みなさん。ベオグラードに到着するまで、こちらのサンドウィッチ医師を国際警察の代理に指名すると、上司に許可をとりました。すでに犯行現場も調べていただきましたが、この食堂車でみなさんの事情聴取を行いたいということです。朝食のあと、おひとりずつお呼びしますので、それまでは客室でしずかにお待ちください。何も心配なさることはありません。国際寝台車会社を代表しまして、必要以上にみなさまを煩わせることはないとお約束します。この列車にご乗車中は、安全で快適に過ごせるよう、できるかぎり努めます。ただひとつ、客室には鍵をかけないでくださいとお願いしなくてはなりません。と言いますのも、あらゆる場所にサンドウィッチ医師が自由に出入りできるようにしておく必要がありますので」

「断ったらどうなる？」ストレンジ氏がしずかに訊いた。顔が真っ青で、手は震えている。ほっとしているようにも、安心しているようにも見えない。

「断れるはずがない！」ドーント氏が大きな声で言った。「おまえにはジョージーが殺されたときのアリバイがない。だろう？　この男は――」そこで彼は、サンドウィッチ医師のほうを向いた。「二週間まえ、ジョージーに二百ポンド貸してほしいと手紙を寄こした、知ってるか？　もちろん、妻は断った。そんなことをしてはいけないと、わたしが言ったとおりに。それなのにこの列車に乗っているなんて、わたしたちを追いかけてきたからにちがいない。そうすればまた、無心できるから！」

「姉とあなたが乗っているなんて、思いもしなかった！」ストレンジ氏は叫ぶように言った。「この旅は……取材が目的だ。わたしは――」

「お願いですから」ジョセリンが口を挟む。「お願いですから、事情聴取までお待ちください」

「いいだろう」ドーント氏が答えた。「だが、わたしからはじめてほしい」

ジョセリンは頷き、両手をぱんと打ち合わせた。「ということで、ご理解いただけたようですので、これから朝食にしたいと思います。ありがとうございました。そして先ほども申しましたように、どうぞ、怖がらないでください！」

とうぜんだけど、そんなことを言われても誰も本気にしていなかった。マダム・メリンダは、負のエネルギーや危険をつくりだす力について話している。サラは腕を組み、猛烈な勢いで文句を言いまくっている。ドーント氏はマダム・メリンダを睨みつけている。アレクサンダーはパジャマの袖口をいじっていたけど、顔を上げてジョセリンとサンドウィッチ医師に目をやった。そのときの彼の顔といったら、興奮できらきら輝いていた。捜査について話すときにデイジーがそうなるように。

「すみません」アレクサンダーがサンドウィッチ医師に向かって言った。「すみません！　ぼく、お手伝いします」

3

「アレクサンダー！」伯爵夫人がぴしゃりと言った。「ばかなことを言うのはおよし！」

でも、サンドウィッチ医師は片手を上げた。「ちょっと待ってください」鼻の穴とおなじようにずいぶんと大きく見開いた目を、アレクサンダーにしっかりと据える。

「どうして手伝いたいのかな？」

「大人になったら探偵になりたいからです」アレクサンダーは答えた。「もう、役立ちそうな技能も身につけています。速記だって、だいたいできます。本を読んで勉強しました」

「それは感心ですね。ただ残念ですが、お手伝いしていただくわけにはいきません」

ジョセリンが言った。

「いや、ブーリ車掌。待ってください。この若者は手伝いたいと言っています。それがいけない理由は？　立派な申し出は報われるべきではないでしょうか。それに、彼にはひじょうに大きな可能性があると、もうすでにわかります。自分の少年時代を見ているようで。ええっと、ミスター・アーケディでしたか。わたしたちの速記者になっていただきましょう」

伯爵夫人は口を開いたかと思ったら閉じた。小さなナイトグローブを嵌《は》めた指でテーブルをつかんでいる。今回ばかりは、いつもの辛辣《しんらつ》で痛烈な意見は出てこないようだ。あたしは彼女をじっと見た。孫が殺人事件に関わるのがいやで腹を立てているの？　それとも、自分のことで何か気づかれはしないかと心配しているの？

「アレクサンダー」ようやく伯爵夫人は言った。驚くほどの小さな声だ。「わたくしは――」

「伯爵夫人！」サンドウィッチ医師が大きな声で呼びかけた。「やらせてあげましょう！　でないと、何か秘密があるのではと勘繰られてしまいますよ！」そう言って陽気にくすくす笑った。

伯爵夫人は息を呑んだ。降参したようだ。

「ちょっといいですか！　ひと言申し上げると、わたしの助手も速記と旅行用タイプライターの技能を備えています」顔をしかめながら父が言った。「彼のほうがもっとお役に立てるのではないかな？」

「いやいや！　もう助っ人は決まりました」サンドウィッチ医師は言った。「わたしたちは警察ではありません。通常とはちがうやり方で捜査できます」

この人のことは嫌いでいい。そう決めた。

デイジーはどう思っているだろうと、彼女に目をやった。かわいらしい肖像画のモデルみたいに片手を顎に添え、じっと遠くのほうを見つめている。歯ぎしりする音しか聞こえない。彼女をつつくと、歯ぎしりは止まった。

みんな着替えるために部屋にもどされて朝食まで待つことになったけど、もちろん、デイジーは頭から湯気を出していた。「これまでで最悪の休暇だわ」声を絞り出すように言う。「アレクサンダーは殺人事件についていろんなことを教えてもらえるのに、わたしたちはいっさい捜査させてもらえないなんて」

「しーっ。誰かに聞かれるかもしれないでしょう」

「そんなことない！　愚かな人たちしかいないんだもの」デイジーは言った。心の底から機嫌を損ねていた。

今回ばかりは、朝食の時間がいつもよりずっと長く感じられた。コーヒーポットや、おいしそうな食べものを満載したお皿を何枚も手にした給仕係たちが、途切れることなく食堂車を動き回る。でも、列車が線路を軋ませる音以外は、すべてが不気味に静まりかえっていた。誰も何もしゃべらないし、顔を上げることさえない。人の目に留まるのがいやだから。

あたしにはその理由がわかる。カレー＝イスタンブール間車両の乗客のひとりが殺人犯にちがいない――大人たちでさえ、そう思っているからだ。

あたしたちの寝台車は列車のいちばん前にある。その先に寝台車はなくどこにも行きつかないから、ほかの乗客が通り抜けることはない。きのうの夕食のとき、おなじ車両の乗客以外は、誰も食堂車を出て行かなかった。それに、あたしたちの車両に向かった乗客もいなかった。そうするにはあたしたちのテーブルの横を通らないといけないから、何かあれば気づいたはず。

では、ドーント夫人が殺されたときに食堂車にいなかったのは誰？

あたしはお皿からペストリーを取り、頭のなかを整理しておくことにした。探偵倶楽部は今回の事件について最初の会合を開くタイミングを待っているところだから、状況をつかんでおけば万全の態勢で臨める。ペストリーに思い切りかじりつきながら（おまけとばかりに、表面にもアプリコットジャムがたっぷりとかかっていた）、お皿に手を伸ばしては食べたり飲んだりする周りの人たちをじっと見つめた。このときもやっぱり、殺人事件があると人は食欲をなくすと思われているのはどうしてか、わからないでいた。それから気を取り直し、前の晩のことを考えた。

あたしのテーブルにはデイジー、父、マックスウェルがいた。隣はドーント夫妻のテーブルだったけど、夫人が食堂車を出ていって、ドーント氏がひとり残されていた。おなじ列の厨房に近いほうのテーブルには、サラが席を立ったあとヘティがひとりでいた。通路を挟んだその隣のテーブルには、伯爵夫人が席を立ったあとアレクサンダーがひとりでいた。ストレンジ氏、イル・ミステリオーソ、ヴァイテリアス夫人、マダム・メリンダは、あたしたちのテーブルと食堂車のドアのあいだのテーブルについて座っていたけど、全員が席を立ち、誰も残っていなかった。

こう考えながら、頭のなかを前の晩のことでいっぱいにしていく。目を細めると、そのときのようすがじっさいに見える気がした。ふとデイジーのお皿を見下ろすと、彼女は食べずに残していた一枚のトーストを細かくちぎっては、その欠片《かけら》でなんだかよくわからない形をつくっている。デイジーが何かを細かくちぎって食べるところなんて、はじめて見た。そういうことをするのは、いちばんデイジーらしくないのに。でもお皿をもういちど見て、でたらめに形をつくっているのではないとわかった。欠片がふたつひと組になったものが三つ、四つひと組になったものがふたつ。テーブルについて座っていた人数と、ちょうどおなじだ。じっと観察をつづけていると、デイジーは四つひと組の片方をまるごと取りのぞいた。つぎに、ふたつの組からはそれぞれひとつずつ。それから顔を上げ、あたしのことをまっすぐに見た。退屈で仕方ないけど、こんなに楽しい時間のつぶし方がほかにあるとは思えない、と言っているみたいに。それから、テーブルクロスの上に両手を乗せた。どちらの手も、親指と人差し指と中指が握られている。

すぐにわかった。デイジーは訴えているのだ。容疑者は六人で、それが誰かということを。イル・ミステリオーソ、ストレンジ氏、マダム・メリンダ、ヴァイテリアス夫人、サラ、そして伯爵夫人。あたしたちが見たり聞いたりしたことからすると、その六人以外の犯行だとは考えられない、と。

4

朝食のあとはそのまま残って、事情聴取をされるとばかり思っていた。でも、父はちがう計画を立てていた。

「ヘイゼル。ミス・ウェルズ。午前中はずっと、いっしょに過ごさないか？　必要なものはぜんぶ、マックスウェルの客室に持ってきたらいい」

捜査が進められるあいだ、あたしたちのことを守ろうとするつもりなのはわかる。でも、はずかしくて顔が真っ赤になった。小さな子ども扱いなんかして！　デイジーにひどくばかにされる。だって、彼女の両親はそんなことはしないから。でもそのとき、デイジーがこう言ったので驚いた。

「すごくいい《ウィザード》考えですね！」これ以上ないくらいに乗り気な表情だ。「パズルの問題集を解いてしまえるわ。ねえ、ヘイゼル！」

彼女に目をやると、小さくウィンクをした。

「えっと」あたしは答えた。「そうね。パズルの問題集をやりましょう」

「それは楽しそうだ！」父があたしの肩をぎゅっとつかみながら言った。あたしは父を見上げ、ぎこちなく笑った。とうぜん、マックスウェルの客室になんやかやと持ちこむしかなくなり、ヘティは腕いっぱいにパズルの問題集や小説（慎重に、犯罪小説は除いていた）を抱えて後ろをついてきた。

あたしは『バッフル・ブック』を開き（デイジーとあたしはこの本に載っているパズルを何回も何回も解いていたから、むかしからの友だちみたいに思えるようになっていた）、そのなかに挟むようにして事件簿を置いた。そこで父がコネクティング・ドアを通って現れたから、また、さっと閉じた。

父はフラシ天の座席に腰掛け、あたしとデイジーのことを見た。そこからだと開いた『バッフル・ブック』のなかが丸見えだ。言いつけを守っていないことを知られてしまう。でも、父は眼鏡を押し上げただけでこう言った。「おちついたようで、よかった。じつは、朝のうちにやらないといけない書類仕事があるんだ。ふたりだけでもだいじょうぶだね？　マックスウェルとわたしはドアのすぐ向こうにいるから」

「はい、おとうさん」あたしは返事をした。

「はい、ミスター・ウォン」デイジーもまばゆいばかりの笑顔で答えた。

父は自分の客室にもどった。ドアはわずかにあけたままだ。すぐに、マックスウェルに話しかける声が聞こえてきた。「まず、ダーリントンに出す手紙だ。先月の二十七日付の返信に加えて……」

「あなたもおなじ意見だと思うけど、新たな敵が現れたわね」呼吸するくらいの小さな声でデイジーが言った。「サンドウィッチ医師。あんな……あんな素人探偵！　わたしたちのほうが優秀だと証明しないと！」

「しーっ！」あたしは声に出さずに言った。隣から父が訊いてきた。「どうした、何かあったか？」

あたしは事件簿を挟んだ『バッフル・ブック』を膝の上で広げ、デイジーを肘でつつきながらメッセージを書いた。


賛成する。でも、声に出して話さないで。容疑者リストを書くことからはじめない？　あたしがまちがってたら、そのときは止めて。いい？

デイジーは眉根を寄せた。それからあたしの手からペンを取って書いた。

わかった。でも、わたしも容疑者候補には何人か、心当たりがある。

あたしは頷き、ここからかつてないほどしずかに探偵倶楽部の会合がはじまった。

出席者：デイジー・ウェルズ、探偵倶楽部会長。ヘイゼル・ウォン、探偵倶楽部副会長兼秘書兼書記。
捜査対象：ドーント夫人殺人事件
死亡日：一九三五年七月七日（日曜日）
死亡時刻：

そこであたしは手を止めた。デイジーがすぐさまペンを奪い取って、続きを書く。

午後八時三十一分

あたしは驚き、デイジーに向かって肩をすくめた。彼女は自分の腕時計を指さし、目をぐるりと回した。もちろん、悲鳴を聞いてすぐ時間を確認していたのだ。まったく、デイジーのしそうなことだ。

死亡時刻：午後八時三十一分
凶器：ストレンジ氏のペーパーナイフ
致命傷：のどを切られた

また、わかりすぎるくらいわかっていることばかりだ。あたしは血のことを考えた。ドーント夫人も彼女のすてきなドレスも床も、血だらけだった。あの客室で目にしたことはあまりにもおそろしくて、最初のショックが収まると、ほんとうにあったことには思えなくなっていた。客室のドア口が、室内で起こったこととあたしとを隔てる境界線のような気がする。ドーント夫人は人間というよりは人形に見えたし、血は奇妙なほど赤くて、誰かが質《たち》の悪い冗談で飛び散らせたかのようだった。周りで聞こえた叫び声はラジオドラマのセリフみたいで、ものすごく大きくて切羽詰まっているのに、じつは何の意味もなかった。

あたしはこれまでにも死体を見つけたことがある。もう、一年近くまえのことだ。あのときは血はほとんどなかったし、悲鳴も聞こえなかった。薄暗いところに、ものすごくしずかに横たわっていただけだった。でも、自分のなかでは最高におそろしい記憶になっている。いま思いだしても肌が粟立つ。

ストレンジ氏
動機：ドーント夫人の弟。母親の遺言で遺産は一ペンスももらえず、姉のドーント夫人がすべてを相続した。小説家だけど本は売れてなさそう。だから彼女を殺した。遺言で何かを残しているかもしれないと期待して。でなければ、相続から外されたことへの逆恨みか、姉への嫉妬。
注意：凶器は彼のペーパーナイフ。盗まれたと言っているけど、ほんとうだろうか？　ドーント夫人の悲鳴が聞こえたときは寝台車にいた。犯罪小説を書いている――それも彼を疑う根拠にならないか？　ドーント夫妻がこの列車に乗ることは知らなかったと証言している――ほんとうだろうか？

デイジーがまた、あたしの手からペンを奪い取って付け加えた。

すごく疑わしい。

デイジーもおなじ考えのようだ。ストレンジ氏が犯人である可能性は高い。

デミドフスコイ伯爵夫人
動機：ドーント夫人のルビーの首飾りは、本来は自分のものだと信じている。その首飾りはいま見当たらない。伯爵夫人が彼女を殺して盗んだ？
注意：ドーント夫人の悲鳴が聞こえたときは寝台車にいた。

イル・ミステリオーソ
動機：ヴァイテリアス夫人が調べているスパイは彼だと、探偵倶楽部は信じている。ドーント夫人に正体を知られ、口封じのために殺した？

注意：ドーント夫人の悲鳴が聞こえたときは寝台車にいた。ただし、死体が見つかったときに通路に現れなかった。あんなに大騒ぎになっていたのに。客室に留まっていたのはどうして？

デイジーがさらさらと何か書いた。

それに、彼はマジシャンよ。密室のトリックをあれほどうまく仕掛けられる人がほかにいる？

あたしはデイジーに頷きかけた。きのう昼間に、彼が警察に披露したトリックを思いだす。ドーント夫人に起こったことを考えると、あれも無邪気なトリックだなんて言えない気がした。

マダム・メリンダ
動機：ドーント夫人からお金を受け取り、亡くなった母親と文信させていた。ドーント氏はそれが気に入らず、ふたりを引き離そうとしていた。マダム・メリンダは、夫人から受け取っていたお金を失いたくなかったはず。遺言書の内容は自分に有利だと考えていた可能性は？
注意：ドーント夫人の悲鳴が聞こえたときは寝台車にいた。また、かつては女優だったとイル・ミステリオーソが言っていたから、何かの振りをするのが上手なはず。

そう書くと、デイジーは「さすが」というみたいにつねってきた。

サラ
動機：ドーント夫人のことが好きではなかったよう。ヘティから聞かされ、彼女がドーント夫人から盗みを働いていたことを探偵倶楽部は知っている。また、ドーント氏には暇をもらうと迫っていた。でも、仕事がつまらないというだけで、女主人を殺すじゅうぶんな動機になる？　でなければ、盗みに気づいたドーント夫人から警察につき出すと脅された？

注意：ドーント夫人の悲鳴が聞こえたときは寝台車にいた。

この五人は確実に容疑者だ。つぎは、気を揉むことになる容疑者についても書き留めないといけない。

ヴァイテリアス夫人

動機：いまのところ見当たらない。でも、彼女はみんなが思っているような人物ではないことを、探偵倶楽部は知っている。ドーント夫人の悲鳴が聞こえたときは寝台車にいた。

ヴァイテリアス夫人がこの事件に関わっていると、デイジーはほんとうに思っているのだろうか。それが知りたくて目をやると、彼女は眉を上げて肩をすくめた。それから、こう書いた。

何とも言えないわね。スパイがじつはドーント夫人だったとしたら、どうかな?

あたしはその点を考えていなかった。ヴァイテリアス夫人は任務のさいちゅうに人を殺すことを認められているのかもしれない、という点は言うまでもなく。でも、あたしがどう考えようと、彼女を容疑者リストから外すわけにはいかない。彼女の犯行でないと納得できるまで。それが、あたしたち探偵倶楽部の掟だ。

というわけで容疑者は六人で、動機もそれぞれある。でも、どうすればそのうちの五人をリストから外せる? あたしはデイジーに肩をすくめてみせた。「それで、つぎはどうする?」と訊くみたいに。
デイジーが目をぐるりと回したからかなり腹が立ったけど、彼女はかまわず鉛筆を手に取った。

行動計画
1 ヴァイテリアス夫人と話して、アリバイをすっかり聞きだす。政府が用意した身元証明書を見せてもらえるかもしれない。
2 ドーント夫人の死で利益を得るのは誰かを知るため、彼女の遺言書を探す。
3 食堂車での事情聴取に潜入する。
4 証拠を集める。
5 犯罪現場を再現する。

あたしはリストを見て、両方の眉を上げた。2と3はどうしたらできるのか、わからない。

デイジーは楽観的に考えているけど、あたしは完全に行き詰まったように感じた。
そのとき、誰かが父の客室のドアをノックした。

5

そのノックの音は、半分あいているコネクティング・ドアと壁（客室を仕切っている壁は、ほんとうに薄い）を通して聞こえてきた。

「どうぞ！」父が呼びかける。

「失礼します、ミスター・ウォン！」とびきりの甘い声でヴァイテリアス夫人が言った。心臓が跳ね上がり、あたしはデイジーと顔を見合わせた。どういうこと？「こんにちは。こんな時間にすみません。おじゃまでした？」

「いや、かまいませんよ。どういったご用で？」

「それが……たったいま、十一時のお茶と軽食を客室に届けてもらったのですが、なんだか量が多くて。食べきれるかどうか！　それで、思ったんです。お嬢さんふたりに手伝ってもらおうかしら、と。あんなひどい出来事があったあとですし、ちょっとした気晴らしにでも」

「それはご親切に！」父は言った。「しかし――」

「あら、何も危ないことはありませんわ」ヴァイテリアス夫人は言った。「お嬢さんたちもいやなことは忘れられます、きっと。ドレスの話をしてもいいですし、とても楽しいでしょうね！」

「ふむ」父はあたしがドレスの話をすると、あまりいい顔をしない。歴史や数学といった大切なことから気を逸らすものだと思っているのだ。あたしは、どちらのこともきちんと考えられるのに。でも声の調子からすると、父はヴァイテリアス夫人の申し出を受けようとしている。「そうですね、わかりました。ふたりはこのドアの向こうにいます。わたしの助手の客室に。まちがいなく、この話を聞いているでしょう。ただ、ふたりからは目を離さないでいただきたい。お願いできますか？　あんな……あんなことがあったことですし。おわかりでしょうが」

ハイヒールの足音がして、ヴァイテリアス夫人がコネクティング・ドアから顔を覗かせた。橙色《だいだい》のドレスを着ている。きのうのドレスよりもずっと魅力的だ。

「デイジー、ヘイゼル。わたしの客室に来て、いっしょにケーキを食べない？」

デイジーとあたしは急かされて通路を進んだ。これで、完全に囚われの身になってしまった。ヴァイテリアス夫人の客室にはいり、あたしたちを待ち受けているものを目にしたあとでさえ、その思いは変わらなかった。客室の真ん中には木製のすてきな台があり、その上にはクリームたっぷりのケーキや小ぶりのフルーツタルトやアイシングされたクッキーが山と載った、立派な銀製のトレイが置かれている。とんでもなく大きな銀製のポットからはいい匂いのする湯気が立ち上り、隣には磁器のカップが三つ、用意されている。ヴァイテリアス夫人はあきらかに、はじめからあたしたちをここに連れてくるつもりだったのだ。

あたしとデイジーは腰を下ろし、ヴァイテリアス夫人は飲みものを淹れてくれた。客室のなかがスパイシーなチョコレートの香りで満たされる。熱々のホットチョコレートを飲むような気候ではなく、窓から陽の光が燦々《さんさん》と射しこんで室内はすでに暖かかったけど、あたしは気にしなかった。ものすごくおいしそうだったから。

夫人は身を乗りだし、とてつもなく丸々としたケーキを手に取った。いまにもジャムが溢れそうだ。「あなたたちもどうぞ」そう言ってウィンクをする。「おやつ休憩を楽しみにしていることはお見通しよ」

「何か企《たくら》んでます？」デイジーが腕を組みながら言った。

あたしもデイジーとおなじ気持ちで腕を組んだ。ケーキにはできるだけ目を向けないようにする。デイジーに何を言われるのか、わかっているから。優秀な探偵は個人的な楽しみは後回しにして、捜査を優先させなければならない。でも、あのケーキはほんとうにおいしそう。

「こうして来てもらったのは、話し合いをするため。それはわかってもらえる?」

「わかりません」デイジーが顎を上げる。「話し合いなんてしません。そうしたいなら、公式な文書を見せてもらわないと。彼――〝M〟からの、とでも言いましょうか。そうすれば、あなたが言い張っていることがほんとうだとわかりますし、わたしたちも安心できますから。あと、アリバイも教えてくれてもいいですよ」

ヴァイテリアス夫人はあたしたちふたりをじっと見つめた。陽気さという仮面が剝がれている。「あなたたちときたら!」そう言いながらため息をつき、おしゃれな小ぶりのクラッチバッグに手を伸ばすと、一枚の紙を取り出した。「ほら、見なさい。〝M〟本人からの手紙よ。わたしはイギリス政府の命令で、正式に任務に就いているの。だけど誰も殺していない。あなたたちがそう思っているといけないから、言っておくけど」

あたしはデイジーの肩越しに首を伸ばし、ふたりでその手紙を読んだ。厚手のクリーム色の紙に、見た目もきれいにタイプされている。イギリスの国章である、ライオ

夫人だけでなくマダム・メリンダも容疑者リストから名前を消すことができそうだ。

「ところで、悲鳴が聞こえたあと、誰かが客室の前を走っていきませんでした？」デイジーが訊いた。

「それはなかったわ。だからといって、そういうことがなかったというわけではないわね、もちろん。足音を聞かれないよう、殺人犯が靴を脱いでいた可能性はあるもの。そしてすばやく自分の客室に逃げこんでから、通路の人混みに紛れたのよ。野次馬がじゅうぶんに集まったあとで。さて、わたしへの疑いがすっかり晴れたところで、どうしてふたりにここに来てもらったのかを話してもいい？」

「ええ、どうぞ」デイジーが言った。「どうしても、というなら」

あたしはようやくフォンダン・ビスキュイを手に取ってひと口かじり、舌の上で砂糖がとけるにまかせた。居心地の悪い状況も、おいしいものを食べればすこしはましになる気がする。

「殺人事件について話したかったからよ。すごく危ないことだから」

「そんなの、わかってます！」デイジーはばかにしたように言った。

「だったら、これ以上関わるべきではないこともよくわかってるわよね、危険に巻きこまれたくないなら。あなたたちが事件を調べられないようにとミスター・ウォンの注意を向けたことで、わたしに腹を立てていることはわかってる。でも、ふたりの出る幕じゃないの。わたしが任務でこの列車で調べていることに、その殺人犯が関係していようといまいと――」

「あら、関係していると思っているんですか？」デイジーは目を輝かせて訊いた。

ヴァイテリアス夫人は彼女をじっと見てから答えた。「いまのたしはイギリス政府を代表して、イギリス市民が被害者となったこの事件を調べなくてはならなくなったの。あなたたちをそれに巻きこみたくはないわ。ふたりがフォーリンフォード邸での殺人事件を解決したことは、よくわかってる。でも、今回は状況がまったくちがうから」

「どうちがうんですか？」デイジーはかっかしながら訊いた。鼻梁《びりょう》に皺が現れている。現れるとは思っていたけど。「とにかく、わたしたちはもう関わっているんです。殺人事件が起きたとき、その場にいたんですから！　それに、解決したのはフォーリンフォード邸の殺人だけじゃありません。解決した殺人事件はふたつです。わたしたち、探偵です。バッジも持ってます！」

「知ってるわよ、デイジー」ヴァイテリアス夫人はそう言って、また、ため息をついた。「でもね、わたしはMがどうしたいかを考えないといけないの。それに、彼があなたたちを信用していても――」

「おじさまがわたしたちを信用しているなら、あなただって信用するべきよ！」デイジーは叫ぶように言い、手に持っていたフォンダン・ビスキュイを置いた。「そうしないなんて、フェアじゃありません！　ほんと、ひどい人ですね！　わたしたちが探偵をすることを止めるべきではないわ。それどころか、手伝ってくれないと。何もかも、あのおぞましいサンドウィッチ医師に任せておくなんてだめです。わたしたちは彼よりもずっと優秀な探偵なんですから。あなただって、知ってるじゃないですか」

ヴァイテリアス夫人は深く息を吸った。鼻の穴がきゅっとすぼまり、両方の眉がいっしょに上がる。「デイジー・ウェルズ！　あなたって、ほんとうにむずかしい子ね」

「わたしは子どもじゃありません。探偵です。わたしたちが探偵をすることを禁じるなら、車両じゅうの人にあなたの正体をばらしますから。そんなことしたくないけど、無理強いするなら、そうします」そう言って腕を組む。「ヒーローはずいぶんとひどいことをしないといけないときがあるんです。それですべてがきちんと収まるなら」

「この件から手を引きなさい！」ヴァイテリアス夫人は鋭い声で言った。「あなたが首を突っこんでいるところを見たら、何をおいてもやめさせますからね。ここから永遠に出られない」

ふたりは睨みあった。あたしが何か言わないと、ここから永遠に出られない。ふたりとも、ぜったいに折れないタイプだから。

「危険なことはしないと約束したら?」あたしは言った。「あなた以上に、あたしたちだって痛い目に遭いたいなんて思っていませんし（これは、かならずしも本心ではない。デイジーは痛い目に遭うことなんて何とも思わない。危険に直面しているとは考えず、頭のなかで自分の思い描く話のヒロインになるだけだ。そしてみんな知っているように、ヒロインは死なない）。あたしたちが無事でいれば、それに、あたしたちが探偵をしていることに気づかれなければ、それでじゅうぶんですよね?」

ヴァイテリアス夫人は「ちがう」と言おうとするみたいに口をあけた。でも、そこで深くため息をつく。「スパイには近づかない?」

「それが殺人犯だった、とならないかぎりは」デイジーはもったいぶって言った。

ヴァイテリアス夫人はケーキにフォークを突き刺した。でも力を入れすぎて、お皿の上でケーキはぐしゃりと潰れた。

「もう!　このことはMの耳にもはいるにちがいないわ!　まったく、手に負えない子ね」

「あら、わたしを怒らせなければずっといい子でいますよ」デイジーは元気いっぱいに言った。「心配しないでください。殺人事件が解決するまで、わたしたちから何か言うことはありませんから」

「わたしが解決するまで、という意味よね」

そこでふたりはまた、睨みあった。

「とにかく」ヴァイテリアス夫人は話をつづけた。「お互いに同意できることは、事件を解決するのはサンドウィッチ医師ではない、という点ね。彼に任せておいたら、ぜったいに解決しそうにないもの」

6

お互いの意見が一致したところであたしはフルーツタルトを手に取り、考え事をしながらかじりついた。ヴァイテリアス夫人はあたしたちとおなじくらい、スパイについてわかっているのだろうか。そのことがまた、頭に浮かぶ。ミラノで見たことを話したほうがいい？　イル・ミステリオーソを疑っている理由を話すべきじゃない？　でも、だめ。そんなことをしたら、デイジーはかんかんに怒るだろう。

客室はすっかり暖かくなっていた。ポットのなかのホットチョコレートと、三人がぎゅうぎゅう詰めになっているせいで、ものすごく熱気がこもっている。あたしは窓に目をやり、あれをすっかりあけられればいいのに、と思った。この列車のなかはどこもかしこも狭苦しいし――殺人犯だってすぐそこ、ほんのふたつか三つ離れただけの客室にいる。そう思うと、ほんとうにおそろしかった。しかも、客室には鍵がかかっていないのだ。

そんなことを考えていると、とうぜんのように密室の謎のことが思い浮かんだ。デイジーが正しければ、今回、対決する殺人犯は、ものすごく綿密に犯行を計画していたことになる。そんな犯人を突き止めようとして、あたしたちはほんとうに安全でいられる？　追われていることに殺人犯が気づくまで、どれくらいだろう？

ドアがノックされ、あたしは跳び上がった。

「どうぞ！」ヴァイテリアス夫人が応えると、ドアがあいてヘティが現れた。ドア口のところで、もじもじと足を踏み替えている。これまでになく気まずそうだ。この状況をすごく奇妙に感じているにちがいない。でも彼女ならちゃんと対応できる。ありがたいことに。

「こんにちは、ミセス・ヴァイテリアス」ヘティは言った。「お嬢さまたちを連れもどすようにと、ミスター・ウォンがおっしゃっています」

「わたしたち、とても楽しい時間を過ごせましたわ。そうよね？」ヴァイテリアス夫人が言った。「あとはよろしく、レティ――いえ、ちがった。ヘティ」

「かしこまりました、ミセス・ヴァイテリアス」ヘティが無表情で答える。「それでは、失礼して……行きましょう、お嬢さま。ミスター・ウォンの客室にもどらないと」

それは命令だった。また命令だ。あたしたちのことを思ってくれてはいるものの、事件を捜査するのにじゃまでしかない大人からの。客室を出るとき、あたしはふり返ってヴァイテリアス夫人をじっと見た。ずいぶんと楽しそうだ。あたしたちより有利なスタートを切ったことを、ちゃんとわかっている。彼女より先に事件を解決できるなんて、どうしてそんなふうに思えたのだろう？

7

マックスウェルの客室にもどり、さっきまで座っていたところに腰を下ろした。あたしはあいかわらず、いったいどうやって殺人が行われたのかを理解しようと、必死に考えていた。殺人犯はどうして、ドーント夫人の客室のドアにもコネクティング・ドアにも鍵をかけることができたの？　そのあとどうやって、誰にも姿を見られたり足音を聞かれたりしないでそこから逃げだせたの？　殺人があったときにカレー＝アテネ間車両にいたジョセリンは仕方ないにしても、乗客の誰かひとりくらい、犯人を見ていそうなものじゃない？　ドーント夫人の悲鳴が聞こえてから食堂車や寝台車にいたみんなが彼女の客室に駆けつけるまでは、ほんの数秒のことだったのに。まるでマジックのトリックじゃない。でなければ、殺人の起こるミステリ小説のなかの出来事みたい。とはいえ、容疑者のなかにマジシャンと犯罪小説家がいるという事実は重要じゃない？　それとも、ただの目くらまし？

デイジーは事件簿をつかんで、不機嫌そうに何やら書いている。

疑問が多すぎる！

あたしは頷いて、さっき考えていた疑問をぜんぶ書いて見せた。

「そうだ！」デイジーが声を上げ、あたしもつられて反射的に父の客室につづくコネクティング・ドアに目をやった。ドーント夫妻の客室をつないでいるものとまったくおなじで、ドアのどちら側にも銀色のきらきらした差し錠が付いている。鍵はどちらか一方だけを、あるいは両方ともかけることができる。どちらかの客室の鍵がかけられると、反対側からそれをあけることはできない。きのうの晩、マダム・メリンダがドアをあけられたのはドーント夫人側のほうの鍵がかけてあったからにすぎず、ドーント氏側の鍵はかかっていなかった。

ということは、犯人はあらかじめ反対側から鍵がかけられるように仕組んでいたの？　紐か何かを錠に結びつけておいて、たとえばの話だけど、ドアを閉めてからその紐を引っ張って差し錠を滑らせ、鍵をかけることができた？

コネクティング・ドアの錠をよく見ようと、あたしは立ち上がった。デイジーも横に来た。あたしは錠を指さし、紐を結びつける仕草をしてみせた。だいじょうぶ、ちゃんとできそうだ。錠には紐を結べそうなつまみがついている。デイジーはすぐさま膝をついて靴紐をほどき、錠に巻きつけてから器用に小さく結んだ。あたしは頷いて紐の反対側の端を受け取り、手に絡ませてドアを通り抜けた。父の客室にはいってドアを閉めると、マックスウェルと父が驚いたように顔を上げた。

「おじゃまします」自分で思う以上に弱々しい声だった。それから、紐をぎゅっと引っぱった。マックスウェルの客室の差し錠は動かない。もういちど引っぱると、かちゃりと音がした。うまくいった。

「どうかしたかね、ヘイゼル？」父が訊いた。

「えっと、なんでもないの。おとうさんの顔が見たかっただけ」

デイジーのつくった結び目はほどけていない。あたしはもういちど紐を引っぱり、もう一歩、父の客室に足を踏みいれた。さっきよりも力をこめて紐を引っぱる。やがて手応えを感じ、紐はドアの隙間をすり抜けて指先から垂れ下がった。あたしはそれを丸めて手のひらに隠してから言った。「ヴァイテリアス夫人はすごくいい人ね。ケーキはとってもおいしかった」

「それはよかったね、ヘイゼル」父は眉を上げながら言った。「それで、何か用かな？」

「えっと」あたしはまた言った。「ううん。ちょっと……挨拶だけしようかと思ったの」

「こんにちは」父はあたしに笑いかけながら言った。「いろいろ、がまんしてるんだね？」

あたしは頷いた。「さて、もうデイジーのところにもどろうかな」でもそのときになって、コネクティング・ドアには向こう側の鍵がかかっていることを思いだした。「その……そっちのドアから出るわ。なんていうか……ちょっとしたゲームをしてるの。それじゃあ」

客室を出るとき、ちらりとふり返った。父がものすごく心配そうにこちらを見ていた。あたしがまた奇妙な振る舞いをしているのを心配している。「コネクティング・ドアはあけたままにしておきなさい」父がうしろから呼びかけた。

マックスウェルの客室にもどったとたん、デイジーに背中をばんばん叩かれた。「よくやったわ！」彼女はひそひそと言った。「いい？　わたしはあなたを信じてる。

あなた自身は信じてなくても。ほんと、あなたって自分が思っている以上に、ずっとすばらしいのよ。じっさいにできるって、しかもすごく簡単にできるって証明したんだから！　これでひとつの疑問は解決したわね。なんだかんだ言って、密室をつくるのは不可能ではなかったのよ。さあ、つぎの疑問に行くわよ。血はどうだったかしら？」

「うう！」あの場面を思い出して、あたしは唸った。そこらじゅう血だらけだった。ドーント夫人も、床も……。それなのに、通路にいた誰ひとり――容疑者リストに名前がある誰ひとり――着ているものに血が付いていなかったのはどうして？　シャンデリアの灯りにはっきりと照らされていたから、あそこにいた全員のことを覚えている。誰の服もまったく汚れていなかった。すこし考えてから、あたしは書いた。

誰の服にも血は付いていなかった。着替えをする時間もなかった。

デイジーが自分の考えを書き足した。

おそろしい行いをするあいだ、何かを羽織っていたはず。血の付いた衣類を探さないと。たぶん、コートやマントよ。

「マント！」あたしは声をひそめて言った。「もしかして――」

「あり得るわね」デイジーもひそひそ声で答えた。「そのマントと、鍵のかかった部屋とをあわせて考えると、犯人はおそらく……」

イル・ミステリオーソの部屋に行って、彼の持ち物を調べるわよ。

あたしは頷いた。なんだかおかしかった。デイジーといっしょに、この事件簿に覆いかぶさるように腰を下ろし、鉛筆をやり取りしてはお互いの考えをそれぞれ書いているなんて。不意に、自分はディープディーン女子寄宿学校にいるから、すごく安全なような気がしてきた。ここは学校からは二千キロちかくも離れたまったく知らない場所で、周りは知らない人たちだらけなのに。

疑問は、あとふたつ。

1 どうして首飾りがなくなっていたのか、その首飾りはいまどこにあるのか?
2 犯人はドアに鍵をかけるほど慎重だったのに、どうしてナイフを現場に残していったのか?

あたしは黙って考えてから、答えを書いた。

1 犯人がそれを手に入れたかったから。あるいは、殺人の動機はそれを盗むためだったと思わせたかったから。そのどちらかね。となると、ひとつ目の理由に当てはまるのは伯爵夫人で、ふたつ目に当てはまるのは、ほかの全員。

2　殺人犯は急いで逃げようとして、ナイフを落としてしまったのかもしれない。うっかりした、ということ。犯人はストレンジ氏という可能性はある。あるいは、うまく仕組まれたとか。ストレンジ氏が言っていたとおり、殺人犯はほんとうにナイフを盗み、彼に罪を着せようとしてわざと現場に残していったのかも。この車両のほとんどの乗客が、ストレンジ氏がそのナイフを手にしているところを見ていたでしょう？　誰も容疑者リストから消せないわ。

今回もまた！

頭がぐるぐる回っている。

そのとき、声が聞こえてきた。あたしたちの背中のほう、イル・ミステリオーソの客室からだ。

8

イル・ミステリオーソの客室はマックスウェルの客室の隣だ。コネクティング・ドアはないけど、壁一枚でくっつき合っている。だからそこに顔を押し当てれば、客室のようすにたやすく耳をすますことができる。

「すみません」アレクサンダーの声だ。「ミステリオーソさん。サンドウィッチ医師とブーリ車掌が、いまから食堂車でお話を聞きたいそうです」

間があった。「わかった」イル・ミステリオーソの声に不安な色が混じっていたのは、あたしがそう思いこんでいるだけ？　「すぐに行く。外で待っていてくれないか」

ドアが閉まった。それからすこしのあいだ、慌ただしい物音が聞こえた。軋んだり押したりする音だ。座席の上に立って、荷物棚に何かを押しこんでいるみたい。それからまたドアがあき、イル・ミステリオーソの声が聞こえてきた。今度は通路から。

「さあ、行こう」彼は言った。「好きにすればいい」

「はい、サー」アレクサンダーが答え、ドアが閉まってふたりは歩き去った。

あたしとデイジーは顔を見合わせた。どうにかして、この機会を逃さないようにしないと。でも、イル・ミステリオーソの部屋を探るのと、彼の事情聴取をこっそり聞くのと、どちらが重要だろう？

「あなたは食堂車に行って！」デイジーはひそひそと言った。「わたしは彼の部屋に行く！」

「だめ！」あたしも声をひそめて答える。「あたしはおとうさんの近くにいないと。ふたりがここにいないことがばれても、あたしなら何とかごまかせるから」

「ちょっと！」デイジーは反射的に言った。「ああ、もう。面倒くさいことを言うわね、ヘイゼル。わかった。じゃあ、あなたが彼の部屋へ行って隅々まで調べてね！」

あたしは彼女に向かってぐるりと目を回すところだった。でも最後の最後で、そんなことはデイジーのやりそうなことだと思い、やめておいた。その代わり、フラシ天の椅子の座面に足をくすぐられながらできるだけしずかに立ち上がり、つま先立ちでドアに向かった。デイジーもそっと、あとをついてくる。向こう側の客室からはあいかわらず、仕事の話をする父とマックスウェルの声が聞こえていた。

あたしはゆっくりと客室のドアをあけ、左に向かった。デイジーもあとにつづく。

猫みたいに軽い足取りだ。そんな彼女の真似をしてみた。どたどた歩かず、足音を立てず、レディらしくない身のこなしにならないよう、なかなか上手にできたと思う。あたしは通路の絨毯の上を滑るように歩き、このうえなく慎重にイル・ミステリオーソの客室のドアを押した。ジョセリンがどの部屋の鍵もかけないようにと言ったことが、ありがたい。ドアをあけ、息を吸いこんでからなかにはいった。

ブラインドの下ろされた室内はしんとして、暗くて暑かった。それに、散らかり放題だった。シャツの飾り用の胸当てや襟やスーツの上着が、そこらじゅうに散らばっている。寝台はすでに折りたたんであるから、イル・ミステリオーソがここまで散らかしたのは、ついさっきのことにちがいない。鏡の下に小振りなナイフが何本か置いてあって物騒だ。一瞬、心の底からぞっとしたけど、すぐに顎鬚を整えるためのものだとわかった。ナイフの横には四角いガラス瓶が並んでいる。きつく漂ってくるにおいが、何だかおそろしい。イル・ミステリオーソ本人みたいだ。

急がないといけない。心臓がとてつもない勢いで鳴っている。イル・ミステリオーソはものすごく危険に思えるから、ここにいるところを見つかったら何をされるか、考えるのもいやだ。あたしは散らかった衣類を隅から隅まで調べ、怪しい血痕がないか見ていった。でも、どれもまったくきれいだった。つぎに、殺人犯が自分のからだを覆うのに使えそうなものを探した。イル・ミステリオーソは絹の長いクラバット（首の回りに巻く、装飾用のスカーフ状の布）やマントをとんでもなくたくさん持っているみたいだけど、どれも汚れていなかった。行方不明の首飾りもない。

そのとき、ここから聞こえた音のことを思いだし、散らかった衣類にもういちど目をやった。この客室で何かが見つかるはず。あたしなら見つけられる。折りたたまれた寝台に上がってつま先立ちになり、荷物棚に手を伸ばした。棚を覗くにはあたしは背が低すぎて、指で探らなければならなかった。

大きな旅行鞄……小さな旅行鞄……書類鞄……それから反対側の隅に手を伸ばすと、小さな四角い箱に触れた。蝶番《ちょうつがい》も隙間も、まったく何もないみたい。興味を惹かれて、それを棚から下ろした。マジックで使う箱だ――トリックを知らないとぜったいにあけられない類《たぐい》の。蓋には蔓《つる》や果物が絡み合った図柄が描かれている。何かを隠すと場所としては、すごく気が利いている。警察が何時間もこの箱をあけようと奮闘をつづけても、何の成果も得られないだろう。

でも、父はあるものを収集していて、あたしが香港にいたころはそれを使って、あけられるかテストされた。懐中時計を手にした父に、こんなふうに言われながら。

「十分たったよ、ヘイゼル……十一分。時間がかかりすぎてる……」そう、父が収集しているのはマジックで使う箱だった。でもこの箱は、そういうものにしてはごくふつうに見える。あたしは縁《へり》を押しこんだ。ポンという満足のいく音がして箱が開く。かさかさと音を立てながら、紙片が何枚も出てきた。

　薄暗いなか、目を細めてその紙片を見る。息を止め、勇気をふりしぼった。これは、あたしたちが探していた軍事機密？　イル・ミステリオーソはヴァイテリアス夫人が追っているスパイというだけでなく、ドーント夫人を殺した犯人でもあることを示す決定的証拠？

　でも、それにしてはすごく妙だ。イギリス政府から盗まれたという軍事力に関する機密書類には、ぜんぜん見えない。英語で書かれてさえいない。最初は見まちがいかと思った。でも、どの単語もまったく、ちんぷんかんぷんだった。中国語でもないし、フランス語でもない。あたしには読めない言葉だ。一枚目には震える筆跡で〝Geburtstag〟と書いてある。あとは〝Charakter. Religion. Abstammung〟。〝Charakter〟は英語だと〝character〟、つまり〝身分〟の意味だと想像がつくけど、合っているかどうかよくわからない。〝Religion〟は英語でも〝religion〟で、〝宗教〟のことだろう。でも、これはひっかけかもしれない。〝痛み〟という意味の〝pain〟は英語だと〝ペイン〟と発音するけど、フランス語では〝パン〟になる、みたいな。

あたしは紙片を膝に置いて、次つぎに開いていった。ぜんぶ似たようなものだった。おなじ書式に、いろんな単語が書き連ねてある。そのなかでも、ひとつの単語はくり返し現れていた。〝Katholisch. Katholisch. Katholisch.〟

あたしはじっと腰を下ろし、意味を理解できないまま読んでいった。そして、ものを知らない自分に苛立った。読めるはずなのに。これは言葉でしょう、言葉はあたしの得意分野じゃない。デイジーが知ったら、とんでもなく腹を立てるだろう。でも、この紙片を一枚でも持ち去ることはできないこともわかっている。何枚あるか、イル・ミステリオーソは正確に数えているかもしれないから。あたしはデイジー・ウェルズよりもイル・ミステリオーソのほうが、断然、怖い。こうなったら、書いてある言葉をぜんぶ覚えるしかない。でも、こんなにたくさんの綴りをどうやって覚えればいいの？　どれもごちゃ混ぜになって、何の意味もないように思えるのに。

それからできるだけ急いで、見つけた場所に箱をもどした。ドアのほうに注意深く耳をすます。外には誰もいないようだ。ほっとして通路に出ると、光がまぶしくて目をぱちぱちさせた。それからまた、マックスウェルの客室にはいった。デイジーはまだもどっていない。あたしは息を止めた。父はあたしたちがいなかったことに気づいただろうか？　でも、差し錠をずらしてコネクティング・ドアをすこしだけあけると、マックスに何か訊かれるとき以外はずっと話しつづける父の声が聞こえてきた。

すごく不思議な気がして——父が知らないだけで、じつは自分がたったいま、危険を冒してきたなんて！——ドアから顔を覗かせて、父とマックスウェルのことをじっと見つめずにはいられなかった。顔を上げてあたしに気づいた父が、眼鏡越しに小さく笑った。おかげで元気づけられた。肩をやさしく叩かれたみたいに。あたしも笑顔を返したけど、自分がふたりに分裂したみたいに感じた。

「今度は何かな、ヘイゼル」父が言った。背もたれの高い椅子に腰掛けている。特別に持ちこんだものにちがいない。マックスウェルは折りたたんだ寝台に腰を下ろし、父の言ったことを書き留めていた。「心配ない。もうあと数分で終わるから——そうしたら、いっしょにクロスワード・パズルをしないか？」

「はい、おとうさん」あたしは言った。デイジーが早くもどって来ますようにと、必死に願いながら。

それから父はマックスウェルのほうに向きなおった。「つぎに、前述したディアズ氏が……」

「つぎに、前述したディアズ氏が……」マックスウェルがぶつぶつとくり返す。「現在、所有する地所は——」

「競売にかけられなければならない」父はつづけた。「競売に――すまない、ヘイゼル。すぐに終わるから」

あたしは頭を引っこめた。父はお金や取引といった、どれも込み入った話ばかりしているのに、またしても無垢な子どもに見えるのは父のほうで、あたしのほうが大人になったみたいな気がしていた。

9

待っても待っても、デイジーはもどってこない。いったい何をしているの？　あたしは気が気でなく、椅子に座っていられなかった。盗み聞きをしているところをつかまった？　厄介事に巻きこまれた？　あたしの助けを必要としている？

何かしないといけない。

「おとうさん！」またコネクティング・ドアから顔を出し、父に呼びかけた。「靴下が破れちゃったの。ヘティのところに行って、繕《つくろ》ってもらってもいい？」

父は心配そうに顔を上げた。

「だいじょうぶ、何も危ないことはしないから」あたしは慌てて言った。「約束します。ほんのすこしでも危険なことがあったら、もどってくるから」

「そういうことなら」父は言った。「だが気をつけるんだよ、ヘイゼル」

「はい、おとうさん」ため息に気づかれないよう、あたしは答えた。何回も顔を見せたから、父が戸惑っているのがわかる。あたしが怯えていると思っていることだろう。ようすを窺っているのではなく。親というものは、自分の子どもがほんとうは何歳かとか、何ができるかとかをわかっていないのでは、と思えるときがある。

「デイジー、行こう！」あたししかいない客室に向かって、明るく言ってみる。それから通路へ出た。なるべく、ふたりでいるような気配をさせながら。

またもや通路には誰もいなかった。食堂車のほうからぼんやりと声が聞こえてくるけど、デイジーが外をうろついているようすはない。反対側にいるかもと思いながら、そちらにも目をやる。するとドーント夫人の客室から、何か物音が聞こえてきた。

あたしはドアに近づいた。できるだけ、そっと。それから、ドアをすこしだけあけた。

「やあ、ワトソン」ひそひそ声が聞こえた。デイジーがあたしを見上げている。膝をついた床には大きな黒い染みが残っていて、それが目にはいるとあたしのからだはぶるっと震えた。「はいって！」

「どうしてあたしだってわかったの？」あたしもひそひそと言い、からだをくねらせて隙間からなかにはいり、ドアを閉めた。

「ふふ。あなたのことは、いつだってわかるの。この宇宙全体にいる人たちのなかからだって、見分けられるわ。だって、歩くときは目いっぱい足を伸ばして、つま先じゃなくて踵《かかと》から着地するんだもの。で、あなたはどうしてわたしだってわかったの？」

「食堂車のそばにいなかったから。そんなことより、あたしが大人だったらもっといろいろ訊くところよ。おとうさんには、靴下が破れたからヘティに繕ってもらうと言ってきた。それで、何かわかった？」

「それがね、イル・ミステリオーソはろくな目撃者じゃないの」暗がりのなかで、デイジーはぐるりと目を回した。「客室にいて、ひとりきりで新しいマジックの練習をしていたとしか言わなくて。すごく夢中になっていたから、騒ぎには気づかなかったんですって。完全に無実か、たいした嘘つきかのどちらかね。とにかく聞いていてもうんざりするだけだから、この機会に犯行現場を調べるほうがいいと考え直したの。で、首飾りは見つかった？」

「ううん。それに、血が付いたものもなかった。彼が犯人なら、犯行のときは何かでからだを覆っていたんじゃないかな。ほら、ふたりで考えたみたいに。それで、ドーント夫人を殺したあとはその何かを窓からでも捨てた、と」

「あり得るわね」デイジーは言った。「窓から捨てられそうなものって、衣類だけだから」

「でも、書類みたいなものは見つけた。マジック用の箱に隠してあったの。すごく重要そうな感じ。ドイツに渡そうとしているものにちがいないわ！」

あたしの言葉にわくわくして、デイジーの顔がぱっと明るくなった。

「いま持ってる？　見せて！」

「それが、えっと、そのままにしておいた」あたしは気まずくなった。「なくなったことに気づかれたくなかったから」

「ヘイゼル！　おばかさん《チャンプ》なんだから！　どうしてそんなことをしたの？　で、何て書いてあったの？」

どんどん気が重くなる。「たぶん……ドイツ語だったと思う。読めなかったの。でも、英語の〝身分〟みたいな単語は書いてあった。あと、英語の〝catholic〟に似た〝Katholisch〟という単語も」

「もう、ヘイゼル！」デイジーは顔をしかめた。「それは彼がスパイだという証拠にちがいないわ。ドーント夫人を殺したことも証明してくれるかもしれない……それなのに、あなたは置いてきたのね！」

「ごめん」消え入りそうな声であたしは言った。ますます気まずくなる。一枚でもいいから、持ってくるべきだった。でも、怖かったのだ。イル・ミステリオーソに気づかれて、追いかけられるんじゃないかと思って。彼がこちらに向かって、どすどすと近づいてくるところが思い浮かぶ。マントはコウモリの羽みたいにからだの周りではためき、顎鬚を生やした顔はひどくおそろしげだ。彼はきっと、ためらわずにあたしたちを傷つける。それに、秘密を知られていると知ったら……。からだが震えた。あたしたちが探している殺人犯が彼なら、そのうえスパイも彼なら、こんなにおそろしい敵はいない。

「まあ」デイジーは言った。「探偵倶楽部の副会長としてあるまじき行いをしたとはいえ、名誉を挽回する時間はまだあるわよ。これからどうするか、話し合いましょう。行動計画どおり、誰がほんとうにいい思いをするかを確かめるために、ドーント夫人の遺言書を見つけないといけないわね」

「でも、列車に乗るのにそんなものを持ってくるかな?」あたしは訊いた。「家の金庫にでもしまってあると考えるほうが、よっぽど現実的じゃない? でなきゃ、銀行に預けるとか」

「でも、そんなことわからないじゃない。でしょう? 彼女は首飾りを持ってきてたんだし。とにかく、ほかにも事件解決に役立ちそうなものを見つけないと。さあ、捜索開始!」

あたしにはよくわからなかったけど、それでも従った。デイジーは箪笥の抽斗《ひきだし》をあけ、ドーント夫人のドレスをぱんぱんと叩いていった。あたしはアタッシェ・ケースを棚から下ろし、なかにはいっている書類をよりわけた。さっき言ったとおり、何も見つけられるはずがない。そう思っていた。でもそのとき、見つけた。信じられないくらいの数の〝0《ゼロ》〟が並ぶ、ルビーの首飾りの売買証書と、保険証書の下からは〈ジョージアナ・ドーントの遺言書〉が出てきた。

「デイジー!」あたしは声をひそめて言った。「やっぱり、あった!」

デイジーが低く口笛を吹く。「ワトソン! ほんとうに、きみは優秀だ! 例の重要な証拠を残してきたことは、ほぼ帳消しにしてあげよう」

あたしは唇を噛み、何も答えなかった。それから、ふたりでいっしょに遺言書を読んだ。すごく簡潔で、一枚きりのものだ。書かれたのはほんのひと月まえ。ママの思い出として二千ポンドをロバート・ストレンジに、つらい時期を支えてくれた感謝の気持ちとして五千ポンドをマダム・メリンダに(「呆れた!」デイジーは目を剝きながら、小さな声で言った。「よほど、しっかり支えてもらったんでしょうね!」)、そしてほかはすべて、愛する夫のウィリアム・ドーントに遺す、と書いてあった。

あたしたちは顔を見合わせた。「まあ、二千ポンドは人を殺すにはじゅうぶんな金額よね。とくに、お金に困っているときなら。しかも、わたしたちはストレンジ氏がそうだと知っているし」

あたしは頷いた。「五千ポンドも、おなじね」

「そう。ヴァイテリアス夫人がマダム・メリンダのアリバイをすでに証言してさえいなければ、ね。それでもやっぱり、これはすごく役に立ちそうな——」

そのとき、ドアがまたあいた。

10

あたしもデイジーもその場で凍りついたけど、はいってきたのはアレクサンダーだった。つま先立ちで、あたしたちに気づくとびくりとした。

「いったい、ここで何をしてるの？」彼は声をひそめて言った。

「あなたこそ、何をしてるの？」デイジーは威厳たっぷりに訊いた。「わたしたちのほうが先に来たんですからね」

「そうだけど……」あたしたちが書類に囲まれているのに気づくと、アレクサンダーはすっと目を細めた。「待って。きみたち、捜査してるね？　探偵なんて興味ないって言ってたのに！」

「興味ないわよ！」デイジーはすかさず言った。「わたしたちは……片付けてたの。女子はきれい好きだもの。それで、あなたはサンドウィッチ医師に言われて来たの？」

「あー……。そういうわけでもないんだ。ぼくが何をしているのか、彼は知らない。

正確にはね。休憩するように言われたんだけど、まず、ここに来てみようと思って……いろいろ確認したいから」

急におかしくなった。アレクサンダーは、まさにあたしたちとおなじことをしようとしている。男子だしアメリカ人だけど、内面はあたしたちとまったくおなじ。彼も探偵なのだ。

「きみたちが捜査をしているのはわかってる。ぼくの目はごまかせないよ」

「誰にも話さないで！」デイジーが声を絞り出すように言う。

「誰にも話さないよ！」アレクサンダーは心配そうに彼女を見た。「こうして捜査しているところを見つかったんだ。ぼくもおなじように、ひどいトラブルに巻きこまれかねない。だから何も言わないよ。きみたちが何も言わなければ。そういうことで《バックス》い？」

デイジーは口をすぼめ、腕を組んだ。申し出を受け入れるつもりがないことがわかる。だから、あたしが決断した。一歩前に出て、片手を差し出したのだ。「いいわ。あなたの言うとおり。あたしたちも捜査してるの」

「ヘイゼル！」デイジーがすっかり腹を立てたように大声を上げる。

「乗客の証言を教えてもらえるじゃない。ねえ、デイジー。そんな態度はやめて！

この列車に乗っているあいだだけのことなんだから」

「情報交換しよう」アレクサンダーは言った。彼が話す英語は、アメリカとイギリスのイントネーションが混ざっているから、すごくおかしな感じだ。「ドーント夫人の遺言書について聞かせてほしい」

「わたしたちがドーント夫人の遺言書について知ってるって、どうして決めつけるの？」デイジーが訊いた。「思いこみが激しすぎるわよ」

「ぼくがここに来たとき、きみたちは遺言書を見ていた」アレクサンダーは両方の眉を上げた。「紙は分厚くて上質だし、下のほうにいくつか署名がしてあるし、弁護士事務所の紋章もついてた。遺言書でなければ何だと言うつもり？」

アレクサンダーはかなり優秀な探偵だ。それは認めないといけない。デイジーは顔をしかめた。あたしとおなじ結論にたどりついたからだとわかる。

「いいわ」渋々とではあったけど、デイジーはなんとか言葉を絞り出した。「公平にいきましょう。でも、この旅のあいだだけよ。あなたは〈ウェルズ＆ウォン探偵倶楽部〉の正式なメンバーにはなれないから」

「それでかまわないよ」アレクサンダーは明るく言った。「きみたちだって、ピンカートン探偵社のジュニア調査員にはなれないから。そんなことになったらぼくは、友だちのジョージに殺されちゃう。さて、どんな話を聞かせてもらえるのかな?」

第4部

探偵倶楽部、言いつけに背く

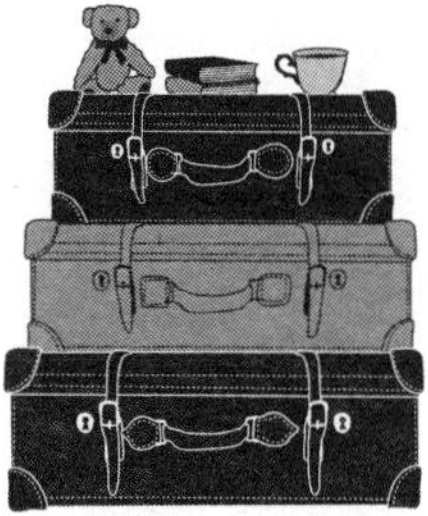

1

食堂車には誰もいなかった。食器やクリスタルのグラスが載っていないと、糊の利いた真っ白なテーブルクロスがかけられたテーブルは完全に空《から》っぽで、見捨てられたように見える。アレクサンダーによると、サンドウィッチ医師は休憩のために客室にもどり、ジョセリンはほかの乗務員たちとの業務連絡で、カレー＝アテネ間車両に行っているらしい。事情聴取がまたはじまるのは十一時からで、腕時計を見ると五分後だ。急がないと。

ひとつのテーブルにノートが開いたまま置いてあった。ページは走り書きで黒く埋まっているけど、何が書いてあるのかさっぱりわからない。

アレクサンダーが説明してくれた。「〝わたしは自分の客室で、新しいマジックの練習をしていました。集中していたから、悲鳴さえ聞こえませんでした〟って書いてあるんだ。言ったろう、ぼくは速記ができるって」アレクサンダーはにやりとした。探偵倶楽部のために、あたしも習うべきだろうか。そんな思いが頭のなかに浮かびはじめた。「それで、遺言書にはなんて書いてあったの？」

「イル・ミステリオーソは事情聴取で何を話したの？」デイジーが迎え撃つ。あいかわらず、敵と戦っているみたいな態度だ。

「きみたちが先だ」アレクサンダーは袖口をいじりながら言った。「誓《オナー・ブライト》うよ。きみたちが教えてくれたら話す、と」

あたしは彼の言葉を信じた。「わかった」そう言って、遺言書の内容を説明した。スパイのことは話さなかったけど。ヴァイテリアス夫人やイギリス政府を裏切ったら彼女に何をされるかは考えたくないし、デイジーだって手に入れた情報のひとつくらいは、探偵倶楽部だけの秘密にしておきたいだろうから。

「じゃあ、ぼくの番だね」あたしが説明を終えると、アレクサンダーが言った。「ストレンジ氏のナイフからは指紋が拭き取られていた。そこから殺人犯を探そうとしても無駄だ。彼は自分の客室から盗まれたにちがいないと言いつづけているけど、それがいつかは、わからないそうだ。それに、夕食のあとに何をしていたかについては、ひどくいいかげんなことしか話さなかった。ドーント夫人の客室のドアをノックしたけど返事はなかった。そう言ったあとすぐ、いや、そんなことはしなかった、とちがう話をしたり。ぼくは、最初の話がほんとうだと思うな。彼はどうしてもお金が必要だった。二千ポンドのためにドーント夫人を殺してもいいと思うくらい、追いつめられていたんだろう。でもね、ぼくが知りたいのは、ストレンジ氏がそこまでお金に困っていたら、この列車の切符をどうやって買ったかということ。サンドウィッチ医師の頭には、そんな疑問はまったく浮かんでいないけど」

あたしは背筋を伸ばした。ものすごく重要な指摘だ。ストレンジ氏はこのオリエント急行に乗るために、どうやってお金を工面したの？　デイジーはすっかり固まっていた。そのことに気づかなかった自分を責めているのだ。

「ドーント氏も、ストレンジ氏が夫人を殺したと思っている」アレクサンダーは話をつづけた。「ぼくにはわかる。今回の事情聴取で、ナイフのことや、ストレンジ氏がいかに貧しいかという話をずっとしていたから。マダム・メリンダにも、すごく腹を立てていた。夫人は彼女のせいで食堂車を出て行ったと思っているからね。あとを追いかけて夫人の客室のドアをノックしても、放っておいてと言われただろう。彼はいま、自分だけ食堂車にもどってきたことを後悔していると思うな。夫人といっしょにいればよかった、と。

それから、イル・ミステリオーソ。彼は新しいマジックを練習するために自分の客室にいたと言っている。だから悲鳴を聞きさえしなかったらしい。でも、そんなことありえないよ。あんなに大きな声だったのに！　彼は何か隠していると思う」

イル・ミステリオーソの客室で見つけた紙片のことを考えた。でもさっき決めたように、それはアレクサンダーと共有するわけにはいかない情報だ。

「あたしたちは、イル・ミステリオーソがマジシャンだという事実が重要だと考えてるの」何か知らせておこうと、あたしは言った。「何と言っても、ドーント夫人の客室のドアもコネクティング・ドアも閉まってたんだから」

「ああ、そうだね」アレクサンダーは答えた。「その謎を解こうと、ずっと考えてたんだけど――」

そのとき不意に、サンドウィッチ医師の鼻にかかった声が食堂車の外で聞こえた。

「やあ、ブーリ車掌。つぎの事情聴取の段取りはできたかな？」

「はい、すっかり」ジョセリンは答えた。ずいぶんと疲れているようすだ。

「けっこうです。たいへん、けっこうです……」

あたしは凍りついた。デイジーはテーブルの上で拳をぎゅっと握っている。隠れないと。彼がはいってきたら見つかってしまう。

「急いで！」アレクサンダーは小声で言った。「テーブルの下に！　そこに人がいるなんて、誰もぜったいに思わないから！」

言われたとおりにするしかない。あたしは飛びこんだ。カーペットに擦《こす》れて、膝と両手をすりむいた。デイジーもつづいて、ひょいと引っこんだ。ウサギみたいに。

2

「いま、もどりました。サンドウィッチ先生、ブーリ車掌」

頭の上でアレクサンダーが平然と言った。あたしは不安な気持ちで、彼のぴかぴかの靴をじっと見つめた。糊の利いた白いテーブルクロスが床まで下がっているおかげで姿は隠れているはずだけど、罠にかかったネズミも同然で——ディープディーン女子寄宿学校に転校してきてすぐ、旅行鞄に閉じこめられた思い出がよみがえる。デイジーが頭で肩をつついてきた。暗がりのなかでふり返ると、彼女はあたしに向かって顔をしかめ、指をくねくね動かしている。しばらくして、メモを取るように言っているとわかった。デイジーはどこまでもデイジーだ。どんなに困難な状況でも、調べつづけないと気が済まない。

「やあ、ミスター・アーケディ」サンドウィッチ医師が頭にくるくらい陽気な調子で呼びかけた。「もどってきてくれてよかった。われわれのチームもこれで最強だ。気分も一新できたところで、事情聴取に取り掛かるとしよう。つぎはマダム・メリンダだ。もう、来てもらっているよ。さあ、おはいりください！」

マダム・メリンダはドレスに付いたビーズをじゃらじゃら鳴らしながら、こちらに向かってきた。絨毯の上を滑るように動くボタン留めの小さなブーツが、ドレスの下に巧妙に隠された秘密みたいに見える。椅子に腰掛けると、彼女は椅子の下にそのブーツを引っこめた。ずいぶんときつい香水をつけている。デイジーはがまんできない、という顔をした。

「お時間を割いてくださって、ありがとうございます。ブーリ車掌とわたしで質問をし、こちらのミスター・アーケディが記録します。いまのところお訊きするのは、予備的なことだけです。はじめるまえに、何か話しておきたいことはありますか？」

「ありますとも！」よく通る力強い声でマダム・メリンダは言った。香水の匂いで鼻がむずむずする。「わたしに言わせれば、今回のことはすべて、気の毒なジョージアナの夫のせいです。あの男ときたら！　あんなに不快で危険な影響を及ぼす人物は、ほかにはいませんわ。四六時中、とにかく暴力的なことをしでかしそうな雰囲気を漂わせていますもの。きのうの晩の出来事の真相を知りたいなら、彼に目をお向けなさいとしか言えません」

「マダム・メリンダ」サンドウィッチ医師が分別のあるところを見せて言う。「よくわかりました。ですが、ドーント氏を疑う余地がまったくないのですよ。というのも、彼はほかの乗客や乗務員といっしょに食堂車にいましたから。ドーント夫人の悲鳴が聞こえたときに」

「まあ、物理的にはそうでしょう」マダム・メリンダは意地悪そうに言った。「ですが、心のなかでは何かよからぬことを企んでいたんですよ。彼は不道徳な存在です。あれほど部屋の雰囲気を暗くできる人物はいませんよ。あんなふうにわたしの交霊会を批判したりして。まあ、いずれにしても、参加してもらうわけにはいかなかったでしょうけど。覚えておいてくださいな。ドーント氏なら、左右どちらの手でナイフを握っても見事に扱えることを」

「ありがとうございました、マダム・メリンダ」サンドウィッチ医師は言った。「ではつぎに、参考までにドーント夫人との関係をお聞かせください。出会いの経緯とか、どのような友人関係だったかについて」

「昨年、愛するお母さまを亡くしたあと、ジョージアナのほうから連絡してきました。わたしを介してあちらの世界と交信したいと言って。霊のほうも、とても協力的だったと申し上げておきますわ。交霊会が感動にあふれたことが何度もありました。ええ、ほんとうに感動的でした。母娘のどちらにも、新しい環境を受け入れる手助けをしてあげられたと思っています。ところがドーント氏は厚かましくも、わたしのことをいかさま師扱いしたんです。このわたしを！　わたしはごく幼いころから亡くなった人たちの顔が見えましたし、声も聞こえました。それに、成長すると——」

「ありがとうございました、マダム・メリンダ」サンドウィッチ医師は話を遮った。「たいへん興味深いですね。で、きのうの夜の出来事について、何かお話ししたいことはありますか？」

「取り立ててはありません。ヴァイテリアス夫人でしたか、隣の七号室にお泊まりの方といっしょに食堂車を出ました。ドアのところで別れて、それからわたしは化粧台の前に座って、お化粧《トイレット》を落としはじめました。両隣の客室に人の動く気配があって、そのときですわ、あちらの世界からメッセージが送られてきて、ひどく胸騒ぎがしたんです。ですからわたしは、ドーント夫人を殺した何者かが彼女の部屋にはいった音を聞いたことになります。そう考えると、おそろしいと思いません？　ああ、ちゃんと注意して聞いていれば……。あのときのメッセージは、ジョージアナが亡くなるという虫の知らせだったにちがいないんですもの。でも、正しく理解する余裕がなくて。それから、ヴァイテリアス夫人がどういうわけか客室の壁をどんどん叩いて——そしてまさにつぎの瞬間、かわいそうに、ジョージーの悲鳴が聞こえたんです！」

あたしはデイジーを肘でつついた。ヴァイテリアス夫人の証言を裏付けている。彼女はマダム・メリンダにしずかにしてほしくて壁を叩いた。そしてマダム・メリンダも、その音を聞いている。ということは、ふたりとも犯行があったと思われる時刻に客室にいたことになり、どちらも潔白だ。容疑者ふたりを消せた！

「ドーント夫人の部屋からどんな音が聞こえたか、何でもいいので思いだせませんか？」サンドウィッチ医師が促す。「何かありませんか？　たとえば男性の声だった、とか……？　ドーント夫人のものではあり得ない、どっしりとした足音だった、とか？」

テーブルの下であたしは背筋を伸ばし、顔をしかめた。デイジーから、誘導尋問をしてはいけないと教えられているから。

「男性の声だったか、と？」マダム・メリンダが訊いた。「ええっと——そうですね……そうだったかもしれません。ええ、男性の声でなかったとは言えません。状況が状況でしたし。でも……誰かが彼女といっしょにいたのはたしかです。ただ、鵜《う》呑《の》みにしないでくださいよ！　なんでしたら、ドーント夫人本人に訊いてみるといいわ！」

ジョセリンの悲鳴が聞こえ、それからサンドウィッチ医師が言った。「どういうことです？」

「今晩、交霊会を開こうと思います」マダム・メリンダは答えた。お茶会を開くくらいに、何でもないことだとでもいうみたいに。「ジョージアナの魂があちらの世界に渡ったなら彼女と交信できますし、きのうの晩、ほんとうは何があったかを訊けます。彼女を殺した人物に正義の裁きを受けさせるお手伝いをさせてください！」

「マダム・メリンダ！」ジョセリンの声はずいぶんと弱々しい。「ほかのお客さまが……お願いです、混乱が――」

「いやいや、ブーリ車掌。待ってください！」サンドウィッチ医師が言った。「考えてみてください。真相に迫るのに、またとない機会ではないですか？　個人的には、科学にもミステリにも霊の世界がはいりこむ余地はあると思っていますが、そういうものを信じようと信じまいと容疑者全員を集めることができますし、どんな秘密が暴かれるか、誰にもわかりませんよね？　マダム・メリンダ、あなたの計画を全面的に承認しましょう。わたしたちも同席して見物させてもらえれば、この列車がベオグラードに着かないうちに事件は解決するかもしれません！」

「もちろん、同席してくださいな。あなたのエネルギーは積極的ですもの。ええ、今晩の会では、申し分なく貢献してくれると思いますよ。では、もう失礼してもいいかしら？」

「もちろんです、どうぞ」サンドウィッチ医師が言った。「いまのところは、これで終わりましょう。ありがとうございました」

サンドウィッチ医師は頭のなかで、すでにつぎの人の聴取のことを考えている。でも、あたしは交霊会のことをもっと知りたかった。マダム・メリンダはどこで開くつもりなの？　あたしたちも参加させてもらえる？　彼女はほんとうに、ドーント夫人と交信できるの？　そんな場面を想像して気味が悪くなる。そのとき、ふと思いだした。悲鳴が聞こえてドーント夫人の客室に行ったときに何かを見なかったか、サンドウィッチ医師はマダム・メリンダに訊き忘れている。彼女が何か重要な手掛かりを握っていたら？　でも、ボタン留めのブーツを履いた足は規則正しくちょこちょこと転がるように動きながらあたしの鼻先をかすめ、食堂車のドアを出て行った。

「つぎは伯爵夫人ですね」サンドウィッチ医師が言った。

3

「えー」サンドウィッチ医師が頭の上で言った。「おはようございます、伯爵夫人」

「おはよう。サンドウィッチ先生、ブーリ車掌、アレクサンダー」伯爵夫人は挨拶を返し、彼女の足と上品な杖があたしとデイジーの隠れているテーブルに向かってきた。一瞬、その杖が伸びてきてつつかれ、このテーブルの下という隠れ場所が世界じゅうにばらされてしまう場面が頭に浮かんだ。でも、夫人は杖を椅子に立てかけただけだった。

「孫はわたくしの事情聴取にも立ち会わないといけないのかしら？」伯爵夫人が訊いた。「ひじょうに異例なことに思えますね。わたくしを守ろうと、この子が答えをねじ曲げないとも限らないのに！」

「おばあさま！」アレクサンダーが言った。

「ということは、守ってもらう必要があるということですか？」サンドウィッチ医師がすかさず訊く。

「もちろん、そんな必要はありません」伯爵夫人は鋭く言い返した。「冗談を言ったまでよ。冗談も通じないのですね、サンドウィッチ先生は」

あなたのことは何もかも軽蔑している。そう、はっきり示すような言い方で、伯爵夫人は医師の名前を口にした。

「わたしはとても優れたユーモアのセンスがあると、ずっと言われてきました」サンドウィッチ医師は答えた。「それを鼻にかけることはしませんがね。では、きのうの夕食のときに何があったかをお聞かせください。いまでも覚えていることでしたら、どんなことでもかまいません」

「無理にとは申しませんので、伯爵夫人」ジョセリンが付け加えた。すくなくとも彼は、サンドウィッチ医師が夫人を苛立たせていることをわかっている。

「夕食のとき、ね」夫人は冷ややかに言った。ジョセリンの言葉にも、すこしもなだめられたようすはない。「そうね。わたくしももう老いて弱々しくなりましたけど、昨晩の夕食のときの出来事でしたら、いまでも思いだせますよ、その気になれば。メニューは……まず、スープでしたね。そのあとはチキン料理と魚料理でしたっけ？　それからクレープ・シュゼット。ただ、わたくしは甘いものはけっして口にしません。

消化に悪いんですもの。そうそう。わたくしの首飾りを奪ったあの粗野な男が奥方とけんかになり、それから霊と話すことができるなどとうそぶいている愚か者と口論になったわね。アレクサンダーとわたくしは彼らのことは無視していましたよ、もちろん」

重要なことはいっさい口にしないようにと必死になっているとしか思えない。薄暗がりのなかで、さすがというようにデイジーがにやりと笑っているのがわかった。

「ご自分の首飾りだとおっしゃるのはどうしてです？」

「わたくしの首飾りだからです！」伯爵夫人はぴしゃりと言った。「アレクサンダー、そのことを書くのはおやめ。孫には道義をわきまえた所有権というものが理解できていません。現代的すぎるんです。ロシアでの混乱のあと、わたくしたち一族はイギリスに渡る費用を工面するのに、あの首飾りを売らなければなりませんでした。でも、あれはわたくしたちのものなのです。わたくしたちの一部で、つねに手元に置いておくべきものなのです。昨晩、わたくしはドーント夫人にもそのように言いました」

「それは、いつでした？」サンドウィッチ医師が急かすように訊いた。

「覚えているとでも？」伯爵夫人は素っ気なく言った。「だって、何度も言いましたから」

ジョセリンが咳ばらいをする。

サンドウィッチ医師は先をつづけた。「それでは夕食のあと、ドーント夫人とお話をされました？」

「わたくしに思いだせというの？　死期の迫った、か弱い老人なのですよ」

こんなにもか弱くないお年寄りに会ったことはない。伯爵夫の声は切れがあって澄んでいるし、頭もサンドウィッチ医師なんかよりもずっと速く、くるくる回転している。

夕食のあと席を立ち、ドーント夫人に話をしに行くと言ったことを伯爵夫人は覚えているはず。あたしは、はっきりと覚えている。それに、いまテーブルの脚を蹴っているから、アレクサンダーも覚えているとわかる。伯爵夫人はドーント夫人に会ったの？　それで言い争いになって、とんでもないことが起こってしまったの？　首飾りがなくなっているのは、伯爵夫人が取り返したから？

「すると、悲鳴が聞こえたとき夫人は――」

「自分の客室にいました」伯爵夫人は短く言った。「ひとりきりでしたし、誰にとってもまったく無害でしたよ。悲鳴が聞こえ、わたくしは立ち上がりました。ずいぶんゆっくりとでしたけれどね。なにせ年寄りですから。この杖が手放せないんですよ。

それでふらふらと通路に出たところ、ほかの乗客のみなさんはすでに集まっていました。ドーント氏がドアを破ったのでわたくしもなかを覗くと死体があって、でも首飾りは見当たりませんでした」

ほんとうに杖なしでは歩けないの？　あたしは不思議に思った。もしほんとうなら、伯爵夫人にとっては有利になる。殺人犯はみんなが通路に集まらないうちに、おそろしいほどの素早さで客室から姿を消したことがわかっているから。でも、きのうの晩に食堂車を出たときのことを話していないからには、伯爵夫人の言葉を何もかも信じていいのか、あたしはわからないでいた。

「ええ、例の首飾りは重要な証拠になるでしょうね」サンドウィッチ医師が言った。

「証拠！」夫人が声を上げる。「今回の件では、いちばん重要な部分でしょう！」

「いいですか、伯爵夫人」医師は授業をしている教師みたいに咳ばらいをした。「わたしたちは殺人事件を扱っています！　人に対する罪で、これ以上、重大なものはありません。窃盗もそれなりに重要だとはいえ、ひとりの人間の人生が奪われたこととは比べものになりません」

「あなたという人は、真にすばらしい宝石を手にしたことがないようですね、サンドウィッチ先生」伯爵夫人はぴしゃりと言った。「宝石には意味があるのです。それがなくなったのですから、嘆いてしかるべきです。自分が理解できないことで人を侮辱するものではありません」

サンドウィッチ医師には、伯爵夫人にもっと迫ってほしかった。あなたは首飾りが盗まれたことに関与していますか？　それに、殺人とも関係がありますか？　でも、彼はこう言っただけだった。「ありがとうございました、伯爵夫人。これで終わりにしましょう」

あたしは居ても立ってもいられなかった。サンドウィッチ医師は何ひとつきちんとできないんだから、頼りにならない。

そのとき、通路のほうからコンコンという音が聞こえた。乗客の誰かがどこかの客室のドアをノックしているのかと思った。でもあたしは、そこにひとつのパターンを聞き取った。〝S―O―S〟この列車の乗客で、あたしとデイジー以外にモールス信号を使って交信しようなんて人物はひとりしかいない。ヘティだ。そして彼女がこっそりと警告しようとしているということは――そう、それが意味するのはひとつだけ。食堂車からすぐに出ないと、あたしとデイジーはすごく深刻な厄介事に巻きこまれる。

4

あたしはパニックになってデイジーの腕をつかんだ。彼女は身をすくませた。顔がひきつっている。ヘティの送ってきた信号は危険を知らせるものだと、あたしもデイジーもわかっている。でも、どうしろというの？　デイジーの考えることはだいたい危険で、いちかばちかで岩礁から飛び降りるようなことばかり。こういうことにもそろそろ慣れてもよさそうなものなのに、いまでも怯えてしまう。あたしは破れかぶれな気持ちで、手を拳にぎゅっと握った。

「では、お部屋におもどりください」頭の上でサンドウィッチ医師が言った。彼の声もぼんやりとしか聞こえない。心臓がとんでもない勢いで、どくどくと鳴っている。伯爵夫人のあとにつづいて這い出ることはできる？　でも、ふたりの小さな（というか、そこそこ小さな）女子ふたりが絨毯の上で身をくねらせているのに、誰にも気づかれないでドアまで行ける？　どこもかしこも豪華だし、すばらしい食事を出してくれるけど、列車はきらい。こっそりと忍びこめるところがないのだから。人目につくところばかり。

「おばあさま」アレクサンダーが言った。「さあ、ドアまでいっしょに行きましょう。すぐですよ」

アレクサンダーったら、そんなことをしたらあたしたちが出られないじゃない。そう思って混乱したけど、靴で手をつつかれ、彼の考えがわかった。アレクサンダーもモールス信号を聞いて、困っている仲間の探偵を助けているのだ。彼を信じたことは正しかった。

伯爵夫人は立ち上がり、杖に寄りかかった。アレクサンダーがそのあとを行き、あたしとデイジーはふたりにつづかなければならない。

テーブルの下から両肘と両膝をついて這い出し、絨毯を擦るようにして進んだ。デイジーはヘビみたいになっている。這っているときでさえ優雅だ。あたしは、ジョセリンやサンドウィッチ医師に見つかるんじゃないかと思ってびくびくしていたけど、ふたりとも下に目をやることはなく、助かった。

「アレクサンダー、ちょっと屈《かが》んでおくれ」頭の上で伯爵夫人が小声で呼びかける。話をするときはずっとアレクサンダーの顔を見ていてくれますようにと、あたしは強く願った。「おまえは人として正しく育っていないようね。一族の名誉を守るのはおまえの肩にかかっているのに。客室を探されたら……それがわたくしにとってどれほどの衝撃になるか。そんなこと、させてはいけませんよ。いいわね」

「おばあさま！」サンドウィッチ医師に聞かれないよう、アレクサンダーも小さな声で答えた。「おばあさまは何もしていませんよね？」

「わたくしに質問をするのはおやめなさい！」伯爵夫人はぴしゃりと言った。「言われたことを覚えておけばいいの。がっかりさせないでちょうだいよ。さあ、手を放して——わたくしは何だってひとりで完璧にできますから」

彼女はさっきよりも背筋を伸ばして立っている。杖に寄りかかっているようには見えない。ほんとうに杖がないと歩けないの？

ドアロが目の前にあった。もうすぐだ。ひどく大胆な気分になり、あたしは事件簿を口にくわえると、そこに向かって倒れこんだ。分厚い絨毯で手や膝が擦れた。

ありがたいことに、伯爵夫人は下を見ないで前を歩いている。あたしが転がるようにして通路に出ると、壁にもたれていたヘティにぶつかりそうになった。デイジーが立ち上がる。そのとき、通路の半分ほど先で叫び声がした。

「ヘイゼル・ウォン！　イモムシみたいに通路を這い回って、何をしている？」

すばやく立ち上がったから、頭がくらくらした。前のほうに目をやれば、伯爵夫人がまた杖に覆いかぶさるようにしていた。無力なお年寄りというイメージそのままだ。父が大股でこちらに歩いてきた。まったく感心しないという表情を顔に浮かべている。

「あたしは……あたしたちは……ゲームをしていたの」

「ヘイゼル！　おまえはもう六歳の子どもじゃないんだ！　まったく、こんなことはひじょうに……レディらしくない！」

「ほんとうにごめんなさい、ミスター・ウォン！」デイジーが明るく言った。「わたしとヘイゼルはメリュジーヌごっこをしていたんです。ほら、彼女は伝説上のヘビ女だから脚がないんですよ」

「こんな人前で？」そう言って父は、伯爵夫人やアレクサンダーを手振りで示した。ふたりとも立ち止まって、さっきからこっちを見ている。

あたしはからだを丸めてどこかに隠れたかった。こんなの、とんでもなく恥ずかしい。

「子どもはいつまでたっても子どもなんですよ」伯爵夫人が言った。「最近、孫がこの先どうなるのか、わたくしには理解できそうもないという気がしています。探偵の真似ごとなんてしているんですから――ねえ！」

父はひどく疑い深そうな目つきで、あたしのことをじろりと見た。あたしはただひたすら、頭を左右に振った。

「そこのお嬢さん！」伯爵夫人がとつぜん、デイジーを睨みつけるようにして呼びかけた。「あなたはヘイスティングス卿のお嬢さんね？」

デイジーの顎が上がる。「そうです、伯爵夫人」

「あなた、例のたいへんな状況にいるのよね。人はひどい出来事に見舞われることも大切だと、わたくしはつねづね思っています。あなたはそうして成長するの。そして、それに立ち向かうことも大切です。嘆きながら床をのたうちまわるのではなく。そのことは覚えておきなさい」

「わかりました、伯爵夫人」デイジーは言った。声の調子で、本気でそう言っているのがわかる。

それから伯爵夫人はくるりとふり返り、自分の客室に姿を消した。

5

父はこのうえなく戸惑っていた。自分の決めた約束を守らなかったあたしたちのことを叱りたくてたまらないけど、無作法にも絨毯の上をのたうちまわっていたという以外にどんな悪いことをしたか、ちゃんとわからないでいるから。

「ほんとうに不思議でたまらないよ、ヘイゼル」父は言った。「どうして率先してできない？　どのように振る舞うべきか、マックスウェルズにお手本を示さなくてはいけないのに。さあ、ふたりともマックスウェルの客室でじっとしていなさい。それからお昼を食べ、クロスワード・パズルをやろう。頭は正しく使わないと」

「はい、おとうさん」あたしは言った。「ごめんなさい」

「それでこそ、わたしの娘だ」父はそう言い、あたしの頭をぽんぽんとやさしく叩いた。まるであたしが、いまだにおちびちゃんだとでもいうみたいに。

マックスウェルの客室にはもう、とことんうんざりしていたけど、とにかく事件簿を膝に置き、わかったことをつぎからつぎへと書いていった。容疑者は四人にまで絞られた。イル・ミステリオーソ、ストレンジ氏、サラ、そして伯爵夫人。

これがはじめてではないけど、あたしはじっくり考えた。自分の人生はものすごく変わっている、と。オリエント急行に乗り、スパイや殺人や窃盗について話し合っているのだから。しかもそれは空想上のできごとなんかではなく、揺るぎない冷酷な現実なのだ。あたしは死体を見たし、ヴァイテリアス夫人がじっさいに、危険なスパイを追っていることを証明する手紙を読んだ。でも、真実がある一方で、真実らしく見えるものもある。殺人犯とスパイ（あるいは、殺人を犯したスパイ。罪を犯したのがイル・ミステリオーソだったら）を捕まえることのできる証拠を残らず手にするまで、足を止めるわけにはいかない。

でも、疑われていることを殺人犯が知ったら？　そのことはずっと気になっていた。あたしたちが殺人犯に追われる立場になったら、隠れる場所はどこにもない。ただ、疑っているのがあたしたちだということだけはごまかせそう。それはつまり、絶対に確信できるまで口にしてはいけないということ。あたしたちは探偵で、学校に通う生徒でもある。それは事実だけど、あまり聞かない話だ。それに、容疑者を四人からもっと絞りこめなければ、誰にも信じてもらえない。

あたしは事件簿にこう書いた。

マダム・メリンダの交霊会が役に立つかもしれない。

デイジーは腹を立てたみたいで、すぐさま返事を書いた。

交霊会！　ヘイゼル、ほんとうにもう、幽霊を信じるのはやめて！

信じてない！　でも、マダム・メリンダは信じてるでしょう。それに、交霊会に参加した人を怖がらせて、信じるように仕向けているかもしれない。とにかく、あなたはもっと慎み深くならないとだめ。ウィジャ・ボードのことを思いだして！

最初に殺人事件を捜査したとき、デイジーは巧妙に――ずいぶんと気味悪かったけど――ウィジャ・ボードを利用した。それはとんでもなく効果的だった。
でも、いまは機嫌を損ねている。

あのときとは状況がまったくちがうでしょう。でも、言いたいことはわかる。見張りつづけないとね。つねに警戒を！

「デイジー？　ヘイゼル？」隣から父が呼んだ。「ふたりとも、どうした？」
「なんでもありません、ミスター・ウォン！」デイジーは叫び返し、あたしにウィンクをしてみせた。「たったいま、重要なカギがわかったんです。タテ10は〝むじゃき〟だって。この問題、ちゃんと解けそうです」

容疑者リスト

ストレンジ氏

動機：ドーント夫人の弟。母親の遺言で遺産は一ペンスももらえず、姉のドーント夫人がすべてを相続した。小説家だけど本は売れてなさそう。だから彼女を殺した。遺言で何かを残しているかもしれないと期待して。でなければ、相続から外されたことへの逆恨みか、姉への嫉妬。

注意：凶器は彼のペーパーナイフ。盗まれたと言っているけど、ほんとうだろうか？　ドーント夫人の悲鳴が聞こえたときは寝台車にいた。犯罪小説を書いている——それも彼を疑う根拠にならないか？　ドーント夫妻がこの列車に乗ることは知らなかったと証言している——ほんとうだろうか？

ドーント夫人の遺言で、二千ポンドを受け取ることになっている。殺人を犯すだけの意味はあると思うのにじゅうぶんな額だ。オリエント急行での旅費はどうやって支払ったのか？　調べないといけない。

デミドフスコイ伯爵夫人
動機：ドーント夫人のルビーの首飾りは、本来は自分のものだと信じている。その首飾りはいま見当たらない。伯爵夫人が彼女を殺して盗んだ？
注意：ドーント夫人の悲鳴が聞こえたときは寝台車にいた。ドーント夫人と話すために食堂車から出ていったことを、サンドウィッチ医師に隠している。杖をつかないと歩けないというのはほんとう？　そういう振りをしているだけ？

イル・ミステリオーソ
動機：ヴァイテリアス夫人が調べているスパイは彼だと、探偵倶楽部は信じている。ドーント夫人に正体を知られ、口封じのために殺した？

注意：ドーント夫人の悲鳴が聞こえたときは寝台車にいた。ただし、死体が見つかったときに通路に現れなかった。あんなに大騒ぎになっていたのに。客室に留まっていたのはどうして？　彼はマジシャンでもある。密室のトリックをあれほどうまく仕掛けられる人物が、ほかにいるだろうか？　サンドウィッチ医師に話していないことがあるのもあきらか。客室で怪しげな書類を見つけたけど、何と書いてあるかは不明。解読しないと。

マダム・メリンダ

動機：ドーント夫人からお金を受け取り、亡くなった母親と交信させていた。ドーント氏はそれが気に入らず、ふたりを引き離そうとしていた。マダム・メリンダは、夫人から受け取っていたお金を失いたくなかったはず。遺言書の内容は自分に有利だと考えていた可能性は？

注意：ドーント夫人の悲鳴が聞こえたときは寝台車にいた。また、かつては女優だったとイル・ミステリオーソが言っていたから、

~~何かの振りをするのが上手なはず。~~

除外理由：ヴァイテリアス夫人といっしょに食堂車を出た。ドーント夫人の叫び声が聞こえたとき、客室で彼女の立てる音をヴァイテリアス夫人が聞いている。

サラ

動機：ドーント夫人のことが好きではなかったよう。ヘティから聞かされ、彼女がドーント夫人から盗みを働いていたことを探偵倶楽部は知っている。また、ドーント氏には暇をもらうと迫っていた。でも、仕事がつまらないというだけで、女主人を殺すじゅうぶんな動機になる？　でなければ、盗みに気づいたドーント夫人から警察につき出すと脅された？

注意：ドーント夫人の悲鳴が聞こえたときは寝台車にいた。サラはいまでも謎の人物。もっと調べないと！

ヴァイテリアス夫人

動機：~~いまのところ見当たらない。でも、彼女はみんなが思っているような人物ではないことを、探偵倶楽部は知っている。ドーント夫人の悲鳴が聞こえたときは寝台車にいた。~~

除外理由：マダム・メリンダといっしょに食堂車を出た。ドーント夫人の悲鳴が聞こえる直前、壁を叩いた音をマダム・メリンダが聞いている。

6

昼食の時間の雰囲気はとてもどんよりしていた。ヴァイテリアス夫人は食べものをつつくだけ、マダム・メリンダは両手をぎゅっと握りしめてドーント氏をじっと見つめている。そのドーント氏は真っ赤な目をして、お皿にうずくまるようにしていた。ストレンジ氏は紙に何かを書きつけながら、後ろめたいことでもあるかのように、食堂車のなかをきょろきょろと見回している。イル・ミステリオーソは食事に手をつけようとさえしていなかった。ポーク・ロインの載ったお皿を押しやり、それを睨みつけている。まるで、そのお皿に気分を害されたとでもいうようだ。父は一分ごとに、あたしとデイジーに視線を向けてくる。そのせいで、自分は何ひとつ訊かれずに事情聴取が終わったことでかっかしているデイジーが、怒りを収めることはなかった。

「サンドウィッチ医師の判断力はおそろしいほどにお粗末だわ」ポークをひと切れ口にしながら、デイジーは声をひそめて言った。まったく、そのとおりだ。あたしもやっぱり腹を立てていた。サンドウィッチ医師は、父とマックスウェルにはきのうの晩、食堂車で何か見たり聞いたりしなかったかと訊いたのに、あたしとデイジーには話しかけてもこなかった。彼は自分がしていることをわかっていない。だからあたしは、こんなにも込み入った殺人事件の謎を彼に解けるわけがないと確信している。ヘティによると、使用人たちの事情聴取もしなかったらしい。彼はほんとうに考えが浅い。使用人はほかの誰よりもいろんなことを観察しているのに。あたしとデイジーは、フォーリンフォード邸の事件でその事実を学んでいた。

もちろん、ヘティは殺人についてはまったく何も知らない。あたしたちといっしょに、食堂車にいたから。でも、サラはちがう。ヘティは彼女に何か話しかけているもののの、サラのほうはぜんぜん聞かずにドーント氏を見つめている。ただ、これまでみたいに憎々しげなようすではない。これって重要なこと?

ちょうどそのとき、デイジーがぴたりと動きを止めた。どうしたのかと目をやると、口の動きだけでこう言った。「聞いて!」

すぐにわかった。通路から物音が聞こえてくる。くぐもっているけど、何かを打ちつけるような音だ。ドアを開け閉めしているみたい。あたしだって、いろんなことに気づけるようになった。でもそう思うたび、デイジーに比べたらまだまだだと思い知らされる。その音は言うまでもなく、みんなが昼食を食べているあいだに乗務員たちが客室を調べている音だ。でも、何を見つけられるというの？

ドアの開閉音が大きくなった。いまはもう、何人かの乗客が気づいている。「ちょっと！」伯爵夫人が声を上げた。警戒するように背筋を伸ばしている。「ちょっと！　あれは何の音？」

給仕係のひとりが伯爵夫人のことを気まずそうに見ながら食堂車を出て行き、ジョセリンといっしょにもどってきた。彼は食堂車のドア口に立ち、咳ばらいをした。

「みなさん。すこし、お時間をよろしいでしょうか……。ご心配にはおよびませんが、お伝えしておかなければなりません。じつはいま、みなさんの客室を調べています」

伯爵夫人は息を呑んだ。立ち上がってよろよろと杖に寄りかかり、大声で訊いた。

「何だってそんなことをしているの？　わたくしが誰か、知らないとでもいうの？　まったく、ここがロシアなら、あの者たちを鞭《むち》で打っているところですよ！」

「殺人事件の捜査をしているんです」ジョセリンが申し訳なさそうに言った。「覚えていらっしゃると思いますが、きょうは客室の鍵をかけないようにとお願いしたのは、このためだったんです」

「こんなこと」マダム・メリンダが喚《わめ》き、彼女の憤りと着ているタフタでこの食堂車がふさがってしまったみたいな気がした。「プライヴァシーの侵害だわ。非常識にもほどがあります」

「わたしの妻が殺されたのに、捜査の邪魔をしようというのか？」ドーント氏がマダム・メリンダを見つめながら怒鳴った。食事中に使ったナプキンを手のなかで丸め、ぎゅっと握っている。マダム・メリンダのことも、おなじように握りつぶしたいとでも思っているみたいだった。

ストレンジ氏の顔は真っ青になり、伯爵夫人は怒りでぶるぶる震えている。でもふたりとも、イル・ミステリオーソほどには怯えていない。彼の全身はわなないていた。どうしてそれほどまでに怯えているのか、ドアロのほうをふり返ってわかった。そこにはいつのまにかサンドウィッチ医師がいた。両手にマジックの箱を持っている。朝、あたしが見つけたものだ。

「さあ！」サンドウィッチ医師が大声で言った。「証拠を確認しましょうか！」

7

イル・ミステリオーソにとってこれ以上悪いことは起こるはずがないと、すぐにわかった。

「それはマジックで使う小道具です」震える声でイル・ミステリオーソは言った。イタリア語のアクセントがいっそう、強くなっている。「個人的に集めているものです。いいですか、個人的に、ですよ。マジシャンなんですから、ちょっとした秘密があっても許されるでしょう」

「おしずかに」サンドウィッチ医師はきつい口調で言った。「こちらの椅子に座って、いますぐになかを見せてください。でなければ、殺人の罪で逮捕します」

「あの人にはそんなこと、できないはずでしょう！」デイジーが耳元でささやく。

「自分を何さまだと思ってるの？」

イル・ミステリオーソは腰を下ろしかけたけどさっと立ち上がり、そのまま飛び出すようにしてドアに向かった。ジョセリンが身を翻して彼を止める。つぎに給仕係のふたりが、手に持った銀食器をがちゃがちゃ鳴らしながら壁にしっかりと押しつけた。「座ってください」サンドウィッチ医師はこの状況をひどく楽しんでいる。「なかを見せてもらいますよ」

「なら、自分であければいい」イル・ミステリオーソが答えた。

そのときかちりという音がして、両腕を上げざまマントを後ろに払ったと思ったら、彼の両手首は、壁の上方に取り付けられた金属製の荷物棚に、どっしりとした銀の鎖でくくりつけられていた。こんなにもすばらしいマジックは見たことがない。あたしは思わず息を呑んだ。

伯爵夫人は手袋を嵌めた小さな手を打ち鳴らした。背筋をぴんと伸ばし、杖は一瞬、忘れ去られた。マダム・メリンダは鼻を鳴らしたとしか思えないような音を出し、ドーント氏は唸った。

「ブーリ車掌」唇をぎゅっと結びながらサンドウィッチ医師が言う。「すぐにボルトカッターか何かを持ってきてください」

父が立ち上がった。すごく堂々としておちついている。「ちょっとよろしいですかな。わたしがお役に立てそうだ」

「あんたが？」ドーント氏が言った。「何をするつもりだ？　怪人フー・マンチュー（イギリス人作家のサックス・ローマーが生み出した東洋人の天才犯罪者。世界征服をもくろんでいる）を気取って、あの箱をあけてくれるのか？」

あたしはたじろいだ。おそろしくて頬が燃えるようだ。でも、父はあたしなんかよりずっと長い年月、冷静でいることを学んできた。ほとんどの西洋人が父をきちんと理解できなくても、そんなの取るに足らない。あたしはそう、自分に言い聞かせた。このオリエント急行に乗っている大人全員が束になっても、父ほど寛容で賢くはなれない。それでもやっぱり、そのことを知っているのがあたしだけでなければいいのにと思う。

「残念ながら、わたしもこの車両のみなさんとおなじように、不思議な力など持ち合わせていません」父は礼儀正しく言った。イル・ミステリオーソやマダム・メリンダを密かに、でもうまく皮肉っている。父はミステリ小説やマジックに親しむために時間を割かない。何事も合理的で、目に見えないとだめなのだ。あたしとデイジーが学校で〈交霊倶楽部〉をつくったことがばれていなくてよかった。

「ただ、こういった箱の仕掛けはよくわかっています。すべておなじ原理でつくられていますから。もし、よろしければ……」

一瞬ためらってから、サンドウィッチ医師は渋々と手招きをして父を箱のほうへ呼び寄せた。「ですが、おかしなことはしないでください。いいですね?」

「まさか、そんなことはしません」父は言った。あたしだけが(たぶん、デイジーも)、その声のなかに辛辣な響きを聞き取った。父はテーブルを挟んでイル・ミステリオーソの正面に座った。四角ばって人目を引く手が、みんなにもちゃんと見える。その手で表面をなでまわし、箱に描かれている葉っぱや花や、からだの半分を隠している鳥に指を這わせると、あたしがあけたよりも速く、かちっと音を立てて箱をあけた。すると、テーブル一面に紙片が散らばった。

〝Geburtstag〟と書かれた一枚がまた現れる。〝Katholisch〟と書かれたものも。この単語はどういう意味なの?

父は手早く紙片をかき集めた。そこに書いてあることはぜんぶ、見ただけで理解したようだ。この謎を説明してくれる?

「〝Geburtstag〟はドイツ語で〝生年月日〟、〝Katholisch〟は〝カトリック〟を意味します。どうやら、この書類はすべて出生証明書のようですな」父はイル・ミステリオーソを見上げ、穏やかに言った。「どういう経緯で、あなたの手元にあるのでしょう?」

「失礼、この捜査の責任者はわたしです。質問はわたしがします」サンドウィッチ医師は興奮で鼻の穴をふくらませている。「さあ！　出生証明書がどうしてこの箱にはいってるんですか？」

「わたしが入れたからです、とうぜんでしょう」イル・ミステリオーソは答えた。不安げなようすとは裏腹に、声が急に嘲《あざけ》るような調子になった。

「しかし、どうして？　いったいこれは何ですか？　ご自身の口から説明してくださ い、いますぐに」

「わたしの家族の出生証明書ですよ。敬虔《けいけん》なカトリックの信者として、自然と大家族になりましたから」

「敬虔なカトリックの信者！」伯爵夫人が尊大な口調で言った。「ばかなことを。ユダヤ人のくせに！」

サンドウィッチ医師は驚きを隠しきれないように立ち上がり、大声で訊いた。

「ユダヤ人？　ほんとうですか？」

「もちろん、ほんとうよ！」伯爵夫人はきっぱりと言った。「そうではないかと思っていたところ、昼食のときにわかったの。豚肉に手をつけていませんでしたから」

「ほう！」サンドウィッチ医師は顔をぱっと輝かせ、イル・ミステリオーソをふり返った。「ということはこの証明書は偽造されたもので、あなたはヨーロッパの国に密入国しようとしているんですね。それをドーント夫人に気づかれた、ちがいますか？　彼女は当局に伝えようとし、あなたは秘密を守るために彼女を殺さざるを得なかった！」

「ユダヤ人なんか信じてはいけないんですよ」伯爵夫人は言い放った。「あの人たちは子どもの肉でソーセージをつくりますからね。ロシアではいつもそうでした」

「おばあさま！」アレクサンダーが決まり悪そうに声を上げた。「そんなことを言ってはだめです！　そんなの嘘なんだから！」

「わたしは誰も殺していません」イル・ミステリオーソは言った。「その証明書は殺人とは何の関係もありません。きのうの夜、わたしは新しいマジックに取り掛かろうと食堂車を出ました。マジックについて考えているうちは、周りのことは何もわからなくなるんです。だから、悲鳴にもすぐには気づかなかった」

「どうなんですかねえ」サンドウィッチ医師は言った。「で、取り掛かっていたと言い張るマジックとは、どういったものでしょう？」

「それは……密室から脱出するマジックです」イル・ミステリオーソは答えた。

「なんと！　ドーント夫人の客室には、通路に面したドアにもコネクティング・ドアにも、どちらにも鍵がかけられていました。よく、おわかりでしょうが。ずっと不思議だったんですよ、犯人にどうしてそんなことができたのかと。ですが経験を積んだマジシャンなら、何の問題もなくやってのけるでしょうね。あなたはドーント夫人の部屋にはいって彼女ののどを掻き切ると、客室を出てからコネクティング・ドアに鍵をかけた。何やら抜け目ないトリックを使ってね。乗務員にはあなたに手錠をかけるよう言いつけるつもりでしたが、ご自身でその手間を省いてくれました。あとはドーント夫人の首飾りをどこに隠したかという謎だけが残りますが、それもすぐにわかるでしょう。みなさん、おそれることはもう何もありません。ドーント夫人を殺した犯人があきらかになりました。捜査はこれにて終了です！」

8

「すみません……」ドアロに立っていた乗務員のひとりが呼びかけた。顔には困ったような表情を浮かべている。「ブーリ車掌、ちょっといいですか」

ジョセリンは顔を上げると急いで彼のところに駆け寄り、ひそひそと話した。ふたりとも青いジャケット姿で髪を首のところできちんと揃え、奇妙なくらいそっくりだ。

「車掌車に閉じこめておくとするか。もちろん、つねに見張りをつけよう。逃げられたら困るから！」サンドウィッチ医師はイル・ミステリオーソにそう言い、自分の冗談に自分で笑った。彼が両手を擦り合わせるのを見て、あたしは気持ち悪くなった。

何もかもまちがった方向に進んでいる。こんなことは正しくない。こんなことはフェアじゃない。それに、捜査は終わってなんかいない。イル・ミステリオーソのマジックの箱にはいっていた出生証明書が何を意味しているのか、誰にもわかっていないのに。彼がスパイをしていることの証拠にはちがいないけど、だからといってそれが殺人の証拠だといえる？　悲鳴が聞こえたとき、彼がドーント夫人の客室にいたことは証明されていない。それに、ドーント夫人がイル・ミステリオーソの秘密を知り、それをばらすと彼を脅していたことも。たしかに、彼が殺人犯だという可能性はある。彼なら密室のトリックをやってのけることができただろう。でも、誰にもはっきりとはわからない。だからあたしの探偵としての感覚が、不快なくらいうずうずしていた。ヴァイテリアス夫人のほうに目をやると、こっそりとイル・ミステリオーソを見ている。

「サンドウィッチ先生」ジョセリンが呼びかける。「ちょっとお時間をいただけますか」

「話があるなら、乗客のみなさんにも聞こえるようにどうぞ」サンドウィッチ医師は気取って言った。「いまさらもう、秘密はないのですから！　事件は解決しました！」

「すこしでいいのですが」

「もっと大きな声で！」

ジョセリンは顔をしかめた。「サンドウィッチ先生、ラウールからいま報告がありました。きのう、各客室を整えて回ったのは彼です。例の……ドーント夫人の出来事のあとに。イル・ミステリオーソの客室のドアは鍵がかかっていたそうです。なかで物音がしなかったので、マスターキーでドアをあけました。それで——」

イル・ミステリオーソが身をよじって叫ぶ。「やめてくれ！　頼む！」

「それでなかにはいると、イル・ミステリオーソがいました。サンドウィッチ先生、イル・ミステリオーソは……困った状況に置かれていたそうです」

「やめてくれ！」イル・ミステリオーソはまた叫んだ。食堂車にいる全員が、彼からジョセリンへと視線を移した。誰もがすっかり混乱している。いったい、何が起こっているの？

「ラウールが言うには、イル・ミステリオーソは片手と片足を鎖で拘束し、絨毯の上に寝そべっていたようです。その鎖は荷物棚につないでありました。とても苦しげなようすで、拘束を解こうとかなりの時間、奮闘していたのはあきらかだったそうです。すくなくとも一時間は。彼はラウールに、鍵を取ってほしいと頼まざるを得なかった。その鍵は抽斗にはいっていました。新しいトリックの練習をしているさいちゅうに、鎖が絡まったそうです」

「そんな話、まったくのでたらめだ！」イル・ミステリオーソが大声で言った。「嘘だ！　わたしはマジックのトリックを考えていた。だから悲鳴が聞こえても外に出なかったんだ。鎖が絡まったなどということはない。そんなこと——」

「ですが、サー」ジョセリンが言った。「この話がほんとうなら、犯行時刻にアリバイがあるということですよ！」

ほんとうなの？　あたしは思った。そんなこと、あり得る？　イル・ミステリオーソはマジシャンだ。偽のアリバイをつくろうと、鎖が絡まった振りくらい簡単にできるんじゃない？　でも、怒りと恥ずかしさでいまにも泣きそうな彼の顔を見て、何だか信じられるような気がした。ドーント夫人が悲鳴を上げたとき、どうして通路に出てこなかったのか。その疑問が解けた。出てこられなかったのだ。マジシャンとしての名声を傷つけることなく、その事実を説明できなかったのだ。

「ばかばかしい！」サンドウィッチ医師はそう言ったけど、声が動揺している。「彼はマジシャンです。鎖が絡まった振りだってできたはず」

「サー、あれは振りなどではありませんでした」ラウールはずいぶんとためらいがちに言った。「申し訳ないとは思いますが、いまとなってはお話ししないと。絶対に話さないよう、強く念を押されましたけれど。謝礼を払うとおっしゃって」

「ああ、なんてこった」イル・ミステリオーソはそう言ってどすんと腰を下ろしたから、手錠が手首にぎゅっと食いこんだ。とんでもなく痛そう。あたしも思わずたじろいだ。「わたしはもう、おしまいだ。何年も新しいマジックを披露していないうえに、あんなに単純なトリックまでうまくいかず、お手上げなのだから！　いい物笑いの種だ」

「では……あなたが」サンドウィッチ医師はほとんど吐き捨てるように、きつい口調で言った。ぐらぐらと煮え立つやかんみたいに。「あなたが殺したわけではないんですね？」

「そう言ったろう、わたしは新しいトリックを考えていたと！　まあ……うまくはいかなかったが」

「そのことがばれるより、殺人の罪で逮捕されるほうがよかったんですか？」ジョセリンが声を上げる。「サー！」

「わたしは殺していない！」イル・ミステリオーソは叫んだ。「それに、この証明書――これはどんなこととも、いっさい関係ない。どうして放っておいてくれないんだ？」

「信じられないことになってきたわね！」デイジーが声をひそめて言った。「うう、楽しくてたまらない！」

デイジーが言っているのは、乗客全員の前で恥ずかしい思いをさせられているサンドウィッチ医師のことだ。たしかに痛快だった。でも、最有力容疑者をリストから消すと、謎がまた膨らんでしまう。イル・ミステリオーソがスパイだという可能性は残るけど、ラウールの証言から判断すると殺人犯ではなさそう。なら、ほかに誰だというの？

9

事実の暴露はまだ終わっていなかった。また、べつの乗務員が食堂車にはいってきた。手に何かを握っている。

「それは何かな？」この場の主導権を取りもどそうと必死になって、サンドウィッチ医師が大きな声で訊いた。

「失礼します、サンドウィッチ先生。たったいま、ストレンジ氏の客室でこれを見つけました」

そう言って彼は片手を差し出した。その手から何かが垂れ下がっている。大きなハンカチみたいだ。以前は白かったと思われるけど、いまは濃くて錆びたような茶色の染みがついている。

ストレンジ氏は凍りついた。

「それって血じゃないかしら？」ヴァイテリアス夫人がぼんやりと言った。

「わたしのものではない」ストレンジ氏はうろたえたように立ちあがった。「そんなもの、見たことはない。いったい何だって……。わたしの部屋にあっただと？」

「ミスター・ストレンジの旅行鞄のなかで見つけました、サンドウィッチ先生」乗務員は申し訳なさそうだ。「ほかにも、あー、何やら書き連ねてあるメモを何枚か見つけました。そのすべてに、若い女性をナイフで突き刺すというようなことが書いてあります。ブーリ車掌、サンドウィッチ先生、今回の事件に関係あるものにちがいありません」

「わたしは犯罪小説家だ！」ストレンジ氏は言った。「それはつぎの作品の構想で、列車内で殺人が起こるという筋立てなんだ。現実の話ではない」これ以上、苦しい言い訳はなかった。

「あいつを逮捕しろ！」ずんぐりした手をストレンジ氏に向けて振りながら、ドーント氏が叫んだ。

サンドウィッチ医師は顔を大きく歪めていた。齧《かじ》りかけのペストリーみたいに、彼が確信していたことがぼろぼろと崩れ落ちていくのを見るのは愉快だと言ってもよかった。デイジーもやっぱり、この状況をとんでもなく楽しんでいる。とはいえ、その顔からはもちろん、何の感情も読み取れない。サンドウィッチ医師に対する、とうぜん嫌悪感以外には。

ストレンジ氏は小刻みにからだを震わせ、喘ぐように言った。「そんなことはさせない！　わたしは……わたしを拘束するなんてことはさせない。いまにわかるさ――警察がやって来たら、わたしは解放される！」

「車掌車に連れて行ってください！」サンドウィッチ医師が言った。「ドーント夫人の遺体とは離しておくように。その点は気をつけてくださいよ。それから、彼の客室をいまいちど調べましょう！　事件の真相がわかるかもしれません」

「みなさん！」ジョセリンが話すあいだ、ボルトカッターを持って現れたふたりの乗務員が、イル・ミステリオーソを鎖から解いた。「お願いですから！　お願いですから席について、食事をすませてください」

抗議の声が上がる。ジョージアナがどうとか交霊会がどうとか、マダム・メリンダが叫びはじめた。ジョセリンはくたびれ果てているようすだけど、彼女の言うことに耳を貸しながらも、この場を何とか収めようとしている。アレクサンダーはこちらに来ていろいろ話したそうにしているものの、あたしたちを守るようにして父が周囲をうろうろしているから、近づけないでいた。

「ミスター・ドーント、ミスター・ドーント」サラはそう言いながら立ち上がり、彼のテーブルへと急いだ。「だいじょうぶですか?」

「いいからあっちに行ってくれ、サラ。口を閉じていられないのか?」彼はサラに向かってきつい口調で言った。

サラは後ずさった。ショックが顔に表れている。それからくるりとふり返ると、食堂車から走り去った。

「使用人というものは扱いにくいですね」伯爵夫人が言った。「アレクサンダー、わたくしは目まいがするわ。客室にもどるから、手を貸してちょうだい。杖だけでは心《こころ》許《もと》なくて」

アレクサンダーがテーブルのそばを通ったとき、あたしは顔を上げて彼を見た。彼はにっこりと笑いかけてくれた。あたしも笑みを返したけど、やっぱり伯爵夫人のことを不思議に思っていた。伯爵夫人は、ほんとうはどれくらいからだが弱いの? 彼女の弱々しさは、現れたかと思うとすぐに消えるみたいだから。

父があたしとデイジーのほうに身を乗りだした。すごく厳しい顔をしているから、すこしだけ頭がくらくらするけど、あたしたちに腹を立てているのでないのはわかる。それでもやっぱり、胸のあたりに父の怒りを感じる。ずっとむかしの破城槌《はじょうつい》が当たるみたいに。

「この先はふたりとも、つねに誰か大人といっしょにいるようにしなさい。今回の事件はとんでもないことになっている。殺人犯が捕まったと、どうして言い切れる? ひどい話だ、あんな男に任せるなんて!」そう言って父は、サンドウィッチ医師を睨みつけた。

「わたしたち、ヘティの客室に行ってもいいですか?」デイジーが明るく訊いた。「彼女といっしょにいれば、ずっと安全な気がします。こんなところにはいたくないですから」

デイジーは何をするつもりだろう。身の安全なんてことを考えているはずはない。確実に事を進められるよう、準備を整えているのだ。まだ、ちゃんと調べていない容疑者のひとりにできるかぎり近づこうとして。そう、サラに。

「それはいい」父は言った。「ぜひ、ヘティの客室に行きなさい。いま、わたしから彼女に話しておこう。ミス・ウェルズ、ひじょうに思慮深い考えだね。わたしはうれしいよ。わたしの娘にいい影響を受けたのだろう、けっきょくのところ……」

「ヘイゼルの用心深さがうつったんですね」デイジーは調子を合わせて言った。「そうに決まっています」

あたしはデイジーに向かって目を細めた。ほんとうにデイジーったら、心にもないことを言って。でも父は気もそぞろで、ぜんぜん気づいていない。

「さあ、ヘイゼル」デイジーは邪悪な感じであたしにウィンクをしてみせると、歩きはじめた。「安全なところに行こう！」

10

ヘティとサラの客室に行くと、ふたりともいなかった。ヘティはあたしの父と食堂車で話をしているからとうぜんだけど、サラはどこ？　窓は閉まっていて、客室のなかは暗くて窮屈だ。あたしはおちつかなくて、そわそわした。「デイジー、何をするつもり？」

「いつもとおなじこと」目をぐるりと回しながらデイジーは言った。「捜査よ、とうぜんでしょう。とにかく、わたしたちはここにいたっておかしくない訳だし。なんだかんだ言って、ヘティはわたしたち付きのメイドだもの。さあ、急いで。誰かが来ないうちにはじめるわよ」

でも、何かを探す時間なんてなかった。激しいノックの音がして、ドアが勢いよくあいた。

「サラ」ドーント氏の大きな声が響く。「はいりなさい、話が……」

ふたりがドアを通って客室にはいったとたん、サラは両腕をドーント氏の首にまわし、ドーント氏は顔をサラに近づけた。不快な口髭が、彼女の顔をくすぐっている。

ふたりはキスをしていた。

あたしとデイジーはその場に立ちつくし、茫然としてすっかり凍りついた。するとドーント氏がこちらに気づき、驚きわめきながらサラからぱっと離れた。サラは悲鳴を上げた。

「こんなところで何をしている?」ドーント氏はあたしたちに向かって怒鳴った。

「ヘティを待っているんです!」何もわからず驚いたふうを装って、デイジーが息を切らしながら言った。こんな恥ずべき場面ははじめて見た、とでもいうように。「おふたりは何を——あ!」

「サラに用事を言いつけていたんだ」ドーント氏は唸るように言った。「きみたちがいま見たことをどう考えようと——いや、きみたちは何も見ていない。わかったね?」

「わかりました」そのときはただ怖くて、あたしは小さな声で答えた。ドーント氏はすごく腹を立てていたから! それに、あたしたちが探していたサラの動機はこれじゃない? ドーント夫人が嫌いだから殺したというだけでは、動機としては弱いと思っていた。でも、ドーント氏に恋をしているからだとすると、何もかもとつぜん理解できるようになる。とにかく、ドーント氏には驚いた。妻を愛していたのに、殺されて一日もたたないうちに別の人とキスをしているのだから。悲しみは人を奇妙な行動に走らせるのだろう。

「サラ！　これを直しておいてくれ！」ドーント氏はそれだけ言うと、あとは黙って客室から出ていった。

「詮索好きな子たちね！」サラが吐き捨てるように言った。「誰かに何かを話したら、わたしは――」

でも、彼女がどうするつもりだったのか、最後まで聞くことはなかった。ちょうどそのとき、ヘティがはいってきたから。彼女は喘ぐように言った。

「もう、こんなに不愉快なことってありませんわ」

一瞬、サラとドーント氏のことかと思ったけど、彼女が言いたかったのは、もちろんストレンジ氏が拘束されたことだった。

サラはさっと口を閉じ、腰を下ろすと繕いものを引き寄せた。さっき、ドーント氏が置いていった上着だ。彼女はボタンをつけ直しはじめた。針を持った指が激しく動く。ボタンをがんじがらめにしようとしているみたい。それから怒ったように唇をめくれ上がらせ、歯で糸を引きちぎった。あたしたちにもおなじことをしたいと思っているはず。あたしはまた、サンドウィッチ医師がサラやヘティに事情聴取をしなかったのはどうしてだろうと考えた。もちろん、犯罪小説のなかで使用人がちゃんとした登場人物として描かれていることはないけど、現実の世界はちがう。使用人も恋をするし、誰かを憎む。みんなとおなじように。伯爵夫人やストレンジ氏だって簡単に人殺しになる可能性があるけど、それはサラもおなじだ。

「おふたりには、ここが最高に居心地いい場所とは言えませんね」視線はサラのほうに目を向けながら、ヘティはあたしたちに言った。「どうです、ここを出てお散歩でもしません？」

あたしはむきになって頷いた。心のなかでヘティへの感謝の気持ちが膨れあがっていくのがわかる。彼女のちりちりの赤毛も大好きだし、華奢《きやしや》な手首も大好き。この場で彼女を抱きしめてもよかった。それがイギリスでは正しい行動だったら。

あたしたちは通路を歩いた。あの客室から逃れることができて、ほっとしてもいいはずだった。でもそうはならず、列車自体にだんだんと追い詰められるように感じていた。どこもかしこも危険で、殺人事件が解決しなければ安心できない。「この列車から出たい」あたしは不意に、そう口にしていた。

「それはいい考えだと思います？」ヘティが訊いた。「あたしがそうしたくないという訳ではありませんよ。ただ、おとうさまは……爆弾を落とすでしょうね、ヘイゼルお嬢さま」

「あら、出ましょうよ！」デイジーは言った。「すごくいい気分転換になるわ！」

そのときとつぜん、アレクサンダーが伯爵夫人の客室から現れた。神経が高ぶっているみたいで、何かがあって動揺しているのがわかる。

「ちょっと、いいかな」彼は言った。「外に出るなら、ぼくも連れていってくれる？」

デイジーは顔をしかめた。「あんまりいい考えには思えないわね。なんだかんだ言って、あなたのことはよく知らないし、レディは知らない男性とはいっしょに散歩に出てはいけないもの」

「ぼくは知らない男性じゃないだろう！ぼくはぼくだ！お願いだから、いいと言って」彼にとって重要なことなのだろう。どうしてだかはわからなかったけど。

「そうですね、デイジーお嬢さま！」ヘティが言った。「マナーは大切です！ヘイゼルお嬢さまのおとうさまがいいとおっしゃったら、アーケディのお坊ちゃん、もちろんごいっしょしましょう」

ヘティがくるりとふり返るとすぐ、アレクサンダーがこちらに身を乗りだしてひそひそと言った。「助けてほしい！　ちょっと問題が起こった」

第5部

進行方向は正しい？

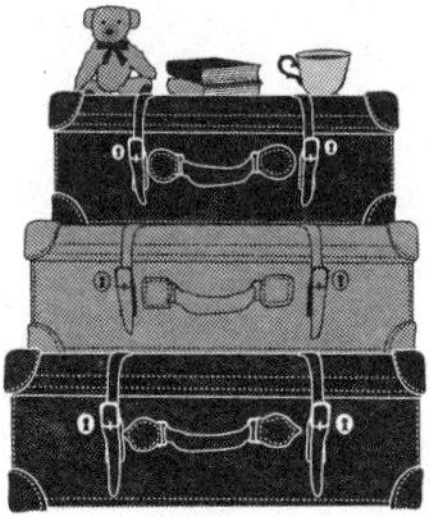

1

「ミスター・ウォン」ヘティが呼びかけた。

父は通路にひょいと頭を出した。眼鏡が鼻までずり落ちている。「いったい何事かね？　ヘイゼル、こんなに早くもどってくるなんてどうした？」

「お嬢さまたちとアーケディのお坊ちゃんが外に散歩に行きたいとおっしゃって」ヘティは言った。「ただ……その……」

父はあたしを見下ろしている。そうすれば、まっすぐ頭のなかにはいりこんで、よくない考えをぜんぶ見通せると思っているみたいに。「ほんとうに行きたいのか？」しばらくしてそう訊いた。

「ええ、ほんとうに」あたしは答えた。いまとなっては、自分でもわからなくなっていたけど。「あたしたちは安全よ。列車から離れないようにするから」

「そうだな……わたしも窓からおまえたちを見ていられるだろうし……」

「わあ、でしたら許可していただけるんですね？」デイジーが言った。まったく、調子がいいんだから。でも、父はにっこりと笑った。デイジーはおそろしいくらいに、人の心を読むのがうまい。

客室にもどって日よけ帽をかぶり、外履きの靴に履き替える。探検に出る準備が整った。とうぜんのように、何が起こっているのかを確かめようと、それぞれの客室からみんなが顔を出した。

「外に出るなんて」マダム・メリンダが言った。「まさか！　そんな危険なことはありませんよ。邪悪なエネルギーがそこらじゅうに蔓延《まんえん》しているのに。わたしには感じられるの！　いいから、列車のなかにいなさい」彼女はぽっちゃりとした小さな手を握り合わせながら言った。あんな黒いドレスを着ていたら、すごく暑苦しいはず。でも、霊媒師はそんなことを感じない領域にいるのだろう。

「イギリス人といっしょに新鮮な空気を！」伯爵夫人が叫んだ。「それを求めておまえは行くんだね、アレクサンダー？」

「そうです、おばあさま！」アレクサンダーはおちつかなげに返事をした。

「あなたがお目付け役？」

「はい、伯爵夫人！」膝を軽く曲げてお辞儀をしながらヘティが答える。

「そういうことなら、しっかり目を光らせておいてちょうだい。わたくしが言いたいのはそれだけよ」とてもよく通る声で夫人は言った。「若い子たちが何をしでかすか、あなたもわかっているでしょうから！」

アレクサンダーとあたしは顔を真っ赤にした。恥ずかしさで死んでしまうかもと思った。どうして大人はいつも、そういうことを言うの？　デイジーは襟もとの汚れをじっくり調べていて、何の反応も見せなかった。

「はい、伯爵夫人」ヘティはまたおなじように返事をした。「けっして、目の届かないところには行かせないようにします」

こうしてあたしたちは一団になって、明るい夏の空気のなかに繰り出した。日射しが驚くほど強く、肌に突きささる。歩きながらドーント氏の客室のほうに顔を向けると、彼はこちらを睨みつけていた。あたしとデイジーに見られたことを、いまでも怒っている。ドーント氏。ほんとうに不愉快な人だ。

2

「それで、どうしたの？」外に出るとすぐ、あたしはアレクサンダーに訊いた。列車は森のなかの草深い平地に停まっていた。といっても、左右に目をやればほんの三十メートルほど先に木々が見える。いまは光のトンネルのなかにいるけど、この明るさから飛び出し、立ち並ぶ木々に呑みこまれるのはたやすくできそう。

「言ったとおり、ちょっと問題が起こってね」アレクサンダーは答えた。「聞いて。ついさっきまで、ぼくはおばあさまの客室にいた。何かをなくしたとかで、探すのを手伝ってたんだ。それで、ほんとうは見てはいけないことになっている抽斗のなかも探してたら、おばあさまは叫び声を上げてね。だからすぐに閉めたけど、その直前、なかにあるものが見えた。首飾りだよ！」

「あの首飾り？」デイジーが鋭い声で訊く。

「そう、ドーント夫人の。おばあさまがぼくたち一族のものだと思っている、あの首飾りだ。でも、どうしていいのかわからなくて。おばあさまが殺人犯だなんてあり得ない。ひどいことを言うときもあるけど、それはおばあさまがそういう人だというだけで、本気で言ってるわけじゃない。それでもやっぱり、まんまとあれを手に入れたのなら、何か愚かなことをしでかしたのはあきらかだよ。でも、おばあさまのためにぼくはどうすればいいんだろう。首飾りを部屋から持ち出して、ほら、ポケットに入れているから安全だけど、いまとなってはどう扱っていいのかわからないんだ。家族だから警察に言うことなんてできないし！」

デイジーは凍りついた。それに、あたしも。列車から降りてヨーロッパの暖かい太陽の下にいても、とつぜん、雨の降りしきるフォーリンフォード邸に引きもどされ、そこで起こったあらゆるおそろしいことが蘇る気がした。

「気づいてるだろうけど、おばあさまはときどき、ふつうの人とはちがった行動をとる。ロシアにいたときは、ほんとうに人を鞭で打っていたと思うよ。それに、皇族だというのも事実だ」

「だから？」凍りついたまま、デイジーは言った。

「だから、首飾りを盗むべきではなかったということも、理解できないかもしれない。でも、これをサンドウィッチ医師に渡したら、殺人事件と関係があると思われそうで心配なんだ」

「関係ないと言い切れるの？」デイジーの顎が上がり、目がきらりと光った。「家族だからというだけで。だって、犯罪者もみんな、誰かの家族じゃない。そうよね？」

あたしのなかで、何かがむくりと頭をもたげた。「何をすればいいの？」

「おばあさまは盗んでいないと証明するのを手伝ってほしい」アレクサンダーは答えた。「お願いだ。探偵仲間として相談している」

あたしはデイジーに目をやった。助けようとするだろうか？ それとも、このあいだの事件を思いだしてつらい気持ちになっている？ デイジーはひと呼吸置いてから答えた。

「ひとつ、覚えておいてちょうだい。わたしたちはあなたを手伝わない。あなたがわたしたちを手伝うの。それで、ここから先に話を進めるなら、誓ってもらいたいことがある。とっても重要なことよ。わたしたちがしていることは誰にも言わないと誓える？ それができないなら、あなたをどこまでも追いかけて、中世のおそろしい拷問器具で拷問するから」

その拷問とは手足を切り落とされるという、かなりひどいものだ。〈ウェルズ＆ウォン探偵倶楽部〉では、公式にそう決められている。アレクサンダーが男子だということだけでなく、探偵のライヴァルだということを、デイジーがまだ許していないのはあきらかだ。

「えっと……わかった」アレクサンダーは返事をしてから、神経質そうに笑った。「そういうことなら。では、話して。伯爵夫人の客室でほかに何か見つけた？　血の付いた布切れみたいなものとか」

「まさか！　あり得ないよ！　だって、おばあさまが人を殺せるわけないいんだから」

「どうしてわかるの？」デイジーは訊いた。「杖がなかったら伯爵夫人はどうなるの？　杖がなくても動き回れる？」

「まあね。でも、そのことはいつも隠そうとしている。おばあさまはとんでもなく活発だ。ぼくより速く歩けるくらいさ。だからって、殺人を犯したということにはならないからね！　おばあさまはマジックのトリックなんて何ひとつ知らないし、ドアの鍵をどうにかして閉めることだってできないよ」

よほど確信があるみたいだけど、あたしは顔をしかめずにはいられなかった。助けてあげると言うのはかまわない。でも、アレクサンダーの話だけでは伯爵夫人を容疑者リストから完全に消すことはできない。それどころか彼の話を聞いて、いっそう怪しく思えてきた。その気になればすばやく動けるなら、伯爵夫人にはドーント夫人を殺してから逃げる時間があったかもしれない。それにいま、あたしたちは彼女が首飾りを自分の客室に隠していたことを知った。そうなると、事件はますます奇妙になる。ストレンジ氏の客室からは血のついたハンカチのような布片と、彼には不利なメモ書きが見つかった。それなのに、ここにきて伯爵夫人の客室で首飾りが見つかるなんて。三つとも有力な証拠だけど、見つかったのが別べつの場所だというのはどういうこと？　その証拠は、いちどにふたりの人物を指しているみたい。それに、サラにも動機があることがわかっているから、リストに残る容疑者全員が殺人犯という可能性がある。

3

あたしたちはデイジーに連れられ、客室に沿って列車の後方へと向かった。どうしてここを通るのかと思っていたけど、すぐに気づいた。とうぜんだ。彼女は手がかりを探している。客室のそばを歩けば、誰かがそこから落としたかもしれない何かを見つけられるかもしれない。でも、あまり期待できないだろう。ドーント夫人が悲鳴を上げた直後に殺人犯が何かを窓から捨てたにしても、そこからはすでに何百キロも離れていて、とっくになくなっているだろうから。でも、可能性がないからといって何もしないよりはいい。

あたしは空を仰いで、日中の陽《ひ》の暖かさを感じた。太陽の下にいるのは楽しい。それに殺人犯は列車のなかだから、いま自分たちは安全だと思えることも。でもそのとき、ごつごつした石につまずき、列車の外に出たいと思っていたくせに急に自分が無防備に感じられた。カタツムリが殻をなくしたみたいに。この先の線路で爆発したという爆弾のことを考え、からだが震える。世界じゅうでほんとうに安全なところなんてどこにもない。そうでしょう？　みんなの生活を乱そうと、いつも何かが待ちかまえているから。

歩くあいだにアレクサンダーは礼儀正しく、周りの景色や天気、それにデイジーのすてきな帽子のことで楽しくおしゃべりをした。本物のイギリス人の男子なら、そんなことはしなかっただろう。でも、雰囲気を盛り上げてくれたのはうれしかった。そのおしゃべりを聞けば、あたしたちが捜査をしているなんて誰も思わない。居心地の悪い間や沈黙はなかったし、はにかんで口ごもることもなかった。気づけばあたしも、彼のおしゃべりに返事をしていた。そんなことする必要はなかったのに。アレクサンダーはいい子だ。デイジーがどう思おうと。

あたしたちは歩きつづけ、ほぼ食堂車の位置まで来た。すると、何か濃い赤色をしたものが車両の連結部分に引っかかり、風にぱたぱたとなびいているのが見えた。

一瞬、その赤色は血だと思って、指が冷たくなった。でも、とうぜんだけど血ではなかった。

「ちょっと、これ。誰かがスカーフを落としたみたい」デイジーは優雅に手を伸ばし、スカーフを外して指先でつまんだ。すこし破れていたものの、それは彼女の指先でぱっと広がった。上等で滑らかな生地。婦人物だ。「誰のスカーフかわかる?」

心臓の鼓動が速くなる。これは、あたしたちがずっと探していた証拠だ。そうにちがいない! シンプルな模様のスカーフで、色は濃い赤。でも、それよりももっと濃い染みが一面に飛び散っているのがわかる。あれは血じゃない?

ヘティがまた、心配そうな表情を浮かべた。彼女にもこのスカーフが重要だとわかっているのだ。でも、心を決められないでいる。あたしたちを事件に関わらせないようにするという責任を果たすべきか、好奇心を勝たせるか。

アレクサンダーもまた、心配そうな顔をしていた。

「ぼくはわからないな……おばあさまが持っているところは見たことないかも」

「でも、伯爵夫人のものかもしれないわよね?」デイジーが何気なく訊く。

「ちがうよ! たぶんね。訊いてみてもいいよ」

「上等な品ですね」ヘティが言った。「それに、かわいらしい」

「サラのものにしては、かわいすぎると思う?」

ヘティは顔をしかめた。「彼女にそんな上等なものを買う余裕などありませんよ。でも——」

何を言いあぐねているのか、あたしにはわかる。〝でもサラはときどき、ドーント夫人の持ち物をくすねていました〟ヘティはそう言いたいはず。このスカーフも、くすねたもののひとつだったら？

「デイジーお嬢さま、これはサンドウィッチ医師に渡さなくてはいけませんよ」ヘティが指摘した。

「やだ、ばかなことは言わないで。渡したところで、どうしたらいいかなんて彼にはわからないわよ。あんなまぬけな人！」

「デイジーお嬢さま！」ヘティが叱った。

「とにかく。殺人のときに使われたハンカチはもう、見つかっているわ。ストレンジ氏の部屋で。覚えてるでしょう？　状況をややこしくする必要はないじゃない」

「デイジーお嬢さま！」ヘティはまた声を上げた。

「渡すわよ！　いずれね。でも、すこし待って。お願い。わたしの言うことを聞いて、ヘティ」

「お嬢さまったら……そうですね……」

ヘティはサンドウィッチ医師のことを考えている。「いずれ、渡すと約束してくださるなら」

「でも、どうしてここにあるのかしら？」デイジーが知りたいことは、あたしもおなじだ。客室からこのスカーフを投げ落としたのは誰か、そしてその理由は？　まったくわからないことばかりだ。

「まちがって落ちたんじゃないかな？」アレクサンダーはすこし動揺しているみたいだ。無理もない。新しい手がかりが出てきても、伯爵夫人が容疑者リストから消えはしなかったのだから。それどころか、このスカーフがほんとうに殺人と関係があるなら、犯人は男性ではなく女性だと言っているようなものだ。ストレンジ氏ではなく、サラか伯爵夫人のどちらかだ、と。

「それで、意見は一致したのよね」デイジーが話をつづけた。「このことはわたしたちの間の秘密にする、と。いまのところは」

みんな頷いた。あたしは神経が高ぶっている。でもそういえば、事件が一気に解決に向かいはじめるといつもこうなるのだった。あたしたちは真相に近づいたけど、事件のばらばらのピースをぜんぶ、解決までずっと手放さないでいられる？

「これからどうするの？」あたしは訊いた。

「反対側に行くの、とうぜんでしょう」デイジーが答えた。「列車のなかにもどるまえに、反対側がどうなっているかも見たいもの」

こうしてあたしたちは、機関車をぐるりと回りこんだ。停車しているから車体は冷えている。機関車は黒くて高い崖みたいに、頭の上にそびえていた。どっしりと構えて、ちょっとやそっとでは動きそうにない。これが一瞬で始動して線路を走りはじめるなんて、信じられない。あたしたちはまた、車両に沿って歩きはじめた。今度は通路側だ。列車のこちら側を外から見るのは、ほんとうに不思議な感じがした。まるで、鏡を見ているみたいな気分だ。窓の位置が高すぎてなかをちゃんと覗くことはできないけど、その窓の向こうで乗客たちが幽霊みたいに行き来しているのはわかる。

するととつぜん、目の前の寝台車と食堂車の連結部分にふたつの人影が現れた。人目を避けるようにして、ぴたりとくっつきあっている。陽が当たらないところだけど、それでもすぐに誰だかわかった。ヴァイテリアス夫人とイル・ミステリオーソだ。おおげさなつば広帽をかぶったヴァイテリアス夫人は顔を上に向け、イル・ミステリオーソは彼女に覆いかぶさるようにしている。吸血鬼そのものだ。

そのときイル・ミステリオーソがあたしたちに気づき、腕を伸ばした。ヴァイテリアス夫人が彼のほうによろめく。彼はヴァイテリアス夫人に何かひどいことをしようとしている。スパイのことで問い詰められていたはずだから。あたしはそう確信し、声を上げようとした。

「すぐに手を放しなさい！」デイジーが叫んで、駆けだしていた。

「デイジーはどうしたの？」アレクサンダーが訊く。

「スパイは彼よ！」あたしは必死になって言った。「つまり、この列車にはスパイが乗ってて、それがイル・ミステリオーソなの！」

「そうなんだ、わかった。おまえ！　ヴァイテリアス夫人から離れろ！」アレクサンダーも駆けだした。

ヴァイテリアス夫人が腕を振る。安全なところに走って逃げなさい。そう言っていると思ったけど、彼女は金切り声でこう叫んでいた。「あの子を止めて！　止まりなさい、デイジー！」

イル・ミステリオーソがふり返り、あっという間に片手でデイジーを、もう片方の手でアレクサンダーをつかんだ。たいした腕力だ。デイジーもアレクサンダーも彼の手から逃れようともがいているけど、それ以上、先に進めないでいた。

「ふたりとも、おとなしくしなさい！」ヴァイテリアス夫人が言った。「まったく、乗務員がきたらどうするの？」

「でも、イル・ミステリオーソはスパイなんですよね？」デイジーが息も絶え絶えに言った。

あたしは気が動転していた。どうすればいいの？　どうすればみんなを助けられる?

「ばかなことは言わないで、デイジー。わたしとおなじで、彼はスパイじゃありません。さあ、しばらくおとなしくして話を聞いてちょうだい」

4

最初は、デイジーが素直に言うことを聞くとは思っていなかった。それどころか、あたし自身がそうするかどうかもよくわからずにいた。ヴァイテリアス夫人の話は聞かないといけないの？　何でもない振りをするよう、イル・ミステリオーソに無理強いさせられているかもしれないのに？　じっと見つめていると彼は両手を上げ、デイジーとアレクサンダーを解放した。

「ヴァイテリアス夫人の話を聞いてほしい」イル・ミステリオーソは言った。

デイジーは肩をさすった。目はすっと細められている。

「あなたたちがいまだに余計なことに首を突っこんでいても、驚いてはいけないわね」ヴァイテリアス夫人が言った。「というか、悪巧みにさらに人を引き入れていても」

ヘティは顔を赤らめながら膝を曲げてお辞儀をし、アレクサンダーが訊いた。

「いったい、どういうことです？　彼はほんとうにスパイなんですか？」

「首を突っこむのはやめなさいなんて、探偵に言う言葉じゃないわ！」目に怒りの炎を燃え立たせながらデイジーは言った。「ヘイゼルとわたしは、ふたりの助手といっしょに自分たちの仕事をしていただけよ。あなたとおなじように。それに、あなたがちゃんとした――」

「デイジー」ヴァイテリアス夫人が遮る。「あなたはいろんな才能に恵まれているかもしれないけれど、まだ十四歳でしょう。イギリス政府はあなたを雇っていません」

「いまのところは、ね」デイジーはあたしに向かってもごもご言った。

「事情聴取のさいちゅうに、ぶらぶらと割りこんでくるものではないわ。それに――」

「え、事情聴取？　彼はスパイじゃないと言ってたくせに！」

「言いましたよ」ヴァイテリアス夫人は答えた。「すこしでいいから話を聞いてくれれば、説明します。ミスター・ジマーマンの話は、これまでとはまったくちがうんですから」

「ミスター・ジマーマン？」よくわからない、というようにあたしは言った。「誰です？」

「わたしの本名だ」イル・ミステリオーソがあたしたち全員に頭を下げた。「お近づきになれて光栄です」

「ドイツ語はほんとうに役立つ技能ね。いまのご時世がこんなだから」ヴァイテリアス夫人は言った。「あなたたちも習うといいわ。この紙片に何と書いてあるかわかっていたら、ミスター・ジマーマンの秘密もとっくに解けていたでしょうに」

「でも……それが何かはわかっているじゃないですか。でしょう？」あたしは戸惑いながら訊いた。「出生証明書ですよね、偽造された。それとも、ちがうんですか？」

「いいえ。まったく、そのとおりよ」ヴァイテリアス夫人が答える。「だからこうしていま、ミスター・ジマーマンと話しているの。この人はわたしが追っているスパイではないと、それは彼を見てすぐにわかった。こういう出生証明書はもちろん、政府を混乱させる意図があるけど、イギリス政府が相手だとそうはいかないわ。あなたたちもミスター・ジマーマンとおなじようにユダヤ人だったら、ヨーロッパの多くの国ではいま、ふつうに暮らすことさえとても困難だとわかるでしょうね。自身の出生証明書を使って自国を離れようとすれば、止められる。だからといって国内に留まっても、どのみちひどい扱いを受けるだけ。悲しいことに、まもなく戦争がはじまろうというこの時期に――もちろん、誰もがそんなことは回避したいと思っているけど――ユダヤの人たちを助けたくても、わたしたちにできることはほんとうに何もないわ。

だから、ミスター・ジマーマンのような人たちに委ねられているの。彼は偽の出生証明書を持ってさまざまな国境に行き、そこで同朋たちに渡しているのよ。彼らが逃げられるように」

「でも……それって密入国じゃないですか！」あたしは叫んだ。「それって悪いことでしょう？」

「そうだね」イル・ミステリオーソはよく響く低い声で言った。「ただ、いまの状況なら、密入国でもしないともっとひどいことになり得る。ヨーロッパのファシストは、わたしとおなじユダヤ人たちには好意的な感情を持っていないから」

「国境を越えさせてもらうのに、役人に賄賂を渡すだけではだめなの？」デイジーが訊いた。「そういうことに関しては、ヨーロッパの警察はおそろしいくらいにだらしないですよね？」

「出入国に関わる役人は、何よりもユダヤ人をきらっているわ」ヴァイテリアス夫人は言った。「それにほとんどのユダヤ人は、誰に渡すにしろ、賄賂を用意できるほどのお金を持っていないの。ほかの人たちとおなじようにね」

「どうしてみんな、そんなにユダヤ人をきらうの？」デイジーが訊いた。鼻に皺を寄せている。彼女には理にかなったことに思えないのだ。でも言うまでもなく、あたしにはわかることでも、デイジーにはけっしてわからないことがある。人にどんなふうに見られようと、どんなふうに話しかけられようと、気にしてはだめ。そう自分に言い聞かせなければならないことがある、と。だからヴァイテリアス夫人がいま言ったみたいに、ユダヤ人はきらわれているということが、あたしは理解できる。

「人は、自分とちがうということが気に入らないの」ヴァイテリアス夫人は話をつづけた。「デイジー、あなたはそれを知っておかないといけないわ」

それは警告だった。すごく穏やかな言い方だったけど。

「ミスター・ジマーマンは……新しいマジックがうまくいかなかったのは残念だけれど、そのおかげでドーント夫人殺害に関しては無実だと証明された。わたしはそう思っているわ」ヴァイテリアス夫人は言った。イル・ミステリオーソは気まずそうに顎鬚を擦っている。いまでも、そのことを死ぬほど恥ずかしがっているのがはっきりわかる。「それに、彼の客室にあった書類を見て、ほんとうは何をしているかがわかったの。でも、ちゃんと確かめないといけなかった。そこで口実をつくって、彼を連れ出したというわけ。自分の考えが正しいか、訊いてみようと思って」

「それで、あなたは自分が何をしているかは話したんですか?」デイジーが訊いた。

「信じてもらうには話すしかなかったわ。ふたりとも、わかってくれると思うけど」

あたしは思いだした。フォーリンフォード邸で、ミス・ライヴドンがほんとうは何者かを突き止めたときのことを。イル・ミステリオーソも彼女の正体を知って、あたしたちみたいに驚いた？　あたしはこっそりと彼を見上げた。そうしたら急に、すごくはずかしくなった。彼について考えていたことはどれもこれも、まちがっていた。彼は悪い人ではないし、危険でもないし、殺人犯でもない。顎髭やマントやおそろしげな顔の下の彼は、ただ仲間を助けようとするすてきな人なのだ。あたしたちとおなじように。

「ごめんなさい」あたしはイル・ミステリオーソに謝った。

「いいえ、ヘイゼルは謝らなくていい。わたしたちは全員を疑わないといけないの、でないとフェアじゃないから。自分たちの仕事をしていただけなんだから」

「この子たちは、あなたのことは誰にも話さないわ」ヴァイテリアス夫人がイル・ミステリオーソに言う。「秘密を守ることにかけては、たいしたものだもの。そうよね、ふたりとも？」

「それは誰もが認めています。ちゃんとした理由があれば。で、いま聞いた件はその理由に当てはまる。ええ、だいじょうぶ。アレクサンダーとヘティも、ぜったいに誰にも話しません」デイジーは答えた。

それから彼女はアレクサンダーをふり返り、口の動きだけで言った。

「中世の拷問器具!」

「もちろん、誰にも話さないよ! イル・ミステリオーソは仲間を助けているんですよね。ピンカートン探偵社の探偵なら、おなじことをします」

「わたしも、ひと言も漏らしません」ヘティも言った。「神に誓って」

「つぎにロンドンに行ったら、わたしのショーに毎回、招待しよう」

「新しいマジックがちゃんと完成したら、でしょう?」デイジーがいたずらっぽく言う。「あと、休憩時間にはアイスクリームも食べさせてもらえる?」

イル・ミステリオーソはすこしのあいだ、「それは、ちょっと」とでも言いたそうにしていた。それから口元をほころばせてこう言った。「もちろんだとも」

「アメリカに来たことはありますか?」アレクサンダーがわくわくしながら訊いた。

「フーディーニのことは知っていますか?」

「世界じゅうを旅しているからね」イル・ミステリオーソは答えた。「ニューヨークも例外じゃない。それで質問の答えは、知っている、だ。ハリーにはじっさいに会ったことがある」

アレクサンダーの表情がぱっと明るくなった。あたしでさえ感心した。世界でいちばん有名なマジシャンを〝ハリー〟なんてニックネームで呼んで、すごい！

「おかしな話だけど、マダム・メリンダとはじめて会ったのもそのときなんだ。まあ当時は、ミセス・フォックスと名乗っていたけどね。驚くべきショーを披露していたよ。ほんとうに才能があるんだ。会場全体がうっとりしていた。いま霊媒の世界に身を置いているのは残念だが、そちらのほうが実入りがいいのだろう」

「何をしていたんですか？」アレクサンダーが礼儀正しく訊いた。

「ああ、声を使う芸だ……ひじょうに心に残ったよ」

ということは、彼女を役者だと思っていたのもまちがいだった！　でも、役者よりもそっちのほうがましかも。あたしはマダム・メリンダが歌うところを思い浮かべて、くすくす笑った。

「では」ヴァイテリアス夫人が言った。「もう列車にもどったほうがいいわね。どこに行ったのかと捜されないうちに。これ以上あなたたちといっしょにいたら、それこそみんな、おかしく思いはじめるでしょうから」

「そうですね」デイジーはぼんやりと言った。「わたしたちの家庭教師だと思われるかもしれないから」

「あら、勘弁してほしいわ。いまの仕事はすごく楽しいんだから」

それだけ言うと彼女はふり返り、列車へと急いで向かった。でも、ヒールの高い靴のなかに浮石でもはいっているみたいにずいぶんとよろよろしていたから、イル・ミステリオーソは礼儀正しく背中に手を添え、彼女が歩くのを支えた。

あたしたちもふたりのあとを歩いた。不意に、気分が沈んでいく。イル・ミステリオーソのことをすっかり誤解していたなんて！

「さあ、前向きに行こう《バック・アップ》、ワトソン！」デイジーが陽気に言った。「事件解決は近いわよ。捜査は正しい方向に進んでいるはず」

「でも、おばあさまじゃないから！」アレクサンダーが言った。またもや、とんでもなく心配そうな顔をしているけど、そんな彼を責められない。気持ちを察して、デイジーだってアレクサンダーにやさしくしないといけないのに。でもデイジーは、人が自分とおなじ状況にいると、そういうことには気づけなくなる。

「ふたりとも、見つけたスカーフのことをヴァイテリアス夫人に話さないでくれてよかった」デイジーが言った。「彼女とは休戦協定が結べたかもしれないけど、殺人の謎を解くことではいまだにライヴァルだから。彼女より先に真実にたどりつかないとだめだから！　アレクサンダー、これからもサンドウィッチ医師の捜査を見張っててちょうだい。彼がたまたま何か役立ちそうなことを見つけたら教えてね。わたしとヘイゼルは、スカーフという手がかりを探るから。それで、容疑者リストを絞れるかどうか確認するわ」

「わかった。ぼく、うまくいくように願ってる」

あなたのおばあさまが殺していないことを必ず、証明してみせる。そう言って安心させたくて仕方なかった。でも、優秀な探偵はそういうことはしないだろう。守れるかどうか自分でもわからない約束をするものではないと、いまはもうあたしにもわかっていた。だから、彼に向かってただ笑ってみせた。彼も笑顔を返してくれた。いつもみたいに顔いっぱいの笑みでなく、半分しか笑っていなかったけど。

「さあ、三人ともいらっしゃい」ヘティが呼んだ。車両の乗降口の横に立ち、あたしたちを手招きしている。また列車にもどりたいのだ。

「すぐに行くわ、ヘティ!」デイジーはそう叫んでから、アレクサンダーに言った。

「さっき言ったこと、いいわね?」

「まかせてよ。ああ、だけど、ほかの探偵といっしょに捜査するのはこれがはじめてなんだ」

「あら、いっ、いっしょにというのは……」とデイジーがはじめたので、あたしは彼女を睨んだ。「そう。わたしたちもそうよ」彼女はすらすらと言い直した。ほかに何か言うつもりなんてなかった、というみたいに。「夕食の席で会いましょう。そのときに、手に入れた情報を教えてちょうだい。抜かりなくうまくやるのよ」

5

マックスウェルの客室にもどると、父は意外なことをして待っていた。おやつにと、おいしそうな軽食を注文しておいてくれたのだ。エクレアやレモンタルトが載ったお皿と、紅茶のはいったポットが用意されている。父はあまりにも多くのイギリスの習慣を受け入れていて、なんだかおかしい。たとえば、暑い時期に熱い紅茶を飲むことさえも。イギリスの学校に一年半通って、あたしもそれにはだいぶ慣れたところだけど、いまでも驚くときがある。

「散歩は楽しかったかい？」あたしたちに笑顔を向けながら、父が訊いた。

「はい、おかげさまで。ミスター・ウォン」デイジーはかわいらしく答えた。

「いい知らせがある」父は話をつづけた。「ベオグラードに着くまでにやっておける仕事はすべて終えた。これでまた、ふたりといっしょに時間を過ごせる。せっかくの休暇なのに、仕事ばかりしていて悪かったね。それに、おまえたちもそれほど愉快ではなかったろう？　ふたりだけで楽しまなくてはならなくて。ヨーロッパの国々を見せようと約束していたのに」

「でも、あたしたちはちゃんとヨーロッパを見てるわ」あたしは言った。国境の警察官のこと、爆弾のこと、イル・ミステリオーソがほんとうは何者かということ、ベオグラードで機密書類を渡そうと、いまだに待ちかまえている未知のスパイ（誰なんだろう？）のことを考えながら。

「それはほんとうのヨーロッパじゃない」父はきっぱりと言った。「ヨーロッパとは歴史、文化、それに美だ」

デイジーは父をじっと見つめている。大人ってどうしてこんなに何も見えなくなるときがあるのかと、ひどく不思議がっているのがわかる。でも、あたしは父を守ってあげたいと強く感じていた。ちゃんと理解していないのは、父のせいではないから。今回だけは、父に気を配るのはあたしの役目だ。

「本に載っていたパズルは自分たちで解いたわ」あたしは言った。父がにっこり笑ってくれてよかった。

三人でいっしょに腰を下ろし、クロスワード・パズルのヒントについて考えた。おかしいくらいに平和な時間だった。苛立ちを感じてもいいのに、気づくとあたしはこの時間を楽しんでいた。父といると安心できる。イギリスの学校に通うようになるまえは、香港でも父の書斎でふたりいっしょに、こういう論理的なゲームをよくしていた。とうぜんだけど、デイジーはとんでもなく退屈している。でも、うまくそれを隠していた。そのうえ、いくつかの質問にはわざとまちがって答え、あたしのほうが賢いと父に自慢に思わせることとさえした。

ようやく紅茶のポットも空《から》になり、エクレアとレモンタルトもほとんどがお腹のなかに収まった。暑いし満腹だし、すごく眠い。

「自分の客室にもどって休むといい」あたしの目がとろんとしてきたのに気づいて、父が言った。

「すごくいい考え」デイジーは上品に手のひらで口元を隠してあくびをした。「わたし、もうぜったいに何も考えられそうにない」

見るからに眠そうだったから、あたしはすっかりデイジーの言葉を信じた。でも、彼女は通路に出るとそのまま右に進み、伯爵夫人の客室の前で足を止めた。

ジョセリンは車掌席に座り、各客室の捜索は終わっていた。あたしは礼儀正しく、彼に笑ってみせた。それから、デイジーがこれからすることを何とも思っていない振りをしようとした。

伯爵夫人の客室からは、足を引きずるような音が聞こえる。物がぶつかったり、何かを引っ掻いたりするような音も。デイジーがドアをノックすると、音はぴたりとやんだ。間があってから伯爵夫人がドアをあけた。ほっそりした頰に赤みが点々と差し、顔が火照《ほて》っているみたいだ。床には、衣類だとか香水やフェイスクリームの瓶だとかが散らばっている。何かを探していたにちがいない。何を探しているのか、あたしにはちゃんとわかる。夫人は首飾りがなくなっていることに気づいたのだ。それとはべつに、あたしはもうひとつのことも見逃さなかった。客室の奥の壁に立てかけてある杖。つまり伯爵夫人は、杖なしでこの客室のなかを探しまわっていたということ。弱々しく見せてはいるけど、じっさいは元気いっぱいのようだ。

「ごきげんよう、伯爵夫人」デイジーは膝を曲げてお辞儀をしながら言った。「おじゃましまして、ほんとうに申し訳ありません。ですが、ヘイゼルとわたしはつい先ほどスカーフを見つけて、それが夫人のものではないかと思ったものですから。赤いスカーフで、とってもかわいらしい——」

「断じてわたくしのものではありません」デイジーが話しているところを遮って、伯爵夫人は言った。「わたくしは赤いものは身に着けません。赤はつらい記憶を呼び起こしますから。赤い旗を掲げる、あの粗野で乱暴なソヴィエトの人々を。自分たちではロシア人なんて言っていましたけど、真のロシア人があれとおなじことをするはずはありません！」ここでもまた、お得意の話題を展開させそうな勢いだ。

「まあ、そうでしたか」デイジーは礼儀正しく言った。「ひどい話ですね。おじゃまして、ほんとうにすみませんでした。では、これで失礼します」

「ほんとうに、あなたはすばらしく躾《しつけ》のなったお嬢さんね。最近の若い子たちとは大違い。新世代などという人たちは確実に存在するようですけど、あなたみたいなお嬢さんもいると思うと安心だわ」それだけ言うと、伯爵夫人はあたしたちの鼻の先でドアをぴしゃりと閉めた。

デイジーはあたしに向かって目を大きく見開いた。どう考えればいいのかわからない。伯爵夫人がスカーフについて言ったことは、そのとおりだと思える。不安がったり心配したりしているようすは、まったくなかったから。でもその半面、ああいう気性の人だから、はったりを言うことだってできそうだ。

デイジーはあたしたちの客室に向かって、また歩きだした。でも、そのまま通りすぎて隣のサラとヘティの客室まで行き、ドアをノックした。ドアをあけたのはヘティだった。

「サラはいる？」デイジーが訊いた。

「その子たち、何の用?」ヘティの後ろからサラの声が聞こえてきた。

「スカーフを見つけました!」思っていたとおりヘティに追い払われそうになったけど、それより先にデイジーが言った。「赤いシルクのスカーフです。これって、あなたのではありませんか?」

サラがドア口からひょいと顔を覗かせた。その表情は伯爵夫人とはちがい、すごく不安そうだ。

「あなたたちには関係ないでしょう」サラはぴしゃりと言った。強気でいるけど、これは見せかけだ。「自分の客室にもどりなさい」

「力になりたいだけです。そんなに失礼な態度をとらなくてもいいじゃありませんか。ドーント氏は何と言うでしょうね?」デイジーが訊いた。

「わたしのことはかまうな、と言ってくれるでしょうね。いまのわたしはただのメイドかもしれないけど、あと数カ月もすれば、誰がしかるべきレディになっているのかがわかるわよ」

「へえ!」あたしは思わずそう口にしていた。ヘティもやっぱり驚いて、口をぽかんとあけている。そしてデイジーの目は興奮できらりと輝いた。でももちろん、すっかり傷ついた振りをしている。あの言い方だと、サラはドーント氏に何か具体的なことを期待しているようにしか聞こえなかった。でも、自分と結婚してくれると本気で思っているの？　使用人は主人とは結婚しない。ひどいスキャンダルになるから。とはいえ、ドーント氏が彼女にキスをしていたのも事実だ。あたしはこのときになってようやく、あれがどれくらいおかしな出来事だったかと実感した。ドーント夫人が亡くなったすぐあとなのに！

「さあ、客室にもどったほうがいいですよ、おふたりとも」ヘティが顔をしかめながら言った。「すぐに、夕食のために着替えをする時間になりますから」

「はい、ヘティ」デイジーは素直に返事をした。「行こう、ヘイゼル」

「ということで」客室にもどってドアを閉めるとすぐ、デイジーは小声で言った。「探偵倶楽部の会合を開くときが来たわ。だいぶ遅くなったけど。いいわね？」

「いいわ」あたしは事件簿を取り出しながら答えた。

「さすが。では、はじめましょう。出席者は――って、それはもういいか。まず、手がかりからいくわよ。これまでにわかったことは？」

「自分はドーント氏と結婚すると、サラは思っている。彼女も伯爵夫人も、あたしたちが見つけたスカーフが自分のものかどうか、はっきり言おうとしない。自分のものじゃないと言っても、言葉どおりに受け取らないほうがいいとは思うけど」

「ふむ。まったく同感だわ。ふたりとも信用できない。伯爵夫人が杖をついていなかったところを、あなたも見たでしょう？」

「見た！　だからドーント夫人を殺したあと、ものすごくすばやく行動できたかもしれない」

「とはいえ、あのスカーフは……」デイジーが先をつづける。「何だかおかしいわよね。いまのところ手がかりとしてはあのスカーフと、ストレンジ氏の客室で見つかったハンカチがある。両方とも血で汚れているけど、返り血を浴びないよう殺人犯が自分の衣服を覆ったのはどっち？　両方とも使ったのなら、ひとつしか持ち去らなかったのはどうして？」

「あたしにわかるはずがない！　手がかりが多すぎる。そう思わない？」

あたしは冗談のつもりで言っただけなのに、デイジーは急に目を大きく見開いた。

「ヘイゼル！　ちょっと！　いま、すごくおもしろいことを思いついた！　わたしたち、この事件はあらかじめ計画されていたと考えていたでしょう。でも、そうじゃなかったのよ」

あたしは頷いた。

「つまり、計画殺人なら、自分ではなくほかの人が疑われるようにするじゃない？」

あたしはまた頷いた。デイジーの話がどこに向かうのか、急にわかってきた。

「そういう細工のひとつが、偽の手がかりを残すことだった。そう思わない？　だから見つかった手がかりのいくつかは、見つかるべくして見つかったと考えないとだめ。ほんとうの手がかりじゃなく、目くらましにすぎないのよ。ただ、どれがその目くらましなのか、どうしたらわかるかな？　そうね、わたしの読んでいる小説には、犯罪は予測できない些細なことで破たんするものだけど、その可能性がいちばん高いのが計画殺人だと書いてある。ということは、その予測できなかった些細なことを突き止めさえすればいいのよ。殺人とは関係ない何かが起こった。それについてよく考えれば、殺人犯の狡猾な計画がどこでうまくいかなくなったのか、すべてがわかりはじめるんだわ」

「何だろう？」あたしは訊いた。

「爆弾騒ぎよ」デイジーはすぐさま答えた。「殺人犯が宇宙一、賢かったとしても、反政府勢力が列車の行く先に爆弾を仕掛けるなんて、知りようがなかったのね。殺人が発覚すれば、パニックになった人が非常ブレーキ用のコードを引いて、おそらく列車は停まる。犯人もそれは覚悟していた。でも、どうせすぐにまた走りだすはずとも思っていた。だって列車のなかで死体が見つかったら、調べてくれる警察のいるところへ向かうのがいちばんじゃない。今回はそれがベオグラードよ。それなのにこうしてまだ、ここに留まっている……だから計画は破たんした。となると、わたしたちの見つけたスカーフは……」

「ほんとうは見つかるはずがなかった！」結論はあたしが言った。「森のなかかどこかでなくしたことにしておくつもりだったんだわ。列車が停まっているあいだに、連結部分で見つかるのでなく。ということは、わかった！　ストレンジ氏の客室で見つかった血の付いたハンカチのほうが、犯人の用意した目くらましよ」

デイジーは頷いた。「警察の目をストレンジ氏に向けさせようと、殺人犯が彼の客室に置いたのか、あるいは彼自身が裏の裏をかいて仕組んだのか、いまのところはわからない。でも、その手がかりは用意されたもので、きょうの昼間に見つけたスカーフが本物だと考えるべきね。それも、殺人犯がけっして見つけてほしくなかったものだと」

認めないといけない。デイジーはいつになく賢い一面を見せている。

「ほかの手がかりはどうかな？」あたしは訊いた。「あのナイフは？」

「ナイフも用意された手がかりのはず。覚えてる？　指紋がきれいに拭き取られていたと、アレクサンダーが教えてくれたでしょう。あのナイフでドーント夫人を殺し、そのあとで指紋を拭き取る余裕があったら、捨てる時間もじゅうぶんにあったはず。でも、犯人はそうしなかった。ナイフも犯人の計画の一部でないなら、どうして死体といっしょに現場に残しておくの？」

「やっぱり、疑いをストレンジ氏に向けさせるためね」あたしは指摘した。「殺人が起きるまえに、この車両のほとんどの人が、彼がそのナイフを持っているところを見てたわよね？　だから、それがドーント夫人の死体のそばに落ちていたら……」

「……とうぜん、ストレンジ氏がやったと考える」また頷きながら、デイジーは言った。

心臓がものすごい勢いで鳴っている。とつぜん、何かが頭のなかで姿を現しはじめた。用意されたふたつの手がかり。あきらかにストレンジ氏を指し示している。でも、何か重要なことを見逃してない？　そこで急に思いだした……「首飾り！」あたしは浮かない気持ちで言った。「あの首飾りはまったく、ストレンジ氏を指していない。そうよね？　見つかったのは伯爵夫人の客室だし」

「わたしもずっと、そのことを考えていたの。それが用意された手がかりなのか、犯人のミスだったのかはわからない。たしかにものすごく怪しいけど、アレクサンダーが言ってたから、伯爵夫人は法律なんて気にしないタイプだということはわかってるでしょう。殺人犯であってもなくても、彼女はあの首飾りを取りもどしたがっていた。ということは、選択肢は三つね。ひとつ目。殺人犯は伯爵夫人で、ほかの手がかりでストレンジ氏に疑いの目を向けさせたからには、首飾りをちゃんと隠す必要があるとまでは思わなかっただけ。ふたつ目。殺人犯は伯爵夫人ではない。ただ、ほんとうの殺人犯には、ストレンジ氏が何らかの理由で容疑者リストから外されても、つぎに彼女が立派な容疑者になってくれるとわかっていた。そして、三つ目――」

「三つ目」ここからは、あたしがつづけた。「殺人犯はほかの偽の手がかりといっしょに、首飾りもストレンジ氏の客室に仕込んでいた。でも事情聴取が行われているあいだに、首飾りを探していた伯爵夫人がそこから持ち去った！　なんと言っても客室には鍵がかけられていなかったし、ジョセリンもそのときは通路で見張っていなかったもの。食堂車にいたから。誰だって、気づかれないでストレンジ氏の客室に行くことはできたはず」

「そのとおり！」デイジーが言い、お互いにとんでもなくわくわくしながら顔を見合わせた。「つまり、首飾りという手がかりを除いたら、結論はこれしかない。用意された手がかりはやっぱり、ストレンジ氏を指している、と。彼はドーント夫人の弟で、お金を必要としている。わたしたちは遺言書を見て、ドーント夫人が彼にお金を残すつもりだったことを知っている。彼は完璧な身代わりなんだわ！」

「手がかりが仕組まれたものだと信じるなら、ストレンジ氏は仕立てられた犯人だと考えないといけない！」

デイジーは頷いた。「いま、見張り付きで車掌車に閉じこめられていることを考えれば、すごくうまくいったというわけね。ああ、へイゼル。わたしたち、いい仕事をしたわ！　筋道を立てて考えて、いちばん重要な容疑者をリストから消したんだもの！　これで容疑者は……サラと伯爵夫人のふたり。ふたりとも、殺人を犯していてもおかしくない。どちらの犯行かを突き止めればいいだけよ」

「それと、どうやって殺したのかも……」あたしはおずおずと言った。

デイジーが顔をしかめる。

「ナイフのことを考えて」あたしは説明をはじめた。「犯人がナイフをきれいに拭ったことはわかってる。でも、そんなことをする時間があったと思う？　伯爵夫人は杖がなくても動けたかもしれないし、サラは走るのが速いかもしれない。でも、ドーント夫人はのどを切られたときに悲鳴を上げているでしょう。犯人がふたりのうちどちらにしろ、彼女ののどを切ってから首飾りを盗み、ナイフを拭い、客室のドアに鍵をかけ、コネクティング・ドアに細工をしてからドーント氏の客室を通って現場を離れ、その途中でスカーフを手に入れ、それを首飾りといっしょに隠す。そんなこと、どうしたらできるの？　あたしがいま言ったことぜんぶを犯人はしたはず。でも、どうやって？　それに、伯爵夫人にしろサラにしろ、ドーント氏の客室から出てきたところを誰にも見られていないのはなぜ？」疑問がどんどん口からこぼれ落ちる。急に、何もかもすごくこんがらかっていることがわかってしまった。「筋が通っていることなんて、ひとつもないわ」

「いまはまだ、そうかもしれない」デイジーは言った。「でも、すぐにちゃんとあきらかになる。わたしはやっぱり、きょうのうちに解決できると思ってる！」

あたしは賛成できなかった。あたしたちの結論は何かがまちがっている——それも、ひどく。

「いましなくてはいけないのは、犯罪現場を再現することね」デイジーは話をつづけた。「前にも言ったように。ここまでは推測してるだけ。そうよね？　きちんと確かめましょう。あなた、ドーント夫人をやってちょうだい」

あたしはため息をついた。世の中には、ぜったいに変わらないことがある。

デイジーはコネクティング・ドアまで行き、差し錠の位置をもどした。

「さあ、これでいいわ。あなたに切りつける振りをするから、そこから腕時計で時間を計ってね」

あたしは腕時計を取り出し、長針を見つめた。デイジーが近づいて手を伸ばしてくる。からだが震えた。でも、手であたしの喉元に横線を引くようにしてすばやく動かしただけだった。あたしは口をあけて悲鳴を上げる真似をすると、時間を計りはじめた。首飾りを外そうとするみたいに、デイジーがあたしの首をぐいと引っぱる（ここまでで十五秒）。それから後ろに下がり、からだの前で何かを外すしぐさをすると（ここまでで二十秒）、それを使って手のなかでナイフを拭う。それから想像上のナイフを振りまわしながら合図をしてくる。「倒れて！」

あたしは絨毯に横たわり（ここまでで二十五秒）、その先を見守った。デイジーはコネクティング・ドアに向かい、差し錠をいじり、ドアをあける振りをして（三十五秒）、また閉めた（四十秒）。それからドアを通り抜ける真似をすると（四十五秒）、あたしのほうにもどって訊いた。「何秒？」

「四十五秒」肘をついてからだを起こしながら答えた。「最短でね。でも、デイジー。こんなこと、ほんとうにできるのかな？　何かがまちがってるはず。だってあのとき、あたしたちはすぐに通路に出たけど、サラも伯爵夫人も、もうそこにいたじゃない！」

デイジーは顔をしかめた。「でも、いまわたしがやったとおりのことがあったに決まってるの！　それはわかるでしょう」

「わかってる！」いらいらしながらあたしは言った。「まあ今夜、もっといろんなことがわかるかもしれないけど。サンドウィッチ医師がマダム・メリンダに交霊会をさせようとしていること、どう思う？」

「あの人、何を考えているのか、自分でもわかっていないわ」デイジーは言った。「論理も筋道もあったものじゃない。腹が立つくらいのぼんくらよ。何でもかんでも混乱させているし。でも世界一のぼんくらだって、役に立つこともあるわね。今夜の交霊会は、わたしたちにとってすごく意味があると思うの。サラと伯爵夫人に目を光らせておかないと。ふたりとも、ストレンジ氏の犯行だと思わせるように仕向けるんじゃない？　そんなはずがないという何かを〝思いだす〟とか？　犯人はふたりのうちのどちらかにちがいないんだから！」

「自分たちが何を探してるかは、ちゃんとわかってる」そう言ったけど、どこか苛立っていたかもしれない。たぶん、事件現場を再現したおかげではっきりしたことについては考えないようにしていたから。あたしだってデイジーとおなじだけの時間、捜査をしてきた。いまになっても容疑者をどう観察すればいいのかわかっていなかったら、探偵倶楽部の副会長である資格はない。

「あなたがわかってないなんて言ったこと、ないでしょう」デイジーが両手を上げる。

「なんなの、ヘイゼル。この休暇のあいだ、みょうに強気ね」

あたしはぷいと横を向いて、起こったことを事件簿に詳しく書きはじめた。でも、問題の周りをぐるぐる回っているだけのように感じていた。いったいどうすれば前に進める？　サラか伯爵夫人、どちらかの犯行かもしれないけど、どちらだとははっきり言えないし、どちらを指さして「犯人はあなたよ！」と言えばいいのかを知るすべもない。ベオグラードに着いたとき、犯人の目くらましをぜんぶ信じた警察がストレンジ氏を正式に逮捕したらどうしよう？　そんなことになったら、けっして逃げられないだろう。でも彼は、ベオグラードに着いて警察が来れば解放されると、そう言い張っていた。あたしはストレンジ氏のことが特別に好きというわけではないけど、犯してもいない罪で無実の人が罰を受けるなんてぜったいにまちがっている。そんなのは正義じゃない。探偵でいる意味って、正義がきちんと行われるようにすることでしょう？

6

夕食の席で、マダム・メリンダは霊的なエネルギーについてつぎからつぎへとまくしたて、ドーント氏がそれに喰いついた。お互いに軽蔑し合っているのはあきらかで、どちらもドーント夫人の死を相手のせいにして激しく言い争った。ほかの乗客はみんな、聞いていない振りをしていた。

食事が終わると、あたしたちはいったん客室に返された。みんなでまた食堂車にもどると、ようすがすっかり変わっていた。カーテンが引かれ、ろうそくの火が弱々しく脈打つ心臓みたいに揺れている。壁の電灯は消されていた。マダム・メリンダの説明によると、明るい光は霊が送ってくる振動の邪魔になるらしい。デイジーはおもしろがっているようで、密かに鼻息を荒くしている。その息が、あたしの髪にかかった。

「これ、見て！」みんなで並んで食堂車にはいるとき、アレクサンダーがひそひそと言った。「ストレンジ氏の部屋で見つかったメモだよ。すごくたくさんあったけど、誰にも気づかれないで持ち出したんだ!」すごく得意そうだから、あたしは気持ちが沈んだ。また容疑者を絞りこんで、ストレンジ氏はそのなかにはいっていないと証明したことを彼が知らないから。そのメモは、新しい小説のための覚書にすぎないのに。「こっちは、新しいことはあんまりなかった」最悪の気分で、あたしもひそひそと言った。デイジーはメモを次つぎにたたんで、小さな鞄にしまっている。「あのスカーフも、誰も自分のものだと言わなかったし」

乗客はくっつけたふたつのテーブル周りに、すこしいびつな円を描いて腰を下ろした。そうすれば、白いテーブルクロスの上に腕を伸ばせる。みんな、お互いの手を握っていた。あたしは片方の手でデイジーの手を握り(ずいぶんと緩く。ずっと〈ウェルズ&ウォン探偵倶楽部〉としてやってきたけど、さっきのデイジーの言葉はまだ許せないでいることを示すために)、もう片方で父の手を握った。この交霊会に参加するのは反対されると思っていたけど、父は探るような目つきで眼鏡越しにあたしをじっと見てから言った。「そういうものが開かれるなら、科学的探究心を持ってしっかりと観察しないといけない。世界で起きていることを知るのは、たいせつなことだからね」

そう言われてあたしは思った。世界では——それに、この列車のなかでも——もっともっといろんなことが起きている、と。父が知っている以上に。父は仕事はできるかもしれないけど、この休暇のあいだ、あたしとデイジーがしていることをちゃんと見ているとはいえない。でもいまは、そう思ったことをうしろめたく感じている。父が仕事で忙しいのは、あたしやあたしの母の面倒を見るためなのだ。それと、半分だけ血のつながったあたしのふたりの妹と、そのおかあさんでもある父の愛人の。それと、ウェディング・ケーキみたいな香港の家を切り盛りしてくれる使用人たちの。ひどく申し訳ない気持ちになり、父の手をじっと見つめた。指が短くて関節が太く、ずいぶんと角ばっている。その手がすごく愛おしく思えた。今回の捜査が終わったら、またいい娘になろう。これ以上ないくらいの、いい娘に。

でもそれは、事件が解決してから。いまは捕まえなければいけない殺人犯がいる。デイジーもあたしも、それまでは捜査をやめるわけにはいかない。

あたしはまた顔を上げ、薄暗い車内を見回した。デイジーの隣にはアレクサンダーが座っている。それから順に伯爵夫人、ドーント氏（ものすごく不機嫌そうにマダム・メリンダを見つめている）、ストレンジ氏（車掌車から出された彼の後ろを、サンドウィッチ医師が責任者みたいな顔でうろついている）、イル・ミステリオーソ（あいかわらず、誰もが彼に近づかないようにしている）、ヴァイテリアス夫人、マダム・メリンダ、マックスウェルときて、その隣が父だ。ヘティとサラは車両の端に立っている。あたしはサラから、デイジーは伯爵夫人から目を離さないようにと、前もって決めていた。

両手がむずむずするのは、これから起こることが楽しみだからと自分に言い聞かせた。霊的なエネルギーのせいではない。マダム・メリンダの言葉にはぜったいに惑わされない。霊気とか、何かをノックする音、どこからか漂ってくるにおい、光る何か、そういうものはぜんぶ嘘だ。本物のトリックから目を逸らせる、不思議な現象というものを利用したいんちきなのだから。そのことはデイジーからしっかりと聞かされた。いつもだいたいそうだけど、デイジーは正しい。

一方で、サンドウィッチ医師はものすごく乗り気でいる。マダム・メリンダがドーント夫人の霊を呼びもどせると、彼がほんとうに信じているのかはわからない。でも、そうするところを見たいと思っているのはまちがいない。

マダム・メリンダが咳ばらいをして、みんな彼女に注目した。「こんばんは」おちついた、よく通る声だ。糖蜜みたい。その声が話す言葉も糖蜜みたいにとろりとしていて、頭のなかにはいってきて、背骨をずっと流れ落ちていくような気がした。からだが震える。彼女の声が好きかどうか、あたしは決めかねた。ドーント氏が不躾に鼻を鳴らし、マダム・メリンダは彼を睨みつけた。

「今夜は霊と交信し、いまは亡き愛しい友人、ジョージアナ・ドーントの魂を呼びもどすため、ここに一堂に会しています。霊よ、ジョージアナがいま、あなたとともによろこびのうちにあるかどうかを知りたいと思います。ですが、彼女にはつらい記憶があるかどうかもまた、知りたいのです。そうすれば、この数カ月のあいだに何があったか、真実を突き止める手助けになりますから。その記憶はたいへん痛ましく、思いだすことは耐えられないでしょう。それでも霊よ、何があったかを知るために力をお貸しください。道筋をお示しください。霊よ、ここにいらっしゃいますか?」

そう言うあいだ、マダム・メリンダは顔をすこし上に向け、両腕は半分ほど上げていたから、ヴァイテリアス夫人とマックスウェルもそれぞれ片手を上げるはめになった。すると急に振動が起こって、それが円に沿って伝わった。そうするつもりはなくても、みんなのからだは振動に合わせて動いている。

それからしずかになった。といっても、誰もが何かを期待しているような静けさだ。肌が粟立ち、何も起こりはしないと自分に言い聞かせる。でもそのとき、ラップ音がうつろに響いた。テーブルの表面から聞こえてくるような気がする。あたしはみんなの手を見渡した。全員が手のひらを広げてテーブルに乗せているけど、誰の手も何もしていない。

そしてまた、ラップ音。誓ってもいい、今度はテーブルの向こう側から聞こえた。それから音は続けざまに鳴り、みんなほとんどパニックになって、きょろきょろとあたりを見回した（でも、大人たちは怖がっていることを隠そうとしていたし、デイジーはパニックになっている振りをしているだけだった）。車両の端に目をやると、サラが悲鳴を上げていた。薄暗さに目を凝らして、あたしはサラとヘティをじっと見た。サラは怖がっているだけで、やましさを感じているようには見えない。

「霊はここにいます！」さっきもっと顔を上に向けながら、マダム・メリンダが大きな声で言った。薄暗いなか、彼女の顔が光っている気がして、あたしは目をぱちぱちさせた。そんなはずがないと確かめようと思って。

「霊はここにいます！」また、そう聞こえた。肌が粟立つ。マダム・メリンダは口をあけているけど、彼女の声ではない。「わたしたちはここにいる」その声が唸るように言った。甲高く鋭い。それから低くなる。「わたしたちはここにいる。わたしたちはここにいる！」きんきんしているし、ひどく訛っていて、どこから聞こえてくるのかわからない。

「わたしの霊が導きます！」マダム・メリンダは囁くように言った。「ようこそ、いらしてくださいました！」

どこにいようと、あんな声にようこそなんて言えない。あたしはそう思い、デイジーの手をぎゅっと強く握った。

「霊よ、ごく最近、あなたたちの元へ行ったひとりと交信したくて、わたしたちはここに会しています。こちらでは、ジョージアナ・ドーントとして存在していた女性です。彼女と話をさせてください。そこにいますか？　彼女を連れて来てください！」

そう言ってマダム・メリンダが頭をぐるりと回すと、白目の部分がきらりと光った。のどからは唸るような、呻くようなへんな音が聞こえてきて、あたしたちの周りではノック音の勢いがすさまじさを増していた。食堂車全体が音を立てて揺れているようだ。

隣ではデイジーがからだを震えさせている。あたしは彼女の指をさっきよりも強く握った。デイジーでさえ怖がるなんて！　彼女はぶるぶる震えながら頭を寄せてきて、耳元でささやいた。「ウィジャ・ボード」

言うまでもなくそのときになって、デイジーはぜんぜん怖がっていないことがわかった。からだを震わせていたのは怖いからでなく、笑っていたからだ。デイジーは以前、ウィジャ・ボードを使って幽霊をでっち上げ、ベル先生が殺されたことを学校のみんなに知らせようとした。ウィジャ・ボードのカウンターを利用したトリックはすごく巧妙で、あまりのおそろしさにあたしは五分だけ、幽霊の存在を信じた。でもデイジーが、このラップ音も霊の話す声も、マダム・メリンダのでっちあげだと伝えようとしてくれている。あたしがここで見たり聞いたりしているものは、何ひとつ本物じゃない。以前デイジーがベル先生の声をでっちあげたときとまったくおなじなのだと。それさえわかればあたしは怖がらず、探偵になれる。そこでもういちど、薄暗さのなかで目を凝らしてサラを見た。怯えてぶるぶると震えている。

「霊よ！」マダム・メリンダがきいきい声で呼びかけながら、いまにも回転が止まりそうなコマみたいに頭を左右に振った。「お話しください！」

出し抜けに、何もかもがぴたりと動かなくなった。食堂車がまた、静まりかえる。今度は、刺激的な沈黙に浸かったみたいに。そこに声が響きわたる。

「彼女はここにいます」

マダム・メリンダの口からではなく、円になって座るあたしたちの真ん中の、何もない空中から聞こえてくるような気がする。

「彼女は自分で話すことができないわ」その声は先をつづけた。「まだ弱すぎるの。じゅうぶんに霊的な力を持つには至っていないから。わたし、バリオストラが通訳をします」

ドーント氏が大きく鼻を鳴らした。

「バリオストラですって！」伯爵夫人がもごもごと言った。「たいした名前だこと」彼女も交霊会なんて信じていないのはあきらかで、露ほども怖がっていない。

「でも、サンドウィッチ医師はわくわくしているようだ。「ご自分が死んだ日の夜のことで、彼女は何か覚えていませんか？」そんなことを訊いている。「何か見ませんでしたか？」

でも霊は、急かされはしないみたいだった。バリオストラはものすごく低い声で唸るように話しながら（マダム・メリンダののどの調子がものすごく心配になった）、ドーント夫人と一体になっていると言っている。もはや痛みは感じず、自分をいちばん愛してくれた人たちへの愛で満たされている、と。ドーント氏への当てこすりじゃないかとあたしは思った。でもそのとき、こう言う声が聞こえてきた。

「すべては許されたと、ウィリアムにはわかってほしいの。愛情で結ばれた家族は強く——どこまでも強く——、この世での意見のちがいなど超越するわ。でも——ああ！——その結束が破られてしまったら！ そんなひどいことはない！ 信頼が裏切られたら——家族の絆がないがしろにされたら……」

「それで？」サンドウィッチ医師が声を上げ、ストレンジ氏の背後から肩をぎゅっとつかんだ。「つづけてください！」

「ここは光のあたる場所、こんなところで邪悪な話などできない」バリオストラはそれだけ言い、口にしなかったことは宙ぶらりんのままになった。あたしの心臓の鼓動が速くなりはじめた。霊なんていない。バリオストラなんていんちきだ。いるのはマダム・メリンダだけ。それなのにどうしてだろう、マダム・メリンダはドーント氏に対する怒りで満ちているのに、どうしてまだストレンジ氏を犯人だと言うの？　用意された手がかりに惑わされて、彼が犯人だとほんとうに信じているから？

「覚えているのは……ドアがノックされたことだけ。こんな悲しい運命があるなんて。ある人物が――幼いころは仲がよかった人物、とてもよく知っている人物……それから、霊の世界には存在しない言葉。ああ！　薄暗いなかで何かが光る！　なんということ！　首から宝石がむしり取られる！」

「そしてそのあと……そのあとで、彼女は光のほうへ呼ばれたと？」はやる気持ちを抑えきれないようにサンドウィッチ医師が訊いた。「殺人犯はどうやって逃げたんですか？」

「抜け目のないトリックを使って」バリオストラは悲しげに言った。「耐えられない

──わたしには見えない──目がくらんで。殺人犯は逃げた。日常の光景に紛れている……。ああ、なんて邪悪な。卑劣な犯罪！　うわあ！」

食堂車のなかを、この世のものとは思えない気味の悪い悲鳴が貫いた。みんなの耳はその悲鳴でいっぱいになり──誰もがそれぞれに叫び、壁にぶつかっては、ここはなんて狭いのかと怯え、閉所恐怖症を発症したみたいになっていた。誰もがおそろしさのあまり、手を引っこめる。伯爵夫人も叫んだ。ドーント氏は思わずといったようすで立ち上がり、ストレンジ氏は椅子の背もたれにもたれかかった。幽霊の本に出てくる、恐怖にうち震える人みたいだ。サラはずっときいきい大声を上げている。ここにきてようやく、やましさを感じているの？

「たいした見ものだ」イル・ミステリオーソが言った。プロとしての好奇心で、彼の目はぎらぎらと輝いている。「彼女のかつての才能は健在だな」

マダム・メリンダは唸りながら顔を上げた。「どうでした？」弱った子猫のような声でそう訊いた。「何かありました？　わたし、お役に立てたかしら？」

伯爵夫人が首飾りのことで何か言うのではないかと思って、あたしは待った。アレクサンダーもおなじように思っているみたいで、心配そうに伯爵夫人のほうを見ている。でも、彼女はこう言っただけだった。「もう、じゅうぶんですわ。これ以上、つきあわされるのはお断りよ。早くベオグラードに連れていってほしいものだわ、いますぐにでも」

あたしの胃は沈んだ。伯爵夫人がいまになっても何も言わないのは、首飾りを持ち去ったことをうしろめたく思いはじめたから？　それとも、それを奪ったときの出来事が、マダム・メリンダのせいで蘇ったから？　あたしはこれまで、事件の容疑者の誰かにとくに関心を持ったことはなかった。でも、アレクサンダーといっしょに捜査をしているうちに思いだした。いつものことだけど、人というのはややこしいものだ、と。たとえ重要な立場にいる人でも、あたしの好きな人でも。

「伯爵夫人、怖がる必要はありませんよ」サンドウィッチ医師は気取って言った。「列車を進めても安全だという知らせを受け取れば、すぐにベオグラードに向かいます。この不愉快な事件をすっかり解決したあとでね。ドーント夫人の死に関してわたしが抱いていた疑念は、いま裏付けられました。そう、殺人犯は紛れもなくストレンジ氏です」

第６部

探偵倶楽部、
事件を解決する

1

ストレンジ氏は椅子に崩れ落ちた。ほっそりした顔はこれまでになくやつれて見え、恐怖のせいか弱々しく不快そうな表情を浮かべている。手を上げ、そこを庇《かば》おうとするみたいに首に持っていった。

「わたしじゃない。信じてくれ、わたしじゃない」

「もう否定しなくてもいいですよ」サンドウィッチ医師は胸を張り、勝ち誇ったように言った。「何もかもわかっていますから。あなたの本はずっと、売れ行きがよくないんですよね？　だからお金が必要だった。どんどん減っていく印税の残りをはたき、お姉さんのドーント夫人を追ってこの列車に乗ると、助けてほしいと懇願したのでしょう。しかもほとんどの乗客が、あなたがこれみよがしにナイフを持って通路を行ったり来たりしているのを見ているんです」

「あれはペーパーナイフだ！」

「あなたがそう言い張るナイフは昨晩、夕食の前に盗まれたんですよね。何とも都合のいい話だ、まったく。そんなことで言い逃れられると、本気で思っていたんですか？　とにかく、殺人は起こりました。あなたは夕食の席を離れ、お姉さんの客室に向かった。これで白い胸当てを覆うと」そこで、ずいぶんと下手くそなマジシャンみたいに、ポケットから血の付いたハンカチを引っぱり出した。ストレンジ氏の客室の旅行鞄から見つかったものだ。「ナイフを取り出し、彼女に襲いかかった。気の毒に、お姉さんは絶命するまでに悲鳴をひとつ上げることしかできませんでした。そして彼女の首から首飾りを外して客室から走り出ると、巧妙なトリックでコネクティング・ドアに鍵をかけた」

「どんなトリックだ？」ストレンジ氏はぴしゃりと言った。かすかにからかうような口調だ。「わたしはマジシャンではない。この列車に乗っている誰かとちがってね！」

「あとで解明する時間はたっぷりあります」サンドウィッチ医師は言った。あまりにもいいかげんな推理に、あたしは歯を食いしばって耐えた。「犯罪小説家でしたら、何でもうまいことでっちあげられるでしょう。そこはきっちりとあきらかにしますから、ご心配なく。とにかくさっきから言っているように、あなたは自分の客室に急いでもどり、それから通路にいた乗客たちに紛れた、というわけです」

話を聞いていると、殺人がどのように行われたかというサンドウィッチ医師の説明は、じっさいには無理があるとあらためて思った。それだけのことをやるには、誰が犯人でも、とにかくじゅうぶんな時間が必要なのだから！

「ところで、ハンカチについてはどう説明されます？　なんと言っても、あなたの旅行鞄のなかで見つかったんですよ。それに、かなり不快なメモです。例の、女性ののどを掻き切るという」

「あれは物語じゃないか！　わたしは小説家だ、芸術家だ。そんなこと、するわけない。想像上の話なんだ。女性ののどを掻き切ることについて書くことと、じっさいに掻き切ることのあいだには、とてつもなく大きなちがいがある。たとえば、じっさいに掻き切るほうが、ずっとはやく終わる」

冗談にしても間が悪い。「よくもそんなことを！」ドーント氏が大声を上げた。「この男をすぐに連れていってくれ。ジョージーの実の弟のくせに、よくもそんなことが言えるな！」

「とんでもなく不愉快な人ですこと！」マダム・メリンダが言った。「彼に正義の裁きを受けさせるお手伝いができたことだけが救いですわ」

「あんたがお手伝い？」ドーント氏は言った。「あんな子どもだましを……お手伝いだと？　あれは見世物だろう、しかもずいぶんとできの悪い。あの男が捕まったのは証拠があったからだ。わたしたちは二十世紀に生きてるんだぞ、十六世紀でなく」

「彼の罪については、霊の口を通して聞いたではありませんか。愛しいジョージー本人の口から！　何もわかっていないくせに、よくそんなことが言えますね！　霊のあり方こそが未来なんです。究明されるべき点はまだまだありますけど……。でもいつか、ともに手を取り合って共存するとわたしは信じています。お互い、知識をおなじように分けあって」

彼女が話しているあいだに、ストレンジ氏はふたりの乗務員に食堂車から連れ出された。弱々しいとはいえ、あいかわらず抵抗しながら。

「不思議なのは」イル・ミステリオーソが言った。「どうしてストレンジ氏には、コネクティング・ドアを閉めてから鍵をかける時間があったのかという点ですね。それに、どうして仕掛けをした痕跡を残さずにいられたのか？　わたしにだってそれができるとは言い切れないのに」それから彼は、サンドウィッチ医師が口を開かないうちに踵でくるりと回り、食堂車を出ていった。マントが翻って、赤い裏地がちらりと見えた。効果的な退出の仕方をよく心得ている。デイジーは彼の後ろ姿をうっとり見つめていた。こんど仕立て屋さんに連れていかれたら、奇妙に思われるくらいにマントに関心を示すかもしれない。

「彼の言うことはもっともだわ」ヴァイテリアス夫人が静けさに向かって言った。

「ストレンジ氏はどうやったのかしら？」

「ミステリ作家という人たちは……」その言葉を手で追い払うような仕草をしながら、サンドウィッチ医師が答える。「食わせ者なんですよ。何かしらうまい方法を思いつくんでしょう。ただ、彼には白状させますから。安心してください」

「それに犯行後、通路の端から端まで逃げる彼の姿を誰も見ていないし、足音も聞いていません。自分の客室からまた姿を現すまでは！」ヴァイテリアス夫人は話をつづける。「なんてこと。彼の犯行だったら、そうとう悪賢いのね。そんな人の近くにいたのかと思うと、こんなにおそろしいことはないわ。ああ！」

「ものすごい勢いで走ったんじゃないですかね」サンドウィッチ医師は言った。この議論に興味のないのがよくわかる。「靴を履かずに。どんな犯罪小説でも、そういうことをしていますよ」

まさにそのとき、サンドウィッチ医師はまちがっていると確信した。ストレンジ氏を犯人だと決めつけたことではなく、殺人がどう行われたかの話についてだ。彼が言ったことは……あり得ない。それはつまり、あたしたちは何もかもまちがって見ていることになる。でも、どうして？　うまく考えられない。疑いのない真実のように思えるけど、じつはこの交霊会とおなじで、でっちあげられたものにちがいない。

不意に、自分はとんでもなく重要なことを考えていたと思い至った。

「おとうさん」おちついて呼吸をし、はやる気持ちを気づかれないようにしながら言った。「あたしもデイジーも、もうベッドに行ってもいい？」

2

時間が足りない。あれでは殺人をやってのけるのに、とにかく時間が足りなすぎる。できたはずがないのに、みんなそれが真実だと信じていた。じっさい、そうでないといけなかったから。でも、もし……けっきょくそれが真実でなかったとしたら？

「どうしたの？」客室にもどるとすぐ、デイジーが訊いた。

「デイジー、ドーント夫人を殺したのが伯爵夫人でもサラでもなかったとしたら？あたしたち、事件をすっかりまちがって見ていたとしたら？　トリックが仕掛けられていたのが、鍵のかかったドアだけでなかったとしたら？　あらゆることに仕掛けられていたとしたら？」

そのとき、寝支度を手伝いにヘティが客室に現れた。あたしもデイジーも、とんでもなく驚いて口をつぐんだ。何でもない振りをしようとしながらぶるぶる震えていると、ヘティに訊かれた。「だいじょうぶですか、ヘイゼルお嬢さま？　寒いはずはないですよね！」

支度を終え、ヘティは客室の電気を消すと通路に出てドアを閉めた。そのとたん、寝台を下からとんとんと叩かれた。〝ま・つ・の〟

〝わ・か・っ・た〟あたしもとんとんと叩き返した。待つなんてもどかしくてすごくいやだったけど。ぐるぐる回る頭のなかをおちつけようと、目を閉じる。すぐにヘティが隣の客室にはいる音が聞こえた。すると何かががたがたと鳴り、その音が寝台まででのぼってきて、あたしは悲鳴を上げた。海からヘビが現れたみたいだったから。でも、それはデイジーだった。目はぎらぎらし、髪はくしゃくしゃだ。「ヘイゼル！早く話して」

「あたし――あたし、わかったの」

「とりあえずおりて、話してもだいじょうぶか見てみないと」デイジーはひそひそと言った。

あたしは慎重に寝台からおりた。それから足音を忍ばせてドア口まで行き、頭を外に出した。暖かい夜で、蒸し暑いくらいだ。通路には常夜灯が点《とも》されている。誰もいなかったけど、ジョセリンが車両の端の車掌席に着いていた。目を伏せ、いつもははつらつとしている顔を、皺が寄るくらいにしかめている。あたしとおなじように、彼もサンドウィッチ医師の説明に納得していないように見えるけど、半分、眠っているようにも見える。あたしは客室のドアを閉め――すこしだけ音を立ててしまった――また、寝台のはしごをのぼった。

デイジーはあたしの寝台に座り、脚をぶらぶらさせていた。背筋をぴんと伸ばし、手に持った懐中電灯を顎の下に当てている。光が扇の形になって彼女の顔や金色の髪を照らした。すこしだけぞっとしたけど、すごく魅力的だ。

「どうしたの？」さっき客室にもどって来たときとおなじように、デイジーは訊いた。

「早くして、ヘイゼル。待たされるのはきらい！」

あたしは大きく息を吸った。「時間の辻褄が合わない。あたしたちが証明したのはそのことなの。だからこそ、ちゃんと目を向けないと。殺人犯には、ドーント夫人の客室から無事に逃げ出せるだけの時間はなかった。みんなが考えているようなやり方では、殺してから逃げるなんて誰にもできたはずがないの」

「だから？」デイジーが訊いた。

「だから、彼女はまったくべつのやり方で殺されたにちがいない。ちがう時間にね。それが真実だとすれば、悲鳴も、死体が見つかった状況も、何もかもがでっちあげられたということになる。すべてがトリックだったの、鍵のかかった部屋だけでなく！」

「へえ！」その返事で、デイジーはとっくに気づいていたことがわかる。「それなら、あの悲鳴は――」

「ドーント夫人が殺されるときの悲鳴のはずがない！　いまとなっては、それを証明することはできないけど。とにかく、あたしたちは悲鳴を聞いた。それから通路に集まって、客室で死んでいるドーント夫人を発見した。だからみんな、彼女は悲鳴を上げて死んだと思った。でも、それが逆だったとしたら？　たしかにそんなこと、あり得ないように思える。だって、死んだ女の人は悲鳴を上げたりしないから――」

「ただし、ワトソン」デイジーは言い、罠にかかったネズミを見る猫みたいににやりと笑った。「マダム・メリンダなら悲鳴を上げる」

デイジーを抱きしめたかった。「そう！　交霊会の最後に聞いた、あの悲しそうで気味の悪い悲鳴は、きのうの夕食のあとに聞いた悲鳴とそっくりだった。それがどういうことか、わかっている人はいない。みんな、霊と交信しているとしか思っていなかったから。でも言うまでもなく交霊会を仕切っていたのはマダム・メリンダで、悲鳴が聞こえたらそれは彼女が上げた悲鳴なの」

「やだ、ヘイゼル。あなたの口から幽霊の存在を疑っているみたいな言葉が出るなんて、考えたこともなかった！　でも、あなたは正しいわ。まったく正しい！　マダム・メリンダがきのうの夜、自分の客室からドーント夫人の客室に向かって声を上げなかったなんて言えないわよね？　何しろ、ふたりの客室は隣り合っているんだもの。ヴァイテリアス夫人の証言から、ちょうど悲鳴が聞こえときに自分の客室にいたことはわかってる。それにイル・ミステリオーソは、彼女はむかし、どこかの劇場に出演していたと言っていなかった？　そう聞いてわたしたちは、歌ったりお芝居をしたりしていたと思った。でも彼が言いたかったのが、腹話術のことだったら？」

そのときとつぜん、この推理の欠点が見えた。「でも、デイジー。どうしてそんなことをするの？　マダム・メリンダはドーント夫人のことが好きだった。それなのにどうして殺そうと思ったの？　それに、どのみち彼女はずっと食堂車にいたのよ。出て行ったときはヴァイテリアス夫人といっしょだったし、そのあとは悲鳴が聞こえるまで自分の客室にいた。だから、じっさいに殺せる機会はまったくなかった。マダム・メリンダがドーント夫人を殺せたはずがない！」

「いいえ、ヘイゼル。もっと広い視野で見ないとだめ。彼女にドーント夫人を殺せたはずはない。でも、じっさいに手を下す人物の手助けはしていたのよ。もちろん、そうするだけの理由があるから。つまり、ドーント夫人の遺言書ね。五千ポンドよ、ヘイゼル！　それだけもらえるなら、どんな人だって考えを変えるわ。あ、ちがう。その〝どんな人〟って、あなたとちがってちゃんとしていない人たちのことね」

「でも、誰の手助けをしているの？」あたしは息を呑んで訊いた。

「ドーント氏に決まってるじゃない。ほかに誰かいる？」

3

とつぜん、周りの何もかもが揺さぶられた。客室がごろごろ、がたがたと揺れはじめ、洗面台の横に置いた水差しやコップがぶつかり合ってがちゃがちゃと音を立てた。何度も何度も、ずっと。列車が動きはじめた！

あたしは怖くなってデイジーをじっと見つめた。列車が動きはじめたら、ベオグラードで停車するまではせいぜい数時間。またもや時間との競争だ。できるだけ早く謎を解かないといけない。デイジーが言ったことは正しいの？

「ま、待って」あたしはつっかえながら言った。「まさか、彼のはずがないじゃない。ドーント氏はマダム・メリンダのことが大嫌いで、自分の妻をすごく愛していたのに！　それに、彼もずっと食堂車にいた。あの悲鳴が——」

そこまで言って、あたしは口を閉じた。そういえば、ドーント氏は食堂車を離れた。そうよね？　たしかに、悲鳴が聞こえた時点では自分の席に座っていた。でも、そのすこし前にマダム・メリンダと言い争いになって、そのせいでドーント夫人が自分の客室に引っこむと、彼女のようすを見に行かなかった？　数分してから頭を振りながらもどって来て、何かほしいものはないか訊いてくるよう、サラに言いつけていた。妻の客室にはいろうとしたけど追い返されてしまった、とでもいうみたいに。でも、それがほんとうにあったことだと、あたしたちにわかる？　ドーント氏に言われたとおり、サラはそのあとドーント夫人のようすを見に行き――それは、みんなが知っている――彼女の客室のドアをノックしたけど返事がなかったと言った。ドーント夫人が返事をしなかったのは機嫌を悪くしていたからではなく、もう死んでいたからじゃないの？

しかもストレンジ氏も、ドーント夫人の客室のドアをノックしたけど何も物音がしなかったと言っていなかった？　あたしたちはその理由を、彼女が弟である彼に腹を立てているからだと思った。あるいはもっと悪いことに、ストレンジ氏は嘘をついていて、じっさいは客室にはいってお姉さんを殺したと思った。でも、彼もほんとうのことを話していたとしたら？　ドーント夫人が二回とも返事をしなかったのはたまたまではなく、できなかったからだとしたら？　もし……もし……もし……？

あたしの頭のなかは、急に〝もし〟でいっぱいになった。いろんな疑問がそこでじゆうじゅうと焼けているみたいで、怖くて楽しくて、顔が熱くなってきた。

「でも、マダム・メリンダとドーント氏はお互いに嫌い合ってた」あたしは小さな声でもういちど言った。

デイジーが憐れむような目であたしを見た。今回もやっぱり、大団円に向けての主導権を握っているのは彼女だ。

「お互いを嫌い合うというのは、犯罪でいつも見られるパターンよ。わたしの読んでいるどの本にも、そう書いてある。人前で言い争いをすればするほど、そのふたりは密かに何かを計画している可能性が高くなるの。もちろん、そうでない場合もある。でも今回は、それには当てはまらないわね」

「なら、ふたりがそういうことをしていたとして……」

「していたの。そう言える根拠もある。ひとつ目。おかあさまから大金を相続したから、ドーント夫人は裕福だった。彼女の遺言書には、そのほとんどが夫のドーント氏に遺されると書いてあった。彼自身も裕福なように見せていたけど、じつは妻のお金のおかげだとみんな知っている。結婚したことで救われたのよ。首飾りだって、ドーント夫人のお金で買ったに決まってる。たしかに人前では、妻をすごく大事にしているように振る舞ってた。でも、誰にも聞かれていないと思っているところでは、言い争いもしてたじゃない。でしょう？　ドーント夫人はすごく甘やかされて育ったから、愚かなのよ。ドーント氏は彼女にうんざりしていた。まちがいなくね。だから彼女はいつも機嫌が悪かったんだわ。だってふたりきりでいると、夫は自分にひどい態度をとるんだから。ドーント氏がサラにキスするところを見たとき、わたしたちはこれがサラのドーント夫人を殺す動機だと思った。でもじつは、彼のほうの動機だったのよ。サラに恋をしたという理由で離婚したら、ドーント夫人のお金はすべて失うことになる。だったら妻を殺そうと思うものでしょう？　そうすればお金は手元に残るし、サラも自分のものにできる。

ドーント氏とマダム・メリンダは手を組み、今回の事件のぜんぶを計画したにちがいないわ。彼女の腹話術の技を利用して、一見、不可能とも思える殺害現場をつくりあげるという計画をね。だから何もかも、お芝居を観ているみたいだったのよ、ヘイゼル！　わたしたち、最初はそう思ってたでしょう？　それがどういう意味か、わからなかっただけで。

だけど蓋をあけてみれば、とにかく単純なことだったというわけ。ふたりはこの列車に乗るまえに計画を立てていたはず。でもうまく実行するには、ジョセリンがカレー＝アテネ間車両に行くときを待たなくてはならなかった。チャンスはあの夕食のときにやって来て、それが合図だったのね。ふたりは言い争いをはじめた。ドーント夫人は機嫌を悪くして、客室にもどるだろうとわかったうえでね。それからドーント氏はあとを追い、そのときに殺したんだわ。客室にはいってドアに鍵をかけ、返り血でシャツが汚れないよう、わたしたちが見つけた赤いスカーフで白い胸当てを覆った。そのスカーフがマダム・メリンダのものだという可能性はありそうね。もしかしたら貸してあげたのかも。そして声を上げられないよう、夫人の口をふさいで殺した。それから首飾りを外し、スカーフで拭ったナイフを彼女のそばに置き、コネクティング・ドアを通って自分の客室に行った。そのあとで食堂車にもどってきたのよ、何事もなかったような顔をして」

「でも、ドアの反対側からどうやって鍵をかけたの？」あたしは訊いた。「糸とか靴紐とかを使ったということ？　マックスウェルの客室であたしたちが試したときみたいに」

「鍵なんてかけていなかったのよ。そしてそれが、ドーント氏とマダム・メリンダが共犯にちがいないというほんとうの証拠なの。わたしたち、いろんなことを複雑に考えすぎていたんだわ。不可能なことを可能にしようとしていたの。でも、真実はずっと単純だった。むかしからよくある、論理的パズルよ。鍵のかかった部屋から犯人はどうやって逃げ出せるか？　考えられる答えは三つだけ。部屋には被害者以外、誰もいなかった。今回の事件では、これはあり得ないけど。だって、ドーント夫人が自殺していないことははっきりしているもの。だから彼女が死んだとき、誰かが客室にいたはず。ふたつ目。みんながやって来るまで、犯人は鍵のかかった部屋に隠れていた。これも、今回はあり得ない。ドーント氏が客室に押し入ったときに誰もいなかったことは、みんなが目撃しているから。どこかに隠れられるほど客室は広くないわ。だからふたつの可能性が消えると、答えはひとつしか残らない。客室にはじつは、鍵がかかっていなかった。ドーント氏がドアを破るところを見ていたから、みんな、かかっていると思わされたのよ。でも、よく思いだして。彼は自分の客室に駆けこんでから、コネクティング・ドアに鍵がかかっていると言ってもどってきたのよ。それでみんな、信じてしまったんだわ」

「でも、コネクティング・ドアの鍵はかかっていた！」あのときのことを思いだしながら、あたしは言った。「マダム・メリンダがその鍵をあけるときの音を聞いた——あっ」

「そう！　差し錠をがちゃがちゃ動かしていただけなのよ。そうやって鍵をあけたと思わせるために。でも、彼女にあけられたはずがない。だって実行犯のドーント氏は妻を殺したあと、そのドアを通って彼女の客室を出たはずだから。糸だか紐だかを使って細工をする必要はなかった。あとで共犯者が、鍵がかけられていたように見せてくれるとわかっていたから。殺人犯の手伝いなんかしていなければ、誰だって鍵はかかっていなかったと証言するはず。だから、マダム・メリンダがその点に触れなかったということこそ、彼女がこの犯罪に関わっている証拠なの。おまけにそのあと、ドーント氏とマダム・メリンダはお互いに相手が殺したと罵り合っていた。その時点ではふたりに犯行は無理だと思われていたから、どちらも潔白に見えたのよ。それも計画の一部だったにちがいないわ。

そのあと、どちらかがストレンジ氏の客室に忍びこんで、首飾りとハンカチを隠したのね。乗務員が見つけないうちに、伯爵夫人が彼の客室を探って首飾りを持ち去るなんてことは思いもしないで！　まったく、とんでもない不運に見舞われたものね」

そのときあたしは急にあることを思いだし、肌が粟立った。「デイジー、マダム・メリンダがコネクティング・ドアの鍵をあけたとき、スカーフを手に持ってたじゃない。あれってもしかして……」

「……ドーント氏が使ったものでしょうね。わたしたちが車両の連結部分に挟まっているのを見つけた、あのスカーフ。ふたりはそれを捨てようとしたはずよ。血痕以外の何かが付いているかもしれないし、そのせいで警察の目が自分たちに向けられないように。ストレンジ氏に濡れ衣を着せるためにあらかじめハンカチを用意しておいたのなら、それにはドーント夫人の血だけを付けることも忘れなかったのね。

でも……ドーント夫人を殺したあと、彼はどうしてスカーフを持っていかなかったのかしら？」デイジーは顔をしかめた。

「それもまた、ミスをしたということかな？」あたしは訊いた。「ドーント氏は客室を出ようと慌てるあまりスカーフを落とし、それに気づいたマダム・メリンダが急いで隠さないといけなかったとしたら？　だから彼女はスカーフを拾い、できるだけすばやく自分の客室の窓から捨てた。でも、ちゃんと遠くまで放らなかったから列車にひっかかったとか」

「そうよ！　彼女はそのスカーフを、ハンカチや首飾りといっしょにストレンジ氏の部屋に仕込むことができなかった。だって、女性用だから。ということは、彼女自身のものだという可能性が高そうじゃない？　ストレンジ氏のものだと言っても、信じてもらえそうにないと思ったのね。うう。よくやった、ワトソン！　そういう細かいところが大事なんだよ」

心臓がばくばくしていた。あたしたちが話し合っていることは……何もかも途方もないことばかり。でも、殺人事件が起きてからはじめて、自分たちの言っていることが真実だと思えた。ようやく、正しい方向に進んでいるような気がする。頭のなかの論理的なあたしも賛成しているみたい。これまではまとまらなかったひとつひとつの細かいことが、ふさわしい場所にきっちりと収まった。デイジーの目とあたしの目が合う。お互いに気持ちが高ぶっていた。

そのとき、客室のドアが勢いよくあいた。ぼんやりした灯りのなかに、黒くて大きな人影が見える。あたしもデイジーも息を呑んだ。心臓の鼓動が速くなる。あたしたち、罠にかかった！　どこにも逃げられない。これはドーント氏でしょう？

そう、ドーント氏ならよかったのに——。こちらに一歩を踏み出した人影は、彼ではなく父だった。見たこともないくらい、おそろしい顔をしている。

「ウォン・ファン・イン！」大きな声だ。「何をしている？」

「ウォン・ファン・インって誰？」デイジーが声をひそめて訊いた。「あなたのパパ、誰に怒鳴ってるの？」

「あたしよ」情けない思いで答えた。「あたしに怒鳴ってるの」

4

状況がまずいとき、父はあたしをもうひとつの名前で呼ぶ。客室にどすどすとはいって来る父の後ろには、ジョセリンがくっついている。ずいぶんとばつが悪そうだ。あたしとデイジーは寝台からおり、びくびくしながらふたりの前に立った。

「ウォン・ファン・イン」怖いくらいに父の声はおちついている。「ブーリ車掌に頼んでおいたんだよ。おまえの客室で何か怪しげなことがあったら、教えてほしいと。そうするのも身の安全を考えてのことなのに、すこし前に車掌がわたしの客室にやって来て、おまえたちが外のようすを窺っていたと言うじゃないか。それでこうして無事かどうかを確かめに来たら、何だね……乗客のふたりのことで、まったく根も葉もないばかげたことを言い立てている！　ヘイゼル、そんなことは礼儀にかなってもいないし、レディのすることではない！　それにわたしは、この休暇のあいだはおとなしくしているようにと言ったはずだ。ちがうか？」

「そのとおりです、おとうさん」ヒキガエルくらいの大きさの塊がのどにひっかかっているみたいで、あたしはどうにか声を絞り出して答えた。

「あら、ミスター・ウォン！」デイジーが言った。「わたしたち、おしゃべりしていただけです。たわいもないお話をつくって——」

「黙りなさい」父はぴしゃりと言った。「ヘイゼル、何をしていたんだね？」

頭がくらくらする。これ以上、しらを切るのはよくない。あたしたちがほんとうは何をしていたかを話して、父の言いつけを守っていなかったのはそうせざるを得なかったからだと伝えないと。ちゃんと言わなければ、ストレンジ氏は殺人の罪で逮捕されて有罪にされてしまう。

イースターの休暇のときとおなじだ——あれは悪い夢を見ているみたいだったけど。ひとりの命を救うために、あたしたちは信じてもらわなければならない。でも、突き止めたことをどうやって証明すればいい？　どうすれば父に信じてもらえる？　それほど長いあいだ優雅に振る舞えるとは、自分でも思わない。いつになく慎重に、そして上手に話さないといけない。

「あたしたちは捜査をしていました」あたしは小さな声で話しはじめた。「ごめんなさい。捜査していたんです。でも……おとうさん、そうしないといけなかったの。おかげで、ほんとうは誰がドーント夫人を殺したのかがわかったんだから。ストレンジ氏じゃない、ドーント氏とマダム・メリンダよ。それを誰かに知らせないといけないの。そうしないと、犯してもいない殺人の罪でストレンジ氏は逮捕されてしまうから。おとうさんはいつも言ってるでしょう……。正義は重要だと、あたしに言うじゃない。ストレンジ氏が殺人の罪で訴えられたら、それは正義じゃないわ。真実をあきらかにすることがまちがっているなんて、そんなはずがない。それで人の命が救われるなら、まちがっていない。だから、おとうさんからやめるように言われたあとも、あたしたちは捜査をつづけたの」

「説明しなさい」父は言った。「三日まえには会ったこともなかったふたりを、人類にとって最悪の犯罪で告発しようなどと、どうしてそう考えるのか。ちゃんと説明しなさい」

「だって、サンドウィッチ医師はまちがったことをしてるんだもの」あたしは言った。

「それに――」

「あのふたりが殺したからです！」デイジーが大声で言った。

あたしは彼女を肘でつついた。口を閉じていて《キープ・マム》とわからせるくらいの強さで。こんな調子で話しつづけられたら、何もかもめちゃくちゃになってしまうから。

「確信が持てるまでは告発するつもりはなかった」あたしは言った。「でも、いまは確信してる。あたしたち、そのことについて話していたの。ほかの容疑者では辻褄が合わないから。ほかの容疑者があの短いあいだに殺すことはできない。ドーント夫人が殺されたのは悲鳴が聞こえたときだと考えるかぎり、とにかく時間がないから」

「サンドウィッチ医師は、ナイフや血の付いたハンカチ、それにお金に困っていることを根拠にして、ストレンジ氏の犯行だと主張しているんだよ、ヘイゼル」父は悲しそうに言った。「この件におまえの出る幕はない。とにかく、ドーント氏の犯行のはずがないじゃないか。彼が食堂車にいたのをみんなが見ている」

「でも、あたしたちが聞いた悲鳴は偽物なの！」あたしはそう言い、手をぎゅっと握った。「マダム・メリンダが叫んだの！　ドーント夫人の声を真似て。交霊会のときみたいに。そうすればドーント夫人がいつ殺されたかを、みんなに印象づけることができるから。でも、じっさいに殺されたのはもっと前で――ドーント氏が彼女のあとを追って、食堂車を離れたときなの。彼は声を出せないようにしてから夫人を殺し、それから客室のドアの鍵をかけ、コネクティング・ドアを通って自分の客室に行き、そこから通路に出た。誰にも見られずに現場を離れられたのは、そういうことだったの。さっきおとうさんが挙げた証拠には、何の意味もないわ。ドーント氏とマダム・

メリンダが仕込んだものだから。きょうの昼間、散歩をしに列車を降りたとき、デイジーとあたしは車両の連結部分に引っかかっているスカーフを見つけたの。それこそが本物の証拠なの。ドーント氏が返り血を防ぎ、ナイフを拭ったスカーフよ」

父は黙りこみ、しばらくしてからようやく口を開いた。

「ヘイゼル。おまえの言うことは何もかも、できの悪い小説のようじゃないか。わたしは気に入らないね。こんなくだらないことにわたしの小さな娘が関わっているなんて、ほんとうに気に入らない」

「もう、小さくない！」あたしは大声で言った。「もうすぐ十四歳になるし、何が真実で何がそうでないか、ちゃんとわかるの」

父は唇をぎゅっと結んだ。あたしは息を止めた。これまで、父にこんな口を利いたことはなかった。いちども。何を言われるだろう？　ぶたれても仕方ないことはわかっている。

「電報を送って」あたしはお願いした。「ベオグラードに着いたら。マダム・メリンダが劇場でどんな芸をしていたか確かめたいの。ほんとうに腹話術師だったかどうか。それと、ドーント夫人の遺言書を見てくれる？　あたしたちはもう見たわ。だからドーント氏もマダム・メリンダも、ドーント夫人を殺す動機があることがわかったの

──お金のためよ」こう話しながら、なんて説得力がないんだろうと実感していた。ドーント夫人はストレンジ氏にもいくらか遺していて、それは彼の犯行を証明する、さらなる証拠に思えるのだから。

「あの悲鳴」こうなったらもう、やぶれかぶれだ。「お願い、悲鳴のことを思いだして。交霊会のときに聞いたでしょう、ドーント夫人が亡くなったときの。偶然にしてはできすぎじゃない？　きのうの夜に聞こえてきた悲鳴とそっくりだったでしょう？　交霊会のときの悲鳴がマダム・メリンダのものだったら、殺人があったときの悲鳴だってそうだとは考えられない？　彼女とドーント氏は共犯なの。あたしたちは知ってるの。それを証明して。お願い！」

あたしにしてはよくしゃべった。そんな自分に驚いている。あたし、すごくデイジーっぽいことをしたんだわ。

「サンドウィッチ医師と相談しないといけませんね」ジョセリンが険しい顔で言った。

「待ってください、ブーリ車掌」父が答える。「果たしてそれは賢明なことでしょうか？　彼は自分の出した結論にしがみついているように思えますが」

あたしは戦いに負けたみたいにずっと自分の手を見下ろしていたけど、ここでぱっと顔を上げて父を見つめた。横にいるデイジーはあたしの腕をつかんでいる。その力があまりにも強くて、あたしは思わず歯を食いしばった。おとうさんは本気で言っているの……？

「いま聞いた話を確かめる方法はないでしょうか？　もちろん細心の注意を払い、ほかのみなさんに知られないようにして。娘とミス・ウェルズがまちがっていたら、とうぜんですが、あなたと国際寝台車会社にはこれ以上ないほど謙虚に、書面で謝罪させます。それに、わたしからもかなりきつめのお仕置きをすると言っておきましょう。しかし、わたしはヘイゼルのことはよくわかっています。ひじょうに誠実な娘です。たしかな根拠もなしに、誰かを告発するようなことはしない」

あたしは息を呑んだ。これは何かの試験だ——降参してめそめそと泣き、嘘をついていましたと認める？　でももちろん、そんなことはできない。だって、あたしは嘘なんかついていないから。薄暗い客室のなかで、あたしは父と見つめ合った。その顔は、なんだか新しくなったみたいだった。よく見慣れた顔だけど、たぶんあたしの父を見る目が変わったから。父もあたしのことを、おなじように見ているだろうか。

「これはちょっとした思いつきなんですが」父が言った。「マダム・メリンダの身柄を拘束する振りをしてもらえませんか？　この子たちが見つけたというスカーフに、偽物の悲鳴——それだけで証拠はじゅうぶんでしょう？　ドーント氏の拘束は考えていません。彼にはたしかなアリバイがあるようですからね。それに、ひじょうに影響力のある人物だ。無実だった場合、この先の二十年ずっと、あなたが何やかやと責められるかもしれない。しかしマダム・メリンダは——彼女に賭けるほうが、あらゆる点で安全でしょう。それに、自分は殺人の罪に問われていると彼女が考えたら、何か話すかもしれません。やってみないことにはわかりませんよね?」

ジョセリンはまた、険しい顔をした。こんな非合法なことをするように言われて、あきらかに不安に思っている。でもそれと同時に、サンドウィッチ医師の非科学的な推理を気に病んでいることもわかる。彼は片手でおでこを擦り、気持ちを決めたようだ。

「そのようにご希望でしたら、サー……」そう言った。

「それがわたしの希望だ」まばたきもしないであたしのことを見ながら父は答えた。

「マダム・メリンダを拘束してください」

5

みんな眠りについてしんとしている通路に、ジョセリンがマダム・メリンダの客室のドアをノックする音が雷のように大きく響く。デイジーとあたしは自分たちの客室のドア口で待った。隣には父がいる。カーブを曲がるときに列車が揺れ、肩に置かれた父の手がからだを支えてくれた。父はあたしに腹を立てているのかどうか、やっぱりわからない。こんなことをするのはあたしに恥ずかしい思いをさせ、けっきょくはまだ子どもだということをわからせたいから？

顔を上げて父を見ると、父もあたしを見下ろしていた。心配そうな皺が額《ひたい》に寄っている。父はいまでもあたしより背が高く、そんな父の横にいるこの一瞬、自分はほんとうに小さくて幼くて、どうしようもないくらい愚かだと強く感じた。そのときジョセリンがもういちどノックをして、マダム・メリンダがドアをあけた。

デイジーに手をぎゅっと握られ、あたしは大きく息を吸いこんだ。父にどう思われようと状況は動いている。それをきちんと観察するのが、あたしたちの務めだ。

マダム・メリンダは顔だけを通路に覗かせていた。濃いお化粧を落としたその顔はあまりにも無防備で卵みたいにのっぺりとして、ものすごくぼんやりしている。かろうじて本人だとわかるくらいだ。

「何事かしら？　言っておきますけど、夢の王国の霊と交信していたところだったんですよ。とても重要なメッセージを聞き取っていたのに、いまは途絶えてしまったわ」

「マダム」ジョセリンが口を開く。「おじゃまして申し訳ありません。ただ、とても重要なことをお訊きしたくて。このスカーフに見覚えはありませんか？」

ジョセリンが片手を上げると、赤い染みの付いたスカーフが指先からぶら下がった。この直前に、マダム・メリンダの目の前でデイジーがジョセリンに渡していたのだ。

マダム・メリンダの顔が引きつる。「いいえ、ぜんぜん」あきらかに嘘だ。ぜったいに、まちがいなく。

「ほんとうに？　マダムのもののように思われるのですが」あいかわらず申し訳なさそうにジョセリンは言った。

「ほんとうに、ちがいます」マダム・メリンダは背筋を精一杯伸ばし、胸をぐいと突き出すようにした。「わたしは黒しか身に着けませんから。さあ、もうお引き取りください」

「マダム」ジョセリンが呼びかける。あたしは心配になった。どうしていいかわからず、困り切っているみたいだったから。「あともうひとつだけ、お訊きしたいことがありまして……。ほんとうに、すみません。あちこちの大衆劇場に出演していらっしゃったというのは事実ですか？」

マダム・メリンダは息を呑んだ。その音はあまりにも大きく、あたしたちにもはっきりと聞こえた。「何なの、いったい？」彼女は叫ぶように言った。「わたしが舞台の上で見世物を演じていたと言いたいの？　わたしは霊の世界の専門家です。霊感があるんです。見世物を演じるなんて、けっして――」

「でも、交霊会で……あなたにすばらしい才能があるのはあきらかですよ、マダム。あの悲鳴は、真のプロの腹話術師の技でした」

「やるじゃない！」デイジーがひそひそと言った。感心しているみたい。あたしもまったくおなじ気持ちだった。ジョセリンの言い方だと、自分にはそのすばらしさがよくわかるというように聞こえ、ほんの一瞬、マダム・メリンダの警戒心が緩んだ。でも、その一瞬がすべてのはじまりだった。

「わたしの才能に並ぶものはありませんわ」彼女は満足げに言ったけど、しまったとでも思ったみたいに口をつぐんだ。

「そうなると、話はずいぶんと変わってきます」ジョセリンは言った。声の調子がすっかり変わっている。「認めてくださると思っていました。このスカーフと――わたしは、これがあなたのものだと信じていますが――声帯を使った才能がそろえば、ジョージアナ・ドーント殺害の容疑であなたを逮捕するだけのじゅうぶんな証拠になるはずです」

「何をばかなことを！」マダム・メリンダは大声を上げた。「殺人があったとき、わたしは客室にいました！　わたしは――」

「ですが、マダム。みなさんが聞いた悲鳴があなたの腹話術にすぎなかったら、殺人のあった正確な時刻などわからないですよね？　きのうの夜、何時にしろあなたはドーント夫人の客室に行って彼女を殺した、ちがいますか？」

「ちがいます！」マダム・メリンダは言った。迫力のある声が通路に反響する。「ちがいます！　愛しいジョージアナを殺してなどいません。わたしがそんなことをしたなんて、よくも言えるわね！　わたしは潔白《イノセント》よ、清らかな人間《イノセント》なの。霊の世界と交信できるんだから。その隣にあるのに、忙しない現世は劣った無教養な世界だわね。恥を知りなさい！」

通路に並ぶドアが次つぎにあいて、あちこちから顔が現れはじめた。伯爵夫人は染みひとつない、緑がかった玉虫色のナイトガウン姿で客室から飛び出した。就寝用の手袋をはめた手に、ラッカー塗装された杖を握っている。ヴァイテリアス夫人はレースの施された赤いシルクの見事な化粧着《ペニョワール》を纏い、目をぱちぱちさせて眠そうな振りをして出てきた。イル・ミステリオーソはマントを羽織って、アレクサンダーは興味津々だけど、どちらかといえば眠くてぼんやりとしたようすで現れた。そして、ドーント氏も。気づくとあたしは息を止めていた。

「あなたはドーント夫人の死によって利益を得た」ジョセリンは言った。自分の役割を熱っぽく演じている。「それに悲鳴を上げることで、彼女が殺された正確な時刻をわからなくさせた。おそらくもうひとつ、大衆劇場仕込みの技を使って、鍵のかかった客室のトリックも見事にやってみせたのでしょう。マダム、殺人を犯していないと証明できなければ――」

「わたしはジョージアナを殺していない！」マダム・メリンダは金切り声で言った。すっかり取り乱し、芝居がかったように両手を掲げる。「わたしは潔白です。わたしはジョージアナを殺していない。殺したのはあの男よ！」

ぶるぶる震える彼女の指が、ドーント氏に向けられた。

6

よろこんでもよかった。ぴょんぴょん跳びはね、デイジーをぎゅっと抱きしめたかった。でもそうする代わりに、あたしはじっとしていた。そして、ひたすら観察した。ドーント氏は牛みたいな頭をぐるりと回してマダム・メリンダを見た。顔が濃い赤色になっている。たしか、〝暗赤色〟という色だ。あたしは浮かれて、そんなことを考えていた。ドーント氏は激怒して、顔が暗赤色になっている。

「おまえ……」彼は声を絞り出すように言った。「おまえというやつは――」

マダム・メリンダはあきらかに限界に達していた。「あなたじゃない！」ドーント氏に向かってきいきい叫ぶ。「わたしは知ってるもの。証明できるわ。わたしはぜったい、ジョージアナを殺していない。わたしの手は汚れていない。殺したのはあなたよ。あなたは自分の妻を殺したの！」

「おまえが殺せと言ったからだ！」ドーント氏が怒鳴った。

サラが声を詰まらせて泣きはじめる。

「考えたのはおまえだろう！　わたしはその不愉快な計画に従っただけだ。証明もできる。わたしは騙《だま》されただけだと！」

「騙されたなんて、よく言うわね！」マダム・メリンダも大声で言い返す。「使用人と結婚したいからジョージアナを亡きものにしたいなんてあなたが思わなければ、わたしだってこんなこと持ちかけなかった。わたしは言われたとおりのことをしただけよ。あなたのために嘘をついた。あなたのミスの後始末をした。そう、ナイフを握っていたのはあなたよ。みんな聞いて、わたしじゃない、わたしは殺していない！」

通路は大騒ぎになった。サラは泣きわめきはじめ、「そんなの嘘よ」と叫んでいる。

「嘘に決まってる！」

ドーント氏はサラを無視し、マダム・メリンダに向かって怒鳴る。「いまいましい女だ！　ぜったいにうまくいくと言っていたくせに！」そしてじっさいに、拳を彼女に向かって振りまわした。ジョセリンはふたりのあいだを行ったり来たりするしかなく、笛を吹いてほかの乗務員を呼んだ。

乗務員の一団が通路をどたどたとやって来た。そろって眠そうで、状況が飲みこめないみたいだ。その後ろにサンドウィッチ医師が、戸惑ったようにつづく。ナイトガウンは半分、肩からずり落ちているし、髭はぼさぼさだ。

「いったい、どうしたんです?」彼は大声で訊いた。「まったく! 何を騒いでるんだか!」

「ドーント氏とマダム・メリンダがたったいま、あの愚かな女を殺したことを告白したの」伯爵夫人がサンドウィッチ医師に言った。声には満足感が表れていた。

「あり得ませんね。ブーリ車掌、いったい何事ですか?」

「デミドフスコイ伯爵夫人のおっしゃるとおりです」ジョセリンの声はずいぶん疲れている。「おふたりとも自白しました。みなさん、ストレンジ氏を解放し、車掌車にはこちらのおふたりにはいっていただきたいのですが、どうでしょう?」

「ブーリ車掌、こんなことは……。いったい、何がどうなっているんですか? どうしてあのふたりに犯行ができたというんです?」

新しい情報が理解できず、サンドウィッチ医師はあきらかに混乱している。すこしのあいだ、彼のことを気の毒に思った。あなたはすっかりまちがっていたのよ、恥ずかしいわね!

「何を言っているんだか。あのふたりは自白したのよ!」伯爵夫人が言った。そうとう楽しそうだ。「単純なことだったのね。ここにいるみんなはちゃんと聞いたわ。そうよね、アレクサンダー？」

「はい、おばあさま」アレクサンダーはそう答え、また壁にもたれかかった。それから壁伝いに、あたしとデイジーのほうにじりじりと迫って来た。声が届くくらい近づくと、彼はひそひそ声で言った。「ありがとう！　ほんとうに、ありがとう！」

あたしは彼ににっこりと笑いかけた。すごく喜んでいる自分がいた。アレクサンダーがもう伯爵夫人のことで気を揉まなくてもいいと思うと、あたしもすごくうれしい。デイジーは頷いただけで、すぐに横を向いた。

「あなたは……あれをもどすつもり？」あたしは小さな声で訊いた。

「もう、もどした」アレクサンダーも囁くように答えた。「ベオグラードに着いてドーント夫人の部屋を調べたら、みんな、びっくりするだろうな！」

ここでもまた、すっかり感心させられた。彼はずっとおそろしくてたまらなかったはず。それなのに、ずっと冷静だったのだから。

アレクサンダーはにやりと笑った。そうしないではいられないみたいに。

「きみには借りができたね。ところで、まえに渡したメモはもう見た？　あれ、とんでもなく笑えるから」そう言うともじもじしながら壁伝いにもどって行って、伯爵夫人の耳元で何かを囁いた。彼女は叫び声を上げ、それからアレクサンダーといっしょ通路に客室へと姿を消した。

ドーント氏は怒鳴り散らしながら、マダム・メリンダはきいきい叫びながら、通路を連れて行かれるところだった。ふたりは聞くに耐えない言葉で罵り合っている。ドーント氏は、列車が停まるまえにスカーフの始末をしておかなかったとマダム・メリンダを責めた。マダム・メリンダは、コネクティング・ドアをきちんと閉めておかなかったとミスター・ドーントに嚙みつくように叫んだ。だからあの鍵をあける振りをするとき、失敗するところだったじゃないの、と。

「ヘイゼル」父が言った。「ミス・ウェルズ。もう、じゅうぶんだろう。客室にもどりなさい、いいね。ベオグラード到着までにいくらか眠っておくんだ。そこに着いたら、そうだね、ご褒美に何でも欲しいものをあげよう」

「何でも?」デイジーが訊いた。それから肘でつついてきたから、あたしは自分が何を言うべきかわかった。

「何も欲しくありません。ただ……これからも、好きなことをやらせてくれる? あたしたち、自分の面倒はちゃんと見られるから」

「さあ、それはどうかな。ただ、ふたりともここでは立派に役割を果たしたことはたしかだ。これからは少々、手綱を緩めてもいいだろう。わたしの娘が賢いことはよくわかっていたが、じっさいどれほど賢いのかあらためて知ることになれば、こんなにうれしいことはないからね」

あたしとデイジーは客室にもどった。父の言葉が耳のなかで、鐘の音《ね》みたいに鳴り響いていた。

7

とうぜんだけど、あたしもデイジーも眠らなかった。あたしは何もかも事件簿に書き留め、デイジーはアレクサンダーから渡されたメモの抜けているところを埋めようと、あれこれ書きこんでいる。

「あのふたり、ストレンジ氏がこの列車に乗るのを知っていたと思う？」デイジーが訊いた。「それともストレンジ氏が乗ってくるまでは、イル・ミステリオーソに罪を着せるつもりだったとか……。考えてみれば、イル・ミステリオーソなら完璧な生贄《いけにえ》になったでしょうね。密室トリックについて何でも知っているマジシャン、なんて」

「それで、アレクサンダーに渡されたメモには何て書いてあるの？」あたしは上の空で訊いた。

「ああ。びっくりするくらい笑えるわ。おそろしいまでにくだらない！　胸は高鳴ってばかりで、ネグリジェには血が付いてばかり。たいした作家よ。まるで——ヘイゼル！」

声の調子が変わり、あたしはようやく顔を上げた。デイジーは感電でもしたみたいに、膝に置いたメモを見下ろしている。「たったいま、一枚を光にかざしたの――ちょっと見て！」

彼女はもういちど、メモの一枚をランプに向けて掲げた。危ないと思うくらい近くまで。焦げるんじゃないかと心配になった。でも彼女がそうしているうちに、ぴかぴか光る小さな点が現れた。輝く点でできた星座だ。

「へんなの」あたしは言った。「メモに点が付いてるなんて」

「しかもこの点、ストレンジ氏の書いたくだらないお話の文字と対応してるの。ほら、ここ。この〝b〟の上にひとつ、この〝a〟の上にひとつ、この〝t〟の上にひとつ。それからまた〝t〟、あとは〝l、e、s、h、i、p〟。つなげると――」

「〝battleship〟、戦艦よ！」あたしは息を呑んだ。「デイジー！」

「ねえ、こっちも見て！〝極秘〟〝五〇〇〇〟と読める。わたしたち、ヴァイテリアス夫人が追うスパイを見つけちゃったみたい！」

「ストレンジ氏だったのね！」いきなり、何もかもが腑に落ちた。彼が奇妙な振る舞いをしていたのはどうしてか。イル・ミステリオーソとおなじように、きのうの夜に何をしていたのかあれほど言いたがらなかったのはどうしてか。そして、この列車に乗る切符を買えたのはどうしてか。こうしてお金を手に入れていたのだ――ドイツのスパイをして！　彼は殺人に関しては容疑者から外れていたけど、ほかのことではずっと罪を犯していた。その決定的な証拠を、アレクサンダーが渡してくれていたとは！

デイジーもあたしも寝台から飛び下り、通路へ走り出た。青いジャケットを着た見張り役の乗務員が脚を広げて立っていて、ずいぶんとおそろしげな目であたしたちをじろりと見た。

「すみません」デイジーは息を呑みながら言った。「いますぐにヴァイテリアス夫人のところに行かないといけないんです。わたしとヘイゼルは、ベオグラードに着いたらどんな格好をすればいいのかずっと話し合ってきたんですけど、その答えを教えてくれるのはヴァイテリアス夫人だけなんです。お願いします」

「いまは午前二時ですよ」彼は指摘した。

「そんなこと、わかってる！　時間を無駄にしている暇はないの！　どうか行かせて！」

こうしてデイジーは、ヴァイテリアス夫人の客室のドアを勢いよく叩いた。

彼女もやっぱり眠っていなかったけど、寝ているところを起こされたとでもいうように、伸びをしてあくびをしながらドアをあけた。でも、後ろに見える寝台には本が広げて置いてあるし、あたしたちをなかに入れてくれると、眠気なんて感じていないみたいに背筋をしゃんと伸ばした。

「さて、お嬢さんたち」声がかすかに沈んでいる。「おめでとうと言わなかったのはわたしのミスね。そこは認めないと」

デイジーはひとつ頷いて、ヴァイテリアス夫人のお詫びを受け入れた。もちろん、そう言われてとうぜんだと思っている。

「前にも言いましたけど」デイジーが話しはじめる。「わたしたちがこの列車に乗っていて、あなたはほんとうに運がよかったんですよ。殺人犯の正体を暴いただけでなく——あなたより先に、と付け加えさせてくださいね——いまはスパイの正体を突き止めたんですから！　そのスパイというのは——」

「ストレンジ氏でしょう。ええ、そのとおり。それについては、わたしのほうが先にわかっていたと思うわ。お互い、一点ずつ追加ね」

デイジーは鼻を明かされたかっこうだ。「でも、どうしてわかったんです？」

「わたしは専門家よ、デイジー。推論くらいできるわ。スパイがイル・ミステリオーソでなければ、条件に当てはまるのはひとりしか残らない。頻繁に旅をして、お金に困っていて、簡単に言いなりになって、個人的忠誠心という観念がかなり希薄な人。わたしは彼を疑ってしばらく観察していたの。そうしたら車掌車に閉じこめられるというとき、警察が来たら自分は解放されると言ったでしょう。列車がベオグラードに着いたら、ドイツの雇い主に連絡を取るつもりだったのね。それで2と2を足して、スパイは彼だと判断したというわけ。連絡係に見えるように、いま客室の窓から合図を出しているの。そうすればストレンジ氏を逮捕するとわかるから。でも、彼が渡すつもりだった書類を見つけられなかったことは残念だわ」

「あら！」デイジーが叫んだ。顔がまたぱあっと明るくなっている。「わたしたちが持っていますよ！」

「アレクサンダーが渡してくれたんです」正直にならないと、と思いながらあたしは言った。「でも、暗号を解読したのはあたしたちです」

「見て——彼は小説を書くふりをして、スパイをして手に入れた情報を下書きのなかに隠していたんです。灯りにかざすとわかるわ……この点！　暗号になっているの」

ヴァイテリアス夫人は眉間に皺を寄せながら書類を掲げた。やがて真剣な表情が笑顔に変わり、声を上げた。「デイジー・ウェルズ。またやってくれたわね」

「ヘイゼルとわたしでいっしょに、です」驚いたことにデイジーはそう言った。「ええ、ふたりで。ほら、そもそもヘイゼルがいなければ、わたしはこの列車に乗っていなかったから。そうなったら、あなたはわたしの才能に気づかずにいたでしょうね」

あたしはにっこりと笑った。こんなことを言うなんて、いかにもデイジーらしい。

8

午前七時にベオグラードに着いた。空には灰色の雨雲がかかり、濃い灰色の石造りの建物が並ぶ町をいっそう陰気に見せていた。疲れて目もぼんやりとしかあかなかったけど、同時にあたしは興奮していた。探偵としての仕事がまた成果を挙げた。〈ウエルズ&ウォン探偵倶楽部〉が解決した本物の事件はこれで三件だ！　もう誰にも、あたしたちがちゃんとした探偵じゃないなんて言わせない。父にさえ。

いろんな音が響きわたり、煙の漂う駅に停まるとすぐ、警察官たちが列車を取り囲んだ。彼らは乗降段を駆けあがってきて、泥の付いたブーツですてきな絨毯を汚し、美しい木製の壁を銃身でどんどんと叩いた。

「イギリスの警察と変わらないわね」ばかにしながらも残念そうにデイジーは言った。

それから警察官がもうひとり、レインコートをはためかせながら乗りこんできた。帽子の下の金髪がきらきら輝き、ハンサムな顔には歪んだ笑顔を浮かべている。彼は単眼鏡《モノクル》越しにあたしたちを見下ろすと、表情をまったく変えずに片方の眉だけを優雅に上げた。デイジーも片方の眉を上げてみせる。あたしは必死に笑いをこらえた。Mがどうしてここに現れたのか、まったくわからない。でも、たしかにここにいる。

金髪の警察官――M――はヴァイテリアス夫人をふり向いた。彼女は客室から出てきて、あたしたちと並んで立っていたのだ。ほんの一瞬、ふたりは完全に無表情で見つめ合った。ヴァイテリアス夫人は歯を食いしばるようにして、警察官はまた片方の眉を上げて。

「ストレンジ氏を連れてきてくれ」警察官は背後に控えたふたりの部下に大きな声で命じた。

それから声の調子をすっかり変えて言った。「ヴァイテリアス夫人でいらっしゃいますか？」

「そうです」彼女は返事をした。「どなたか存じませんが、イギリスの方のようですね。とはいえ、ここはお国からはずいぶんと離れていませんか？」

「わたしが誰かということは、どうかお気になさらずに」警察官は言った。「ただ、それがわかる書類はお見せできますよ。イギリスの発音で英語を話していますが、わたしはセルビア人です。ところで、いくつかお知らせがあります。ご主人のヴァイテリアス氏が……何と言いますか、ずいぶんと賢明でない投資をなさった結果、あなたをイスタンブールで待つことはできなくなりました。その代わり、ここベオグラードにいらっしゃいます。逮捕されて。そういう事情ですので、彼の身柄が拘束されているところにご同行を願います」

「まさか」ヴァイテリアス夫人はすいぶんとおちついて言った。「そんなひどいことって！　いますぐに、ですか？」

「直ちに」金髪の警察官が答える。「ただ、帽子は取りにもどってもかまいません。気が利かずに申し訳ない」

そう言って彼は片目をつむった。いちどだけ。

ストレンジ氏は抵抗していたけど、なんとか列車から降ろされた。その五分後、ヴァイテリアス夫人は金髪の警察官が差し出した片腕に手を添え、いっしょにその場を離れた。あたしたちのそばを通るとき、彼のもう片方の手がデイジーの手にそっと触れた。ほんの一瞬だけ。

そのあと客室にもどり、デイジーは手紙を開いた。警察官に渡された手紙だ。

親愛なる探偵のふたりへ
　すばらしい活躍だった。今回もまた、見事に事件を解決してくれたね。本来なら仕置きをするところだが、どうしたってきみたちを止めることができないのは目に見えている。しかも、ふたりだけでもうまくできるようだし。つぎは何をしてくれるか、まったくわからないでいることが楽しくて仕方ない。

M

　読み終わるとデイジーは手紙をたたんで、小さな鞄にしまった。

「さあ、あなたのおじさまは何者か、教えてくれない？」あたしは訊いた。さっき目にしたことは、学校で聞いている彼のいろんな伝説が事実だと裏付けているように思えた。

「とうぜんだけど、教えるつもりはない。公務上の機密だから。まあでも、どうせ誰かと親戚でいなくちゃいけないなら、それがおじさまなのはうれしいわね。今回のスパイ騒動だけど、殺人事件と同時進行していたなんて、へんな感じ！　ほんと、すごく奇遇よね。あらゆることがひっきりなしに起こっていたなんて。そのせいで殺人事件はわかりにくくなった。みんながわたしみたいに論理的だったら、探偵倶楽部の扱う事件は五秒きっかりで解決するのに。あら、何がおかしいの？」

「べつに」あたしは言い、腕をデイジーの腕にからませた。

9

さらに警察官がやってきて、マダム・メリンダとドーント氏は連れて行かれた。マダム・メリンダは金切り声を、ドーント氏は唸り声を上げていたけど、ジョセリンは思った以上に毅然としていた。片足に重心を乗せて立ち、表情を引き締めている。ほかの乗客たちは列車の窓から、そのようすを見守った。みんな、呆れているみたいだった。

手錠をかけられたふたりは行ってしまい、あたりはしずかになった。

でもそのとき、窓から外にまた目をやると、ほんの一瞬、プラットフォームに立つイル・ミステリオーソの姿がぼんやりと見えた。マントはからだにしっかり巻きつき、がっしりした腕の先で書類鞄が揺れていた。その書類鞄には、出生証明書のはいった手品用の箱が収まっている。あそこにあれば安全だ。彼の姿がだんだんと小さくなる。最後にもういちど、トリックを見せてくれたのだろうか。目をぱちぱちとさせると、イル・ミステリオーソはいなくなっていた。あたしは、彼が出生証明書を渡す人たちのことを考えた。彼がまだ自由でいることは、その人たちにどんな意味をもたらすのだろう？　自分の家にいるのに安心していられないなんて、そんなことは想像できない。でもひょっとしたら、あたしならできるかもしれないと思い直した。この中部ヨーロッパでは、イギリス人でもなく中国人でもなく、どっちつかずでいられるから。でもこれからもずっと、あたしはどこかに向かうだろう。ひとつの場所からべつの場所へ。それぞれに意味のある場所へ。

あたしは客室に、デイジーのところにもどった。彼女は周りに馴染んでいる振りをするのがうまいけど、人とはぜんぜんちがう。あたしとおなじように。彼女がにっこりと笑いかけてきた。

「どうして浮かない顔をしてるの、ヘイゼル？　ものすごく浮かれてもいいのに。なんだかんだ言って、わたしたちは殺人事件を解決したのよ。また！　まあじっさいは、真相に気づいたのはわたしなんだけど」

「うん、あたしもそう思う」今回だけはデイジーにいい思いをさせてあげよう。そう決めた。

「でも、あなただってずいぶん助けてくれたわ」デイジーは渋々という感じで認めた。

「テーブルの下に隠れているのが上手だった。あと、ほかにもいろいろ。たいしたワトソンぶりだった」

「何、それ」あたしは顔をしかめて言った。「父が許してくれるか、よくわからないでいるのに」

「あら、許してくれるわよ。あなたのことをすごく誇らしく思っているはずよ。わたしにはわかる。あんなふうにわかってくれるパパで、あなたは幸せよ」

すこしのあいだ、彼女の顔を見ることができなかった。

「でも、これでまた、ふつうの休暇に逆戻りね。ふむ。しばらくなら、そうしてもいいかも」

「どうかな」あたしはにやりとして言った。アレクサンダーのことを考え、それからピンカートン探偵社のジュニア調査員のことを考えた。デイジーが何と言おうと、あたしたちみたいな探偵がほかにもいると知っておくのはいいことだと思う。世界はすごく広く、とても興味深いところだと感じさせてくれるから。「イスタンブールに着くまで、あと一日。何かが起こるかもね」

デイジーのオリエント急行案内

この事件簿のなかで使ったいくつかの単語の説明をしてほしいと、今回もまた、ヘイゼルに頼まれたの。列車に関係あるものばかりだと思っていたけど、あの子の描写がかならずしも正確とはかぎらない。とはいえ、渡された単語についてはわたしが精一杯、説明してみせるわ。

【ブリック】
頼まれなくてもたいせつな秘密を黙っていてくれたり、自分がもらった食べものを分けてくれたりする、いい人のこと。ヘティはブリックよ。

【前向きで行こう《バック・アップ》】
冷静になって気持ちをしっかり持つようにと、励ますときに掛ける声。バック・アップしない人は弱くて動揺しているから、探偵をするときには役に立たない。

【いかさま師】
お金が目的ではないけれど、嘘をついてほんとうの自分の姿を偽っている人。

【愛人】
こんな言葉は英語にはない。中国では、男性の正式な妻ではないけれど、その人の家にずっと住まわされる女性のことをこう呼んでいる。

【大物銅商人】
手広く事業を展開し、裕福な人のことを大物商人という。大物銅商人はそのまま、銅鉱山を所有しているおかげでとてもお金持ちの人のこと。

【寮の部屋《ドーム》】
ディープディーン女子寄宿学校では、生徒たちは寮の部屋で眠る。わたしとヘイゼルの部屋は、キティ、ラヴィニア、ビーニーといっしょ。

【くすんだ緑色《オー・ド・ニル》】
色の名前。地味で薄い緑色。

【火かき棒】
ヘイゼルったら、ずいぶん妙な言葉を選んだものね！　誰もが知っているとおり、暖炉の炭や薪をならすときに使う、鉄でできた棒のこと。

【グッド・エッグ】
〝ブリック〟と意味はよく似ている。正しい行いをするから、つねに信頼できる人のこと。

【オナー・ブライト】
神聖な誓い。いったんこの誓いを立てたら、それを守らなければならない。でないと、二度と信用してもらえなくなる。

【キープ・マム】
口を閉じていること。捜査をしていると、口を閉じて黙っていることがすごく重要な状況は多い。

【寄せ木】
つややかな木に花や鳥を象《かたど》った装飾。見る分にはすてきだけど、それだけのことで何の役にも立たない。

【メリュジーヌ】
伝説上の水の妖精。下半身は人間のような脚ではなく、ヘビの尻尾になっている。だから通路におろされれば、這い回ったでしょうね。

【ミストレス】
ディープディーン女子寄宿学校では女性教諭をこう呼ぶ。去年、あんな殺人事件があったから、新しい女性教諭にたくさん来てもらわなければならなくなった。

【ムイツァイ】
これも中国の言葉。中国では家族ひとりひとりに、面倒を見てくれる女性の使用人がついている。ヘイゼルにもひとり、ついているわ。

【パックス】
ラテン語で〝平和〟の意味。いろいろあったけどしばらくは休戦しよう、という状況で使う言葉。

【化粧着《ペニヨワール》】
レースをあしらった大人用の寝間着。

【プラス・フォー】
伝統的なニッカーボッカーズよりも、丈が四インチ（約十センチ）長いズボン。

【お祈りの時間】
ディープディーン女子寄宿学校では、学期中は毎朝、いっせいに集まってお祈りをする苦行に耐えなければならない。

【速記】
記録方法のひとつ。話すのとおなじ速さで書けるから便利。習ってはどうかとヘイゼルに提案してみたけど、いまのところ、彼女にそのつもりはまったくなさそう。でも今回の事件があったからには、勧めた意味をちゃんとわかってくれるかも。

【おちびちゃん《シュリンプ》】
ディープディーン女子寄宿学校では下級生をこう呼ぶ。

【ソヴィエトの人々】
ロシア人の共産主義者たち。赤い旗を振って行進したり、皇帝《ツァーリ》を退位させたりする。わざわざ会いたいような人たちではない。

【速記者】
プロの記録係。

【鼻をへし折る】
誰かに思い知らせること。うぬぼれている人は、鼻をへし折られる必要がある。わたしもそうされたほうがいいとヘイゼルは思っているけど、まちがっているわ——わたしはどこを取っても完璧で、鼻をへし折られる必要なんてないのだから。

【テスラの電動機】
ニコラ・テスラという人が発明した、ものすごくわくわくする機械。人の髪から電気を発生させることができる。というか、すくなくともわたしはそう聞いている。

【トイレット】
化粧を施したり落としたりすること。

【皇帝《ツァーリ》】
ロシアでは国王はこう呼ばれている。一九一七年、皇帝に敵意を持つロシア人たちは革命を起こすというとんでもない行動に出た。宮殿に押しかけ、皇帝とその家族全員を殺したの。ほんとうに幼い子どもたちまで。ソヴィエトの人たちはグッド・エッグじゃない。

【整える】
部屋を整理整頓したり、毛布やリネン類がすべてきちんとそろっているかを確認したりすること。列車のなかでは、毎晩、寝台架に寝台を下ろすことを指す。

【ヴュー・ハルー】
猟のときに使われる特別な言葉だけど、犯人を追いかけていて、あとすこしで捕まえるというときにも使っていい。

【ワゴン・リ】
フランス語で〝寝台車〟のこと。

【ウィザード】
〝すてき〟とか〝すごい〟という意味の俗語。

訳者あとがき

〈英国少女探偵の事件簿〉シリーズの三作目、『オリエント急行はお嬢さまの出番』をお届けします。

前作では、デイジーの誕生日パーティの席で招待客のひとりが殺されるという事件が起きましたが、デイジーとヘイゼル（プラス、同級生のキティとビーニーも臨時メンバーとして協力しました）が捜査に乗りだし、見事に解決しました。ただ、状況からデイジーの家族にも疑いの目を向けざるを得ず、デイジーはもちろん、ヘイゼルもすっかり参ってしまったのがほんとうのところ。そして事件の顛末が香港のヘイゼルの家にも届くと、おとうさんのウォン氏は心配して、さっそく娘に電話をしてきました。そのときに彼は、ヘイゼルがもう殺人事件に巻き込まれないようにと旅に誘ったのです。ヘイゼルは本気にしていませんでしたが、夏学期が終わった日、なんとそのおとうさんが現れます。有言実行の人であるウォン氏は、香港からはるばる、ディープディーン女子寄宿学校までやって来たのです。しかも何事にもほんものを求める彼が旅に出ると言ったら、それはオリエント急行に乗るということでした。

こうしてデイジーとヘイゼルはオリエント急行の、それも一等車の乗客になります。車両も豪華なら、そこに集まる乗客たちもみんな華やかでした。とはいえ、見た目の華やかさとは裏腹に、誰もが何かしらの事情を抱えているようです。案の定、またもや殺人事件が起こり、〈ウェルズ&ウォン探偵倶楽部〉の出番となりました。

今回の舞台となるオリエント急行は、多くの人がその名前をいちどは耳にしたことがあると思います。一八八三年に国際寝台車会社が運行をはじめた、ヨーロッパとバルカン半島を結ぶ列車群のことです。広く知られるようになったのは、一九三四年にアガサ・クリスティが発表した『オリエント急行の殺人』のおかげもあるでしょう。本作では、デイジーは刊行されてすぐに読んでいることになっています。その後、何十年にもわたって読み継がれる作品をリアルタイムで読めたなんて、うらやましい！　そう思わずにはいられません。

その『オリエント急行の殺人』は、著者も大のお気に入りという映画、アルバート・フィニー主演の『オリエント急行殺人事件』をはじめ、くり返し映像化されてきました。最近ではケネス・ブラナー版が公開され、世界じゅうで大ヒットしました。数年まえには、舞台を日本に置き換えたドラマも放送されて話題になりましたね。原作を読んでいない方のために結末は伏せますが、はじめて読めばその真相に意表を突かれることはまちがいありません。それだけでなく、結末を知ったうえで読みかえしても、やはり唸らされます。本作はそんなすばらしい作品におおいにオマージュを捧げているようで、じっさい、登場人物や設定は、クリスティ作品を踏まえているようです。読み比べてみるのも楽しいかもしれません。ストーリーはとうぜん、オリジナルとはまったくちがうものになっていますが、やはり真相には驚かされます。

前作ではデイジーとおとうさんの関係がクローズアップされましたが、今回はヘイゼルとおとうさんの関係が細やかに描かれています。デイジーの場合、どちらかといえば彼女のほうが親の立場にあるようですが、ヘイゼルはあくまでも、おとうさんには従順。事件に関わらないようにとあれこれ言われるのも、心配してのことだと、よくわかっています。それでも、自分がどうしたいか、もうひとりで決めてもいいのではと、おとうさんに勇敢に立ち向かいます。そんな娘のことを、ウォン氏も認めざるを得ません。やはり、娘をイギリスにひとりで旅立たせるだけの覚悟を持った人物ですね。そんなおとうさんの思いが反映されたヘイゼルの漢字名は、彼女にぴったりだと思えます。
訳者として心がじんとなったのは、ヘイゼルとおとうさんの関係をデイジーがうらやましがっているように感じられたところです。デイジーだって、自分はパパを愛し、パパに愛されていることはじゅうぶんにわかっている。それでもやはり、自分が世話を焼くのではなく、世話を焼かれてみたい。そう願っているとしか思えないのです。つねに自分がいちばんだと自負しているデイジーですが、そのじつヘイゼルに憧れている。そんな一筋縄ではいかない思いを抱えるデイジーが、愛おしくて仕方ありません。

そしてそして。〝M〟ことフェリックスおじさまも、出番は少ないながら、ちゃんと登場しています。ファンのみなさん、安心してください！

今回もまた、原書房の相原結城さんには最後まで原稿をしっかりと見ていただきました。心から感謝します。ありがとうございました。

二〇一八年二月

コージーブックス

英国少女探偵《えいこくしょうじょたんてい》の事件簿《じけんぼ》③
オリエント急行《きゅうこう》はお嬢《じょう》さまの出番《でばん》

著者　ロビン・スティーヴンス
訳者　吉野山早苗《よしのやまさなえ》

2018年　3月20日　初版第1刷発行

発行人　成瀬雅人
発行所　株式会社　原書房
〒160-0022 東京都新宿区新宿1-25-13
電話・代表　03-3354-0685
振替・00150-6-151594
http://www.harashobo.co.jp
ブックデザイン　atmosphere ltd.
印刷所　中央精版印刷株式会社

落丁・乱丁本はお取り替えいたします。
定価は、カバーに表示してあります。
 ISBN978-4-562-06077-1 Printed in Japan